프로듀서 김진우의 음악 앨범

내 인생의 플레이리스트

내 인생의 플레이리스트

2023년 9월 7일 초판 1쇄 발행
2024년 12월 20일 초판 2쇄 발행

지은이 김진우

펴낸곳 읽고쓰기연구소
발행인 이하영
도서문의 02-6378-0020
팩스 02-6378-0011
출판등록 제2021-0000169호
주소 서울시 마포구 동교로 136 서강빌딩 202호
이메일 writerlee75@gmail.com
블로그 blog.naver.com/editor93

ISBN 979-11-980067-3-8 03810

김진우 지음

읽고쓰기연구소

차례

3장 간직하고픈 기억 조각들

4장 과거에 기대어 미래를 열어간다

책머리에

KBS 음악 프로듀서(Producer)를 퇴직한 지 십수 년이 지났건만 지금도 악몽을 꾼다. 생방송 시간은 5분밖에 남지 않았는데 아무리 찾아도 디스크가 보이지 않는다든가, 오늘 생방송으로 나갈 두 시간짜리 프로그램을 깜박 잊고 준비도 하지 않았는데 누군가 대신 제작을 해서 방송한 걸 알고 쥐구멍이라도 찾고 싶은 심정으로 사무실을 배회한다든지…. 방송국에서 일어날 법한 별별 사건이 꿈에 나타나는 것이다. 나만 그런가 했는데 모임의 어떤 선배도 내용은 다르지만 아직도 방송국 악몽을 꾼다는 것이다. 방송국 선후배 친선모임에서 1분만 늦게 가도 '왜 이렇게 늦었냐'고 나무라는 듯한 눈길을 느끼는 것을 다른 직장의 사람들이 이해할 수 있을까? 30여 년을 시간에 대한 강박에 시달리며 한 가지 일만 계속한 후유증일 것이다. 하지만 그렇게 고달픈 일만 있었던 건 아니다. 남들의 부러움을 받으며 신나고 재미있었던 일도 많았다. 그런 일만 생각하기로 하고 부정적인 기억은 마음속 바닥에 가라앉혀 놓았는데 이것이 꿈속에 나타나 땀 흘리게 하는 것이다. 그것도 나름 인정받는 음악 프로듀서로 30여 년간 일해왔는데 악몽이라니? 어쩌면 그 긴 세월과 제대로 작별하지 못해서인지도 모른다는 생각이 든다. 내 인생에 대해서도 마찬가지다.

1950년 6·25 사변(事變) 즉, 한국전쟁 일주일 전에 태어난 나는 강보에 싸인 채 산속 피난으로 생을 시작하여 일곱 살에 초등학교 입학했다. 4학년 때 엄마와 떨어져 대구로 전학했고 5학년에 4·19를, 6학년에 5·16을 겪었다. 고등학교 1학년과 3학년 때 가족의 비극을 겪었고, 폭력과 부패의 온상이었던 군대 생활은 악몽에 가까워 내 청춘의 날들은 화창함과는 거리가 멀었다. 지금은 많은 사람들이 칭송도 하지만 나에게는 독재자로만 기억되는 박정희 정권 18년과 5·18 그리고 전두환의 폭압정치가 끝날 때까지 내 청춘 시절 전부가 그랬다. 자유의지가 꺾인 채 살아온 세월이었다.

정권이 몇 번 교체되다가 손주 재롱이나 보며 지내야 할 노인들이 개인의 자유의지의 수호가 아니라 저질 유사 파시즘으로 나아가는 나라의 안위를 걱정하며 분노하기에 이르렀다. 거기다 2019년 12월, 중국에서 시작된 코로나 바이러스로 인해 지금까지 쌓아온 모든 질서가 무너지고 변화해가고 있다. 2020년 3월, 외출도 자제해야 하고 마스크 품귀 현상에 약국 앞에 줄 서야 하며 외국의 가족에게 마스크 보내는 것도 규제를 당하는 이상한 시대를 경험할 무렵이었다. 서너 달이면 팬데믹은 끝이 날 거라고들 했지만 나의 생각은 조금 달라 1년 이상은 갈 거라고 확신했고, 외출도 꺼려지는 그 암담한 시기에 내가 살아온 시간들을 정리하여 자손들에게 뭔가를 남길 비망록을 완성하겠다는 생각을 하게 되었다. 자랑할 것도 없는 한 평범한 인간이 살아온 과정이 대단한 의미가 있을 거라고는 생각하지 않지만 사실대로 정리하여 자손들이 선조(先祖)와 할아버지 그리고 애비가 어떤 시대를 어떻게 살아왔는지를 조금은 알게 해주고 싶었다.

이런 생각은 1989년 4월 시작한 첫 히말라야 트레킹 이후 세 번째인 2010년 에베레스트 트레킹을 떠났을 때 싹튼 것이기도 하다. 2800미터부터 시작하여 5500미터 이상의 오지(奧地)를 포터 한 명의 도움을 받아 하루 평균 여덟 시간을 걸어 롯지에 짐을 풀고 나면 오후 3~4시가 된다. 롯지의 공동식당 한 쪽에 자리 잡고서는 30분 정도 조용히 움직이지 않고 숨을 고르는, 이른바 고산증세를 완화시키는 운기조식(運氣調息)을 하고 나면 글 한 자 읽을 힘도 없거니와 모든 것이 귀찮아지지만 무료하게 저녁식사 시간까지 보내는 게 싫었다. 그때, 살아온 과정을 우선 생각나는 대로 정리해보면 좋겠다는 생각을 하게 되었고 2014년과 2017년 또 다시 에베레스트를 트레킹하면서 초안을 대강 완성하였다. 코로나 와중인 2020년 3월부터는 틈틈이 내용을 수정·보완하여 2023년 1월, 거의 마무리하기에 이르렀다.

세상은 옳고 그른 두 가지 말고도 더 많은 다채로운 것들로 이루어져 있다는 것을 깊이 자각하며 쓴 이 책의 내용은 오로지

내 기억의 창고에서 끄집어낸 것이다. 내 자손들은 자랑스러운 선조들의 삶을 알기를 바라고, 또 애비가 무슨 생각을 하고 어떤 시행착오를 겪으며 살아왔는지를 보아 각자의 삶에 참고가 되기를 바랄 뿐이다.

이렇게 나의 자손들에게 남길 나름대로의 비망록이 3년여 만에 완성되었다. 선산 김씨 문간공(文簡公)—판서공(判書公)—욕담공(浴潭公)—원당공(元堂公)—만와공(晩窩公)—칠암공(七巖公)—죽포공(竹圃公)으로 이어지는 영남 사림(士林)의 후손으로 자부심을 가지고 이 글을 읽어주면 고마울 따름이다. 옆에서 격려해준 아내 서연에게 고맙다는 말을 전하며 부끄러운 글을 꼼꼼히 봐준 김영심 작가와 출간까지 맡아준 이하영 작가에게 고마움을 전한다.

2023년 2월

북한산이 바라보이는 월호정사(月湖精舍)에서

1장

이 세상에 점 하나로 와서

어머니의 기도 소리에 잠을 깨는 새벽

내 유년의 기억

초등학교 1학년 때 가족사진

1950년 5월 5일(음) 생

세상에 태어나 처음으로 기억하는 것은 조각으로나마 몇 가지가 있다. 1950년 6월 19일(음력 5월 5일 단오), 내가 태어난 곳은 경북 성주군 초전면(星州郡 草田面)의 저택이었는데 아버지는 당시 38세로, 사람들이 부러워하는 의사이셨다.

내 본적은 경북 선산군 고아면 원호리 4번지로 이른바 선산 김씨 세거지인 들성(坪城)이었지만 아버지의 병원이 초전면에 있어서 그곳에서 태어난 것이다. 우리 집에는 할머니와 부모님, 누나 셋과 네 살 위의 형, 가정부 누나, 병원 조수인 봉업이가 함께 살았다. 나중에 막내삼촌 가족(한조 형님)도 일정기간 같이 살았다는 걸 알았다.

태어나고 일주일도 되지 않아 6·25사변(事變)이 일어났다. 초전면에서 유일하게 라디오를 가진 아버지는 6월 25일 새벽, 전쟁이 일어났다는 뉴스를 들으시고 대구로 피신하기 위해 아침 일찍 집을 나섰다고 하셨다. 성주읍에서 대구행 버스를 기다리고 있는데 대구에서 성주로 오던 친구 분에게 전쟁이 일어났으니 빨리 대구로 피신하는 게 좋겠다고 권했다고 한다. 그 친구 분은 도민증을 집에 두고 왔다면서 뒤따라오겠다고 했으나 결국 집에서 잡혀서 얼마 후 어디론가 끌려가 총살되었다고 한다. 아버지처럼 친구 분도 '보도연맹'에 가입해 있었던 것이다. 보도연맹은 일제 치하에서 사회주의 운동을 했던 사람들을 해방 후 전향시켜 가입시킨 단체로서 전쟁이 일어난 후 남북 양쪽으로부터 배신자로 찍혀 학살당했다. 우리 역사의 증오심이 저지른 참혹한 살육의 피해자가 된 것이다. 아버지는 사촌 형님이었던 영화감독 유영(幽影) 김영득(金榮得)—독립유공자 1993년 건국훈장 애족장 수훈—의 영향으로 사회주의자가 되었으나 당시 지식인이라면 사회주의 사상에 경도되지 않은 사람이 드물었다. 또 6·25 전엔 초전면 가까운 가야산 깊은 골에 숨어있던 공비(共匪)—좌익 빨치산—들이 출몰하기도 했는데, 교전 중 부상당한 공비를 데리고 와서는 한밤중에 총을 들이대고 치료를 요구하면 어쩔 수 없는 일이었다. 그 공비들이 체포되거나 사살된 후 치료 부위의 붕대만 보아도 병원 치료가 분명하였고, 취조하면 '초전 금성병원'이라고 진술했기 때문에 당국에서도 정보는 가지고 있었지만 당시 의사는 무시하지 못할 존재여서 손을 못 대고 있었던 것이 아닌가 본다.

아버지는 다행히 대구 이원만 씨(코오롱그룹 창설자로 할머니의 친정 조카) 집으로 피신하여 전쟁이 끝나 집으로 돌아올 수 있었다. 그동안 경찰과 헌병 극우단체가 아버지의 행방을 집요하게 추궁했으나 할머니와 어머니는 대구로 약을 사러 갔다는 말만을 반복할 따름이었다. 한편 할머니, 어머니, 세 누님과 형, 태어난 지 일주일 된 나는 집을 버리고 필산이라는 산 속에 피난해 있었다. 우리 집은 인민군(북한군)이 내려오면 인민군 본부가 되고, 국군과 미군이 올라오면 국군 본부가 되었다.

인민군은 점령지에 선전대를 먼저 보내 동네 아이들을

모아 놓고 인민군가(人民軍歌) 등을 가르치며 선전 활동을 펼쳤는데, 전쟁이 끝난 뒤에도 동네 형들이 어린 우리들을 모아 놓고 '장백산 줄기 줄기 피어린 자국, 압록강 굽이굽이 피어린 자국… (중략) 아~ 그 이름 빛나는 김일성 장군~' 하는 군가를 가르치고는 절대로 어른들 앞에서는 부르면 안 된다고 주의를 주기도 했다. 우리 집이 인민군 본부가 되었을 때 그동안 군경으로부터 고초를 겪었던 막내 삼촌(한조아저씨 아버지)은 '인민군 만세'를 불렀다고 한다. 인민군이 낙동강을 경계로 더 내려가지 못하고 있을 동안은 괜찮았겠지만 인천상륙작전으로 인민군이 퇴각하자 겁이 난 막내 삼촌은 대전 부근까지 인민군을 따라 갔다. 하지만 아무리 생각해도 자신은 공산주의자가 아닐뿐더러 북으로 갈 생각은 추호도 없었다. 바로 마음을 바꿔 도망쳐 초전으로 돌아왔는데 곧 체포되어 경찰서 유치장에 갇히게 되었다. 많은 부역자들과 함께 내일이면 모두 총살당할 처지인데 할머니가 하루 종일 경찰지서 앞에서 우리 아들 내놓으라고 소리치며 울부짖자 삼촌 혼자만 밤에 풀려났다. 자식을 살려야 한다는 할머니의 절박함과 그동안 그 지역에서 집안의 공헌도가 감안되었을 것이다.

6·25전쟁은 우리 민족에게 끝없는 상처를 주고 있다. 점령군이 수시로 바뀔 때마다 수없이 죽어가는 것은 백성들이었다. 당시 이념이라는 것은 투철한 사명감이라기보다는 한때의 유행이었는데 전쟁으로 인하여 증오심이 노골화되어 수많은 국민이 희생되기에 이르렀다. 제주 4·3사건을 겪은 제주출신 소설가 현길언 선생은 "우리 내면에 숨어 있던 폭력과 증오와 대립과 반목의 악령들이 활개 치면서 우리를 지배했다. 불안과 의심과 비겁과 불신의 씨앗까지 심어 놓았기 때문에 우리는 아직도 6·25를 살고 있다."고 개탄한 바 있다. 1970년대까지도 삼촌은 요주의 인물로, 경찰 정보과 형사가 일 년에 한 번 동정을 보고하는 대상이었다.

유년의 첫 기억을 네 살 무렵으로 볼 때 큰누님은 경북여고 재학 중이어서 대구 둘째 삼촌 집으로, 작은누님은 열네 살의 성주여중생이었으니 성주읍내 셋째 삼촌 집에 있지 않았나 생각한다. 내 어릴

연당(蓮塘) 앞에서 할머니와 손자들
(좌로부터 한조 형, 완조 형, 나(문조), 할머니,
후조 형, 건조 형, 어머니)

적에는 사촌끼리는 사정에 따라서 한집에 모여 살기도 했는데 지금 생각으로는 이해가 안 되지만 당시는 당연한 걸로 여겼다.

우리 집은 넓은으로 보이는 집 안채에서 바라볼 때 정면으로 보이는 담 밑에 큰 연못이 있고, 오른쪽은 농기구 창고 등이 차지하고, 왼쪽 담 밑에는 수국이 심어져 있었다. 그 하얀 꽃이 참 아름다웠다.

3년의 긴 전쟁이 끝나고도 경찰지서에는 퇴잔병들의 습격이 수시로 있었다고 한다. 그때만 해도 늑대의 출몰이 일반 가정에서는 가장 큰 두려움이었는데 그 많았던 늑대가 전쟁 후 한반도에서 멸종해버렸다.

전쟁이 끝나던 무렵에 내게 큰 사고가 있었다. 서너 살 무렵의 일인데 하도 많이 들어서 마치 기억하는 것 같은 사고이다. 벌겋게 단 숯을 삽으로 떠서 옮기는데 내가 기어코 들겠다고 고집을 피워 삽을 끌고 가다가 발등에 삽이 들러붙는 사고가 났다는 것이다. 지금도 그때 입은 화상 흉터가 발등에 크게 남아 있다. 담 밑에 소변을 모아두는 깨진 독이 있었는데 어쩌다 그랬는지 독 깨진 부분에 무릎이 베어져 아버지가 수술바늘로 꿰매주던 장면이 유년의 기억 중에서 유일한 고통으로 기억되고 있다.

아버지가 초전면을 떠나 칠곡군 인동면(仁同面)으로 병원을 옮긴 것이 내가 다섯 살 무렵이다. 거기서 일 년 정도 살았는데 그때 기억은 단 하나뿐이다. 옆집 소가 송아지를 낳는데 송아지 한 마리가 얼마나 소중한 재산이었으면 안주인이 외양간 앞에 냉수 떠놓고 촛불 켜고 두 손 모아 순산을 축원(祝願)했다. 그 장면이 기억에 또렷이 남아 있다.

여섯 살 무렵에는 칠곡군 약목면(若木面)으로 이사하여 거기서 열 살까지 학교에 다녔다. 1956년, 일곱 살에 학교에 들어갔는데 교실이 부족해 첫날부터 군용 텐트에 가마니를 깔고 수업했다. 그렇게 가난한 시절이었지만 열악한 환경에서도 교육은 받아야 한다는 유교적인 가르침이 우리나라가 오늘날 번영을 누리게 된 바탕이 되었다고 믿고 있다. 선생님이 어린 학생들에게 폭발물 건드리지 말라고 하는 말을 귀가 아프도록 들었다. 그래도 폭발물 사고로 팔을 잃은 장애 친구들이 더러 있었다.

2학기가 되자 교실에서 수업을 받게 되었는데 담임선생이 특별히 예쁜 '남해임'이라는 여자아이를 짝으로 앉혀주었다. 일곱 살 꼬마의 눈으로도 얼마나 예쁘던지 그 애 볼 생각으로 학교에 즐겁게 다녔던 것 같다. 엄마가 설빔으로 예쁜 스웨터를 사준 것을 그 여자아이에게 자랑하기도 했다. 마흔 후반 언젠가 초등학교 운동회에서 40여 년 만에 재회했는데 여전히 동창생들 사이에 인기가 제일 좋았다. 그런데 그녀는 나를 전혀 기억하지 못했다. 나중에 들은 이야기지만 아홉 살에 학교 들어가기 전 아버지가 돌아가시고 엄마는 재혼해 외할머니 손에 컸다고 한다. 자기 인생이 괴로운데 옆 자리의 두 살 어린 김문조가 안중에나 있었을까. 스무 살도 되기 전에 결혼해 성주에서 수박, 참외 농사 지으며 어려움 없이 살았지만 남편이 사고로 하반신 마비가 되는 바람에 10여 년을 그 뒷바라지하는 중이라 했다. 3년인가 지나 남편이 죽었다고 전해 들었는데 인생이 가련했지만 초등학교 동창모임에서 활발하게 활동하는 모습이 보기 좋았다.

봄이면 친구들과 학교 뒷산으로 몰려가 참꽃(진달래) 잎을 따서 씹으며 퍼렇게 물든 입술을 서로 흉보며 웃기도 했다. 학년 전

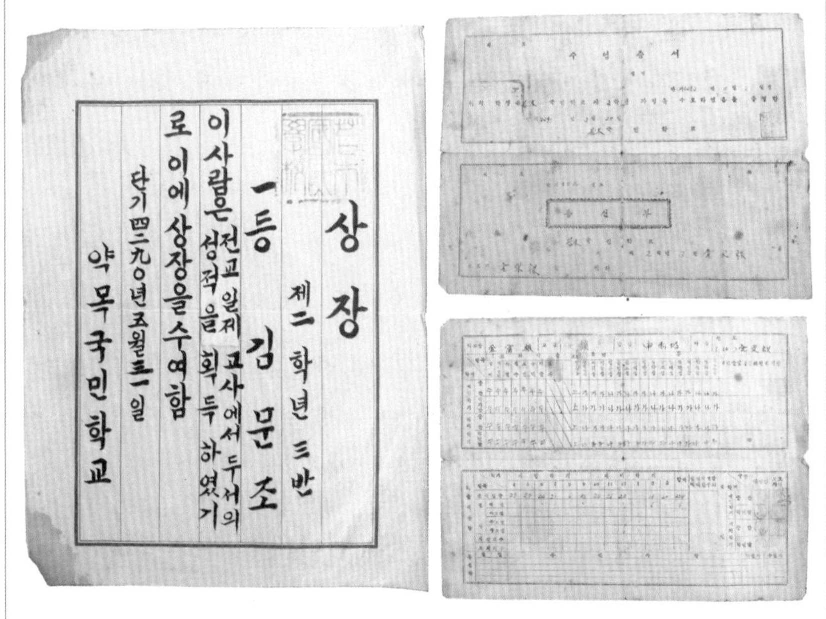

상장

제二학년 三반

一등 김문조

이사람은 전교 일제 고사에서 두서의 성적을 획득하였기로 이에 상장을 수여함

단기四二九0년 五월 三一일

약목국민학교

약목초등 2학년 일제고사 전교1등 상장과 통신부

체가 송충이 잡으러 가는 행사는 매년 있었는데 나는 병원용의 긴 핀셋을 들고 가서 친구들의 부러움을 샀다. 나무젓가락도 없던 시절에 나뭇가지 꺾어 다듬어 온 초등학교 동창들은 그 핀셋이 제일 부러웠다고 지금도 말하곤 한다.

우리 집 개 '도쿠'(Dog)는 흰둥이로 동네에서 가장 센 놈이라 나의 든든한 보디가드이자 자랑이었다. 신씨네 양조장 개가 도전을 해와 동네 아이들 십여 명이 모여 먼 뒷산으로 싸움 붙이러 몰려갔다. 동네 최고의 개 네 마리가 2:2로 맞붙는 장면은 지금 생각해도 가슴이 울렁거린다. 당연히 우리 집 '도쿠'와 '메리'의 승리로 끝나 우리 도쿠는 약목 최강자로 자리매김했고 우리 가족사진 찍는 데 슬그머니 들어와 가족같이 그대로 찍혔다.(12쪽)

초등학교 5, 6학년인지 중학교 때인지 정확하지는 않지만 주말에 집에 오니 도쿠가 보이지 않았다. 병원조수에게 물어보니 개가 나이를 먹어 사람의 말을 알아듣는 능력이 생기면 좋지 않다고 해서 팔아버렸다는 것이다. 판다는 말의 의미를 알고 있기에 더이상 묻지는 않았지만 가족사진에도 같이 찍힌 도쿠에 대한 안타까움은 오랫동안 내 마음에 남아 있었다.

대구로 전학(轉學) 1959년

겨우 열 살 되던 4학년 2학기에 대구국민학교로 전학하며 선산 김씨 항렬(行列)로 지은 문조(文祚)라는 이름을 문호(文豪)로 개명했다. 까닭을 어린 나로서는 알 수 없었거니와 부모님이 하시는 일이니 따를 뿐. 아버지가 약목으로 병원을 옮기시면서 대구 대봉동에 집을 마련해 셋째 삼촌네의 사촌들과 우리 식구 모두를 할머니에게 맡겼다. 경북중고 뒤의 임시교사에서 수업을 받았는데 시골아이가 도시로 가니 성적은 중간 정도였다. 그런데 신명여고를 갓 졸업한 작은누님이 학교에 한번씩 나타나면 담임선생은 거의 정신을 잃는 것이었다. 교실 앞과 뒤를 한번씩 오갈 때마다 내 귀에 입을 바싹대고는 "누나 몇 살이고?" "누나 어느 학교 나왔노?" 하며 얼마나 귀찮게 했는지 모른다. 나는 천하의 우리 작은누님이 담임선생처럼 못생긴 남자에게 관심을 가질 리가 없다고 단정했다. 그리고 누님은 얼마 안 가서 제일예식장에서 대구 부호집의 이응준과 결혼했다. 그 무렵 막내 삼촌이 정기적으로 일기장 검사를 하여 밀린 일기 쓰는 게 고역이었지만 지금도 그 시절의 일기장을 소중한 기록물로 고이 간직하고 있다. 서문시장 대화재, 보스톤 마라톤대회, 조병옥 박사 장례식 등 역사적인 사건들이 열한 살 꼬맹이의 일기장 속에 남아 있고 평론까지 곁들여져 재미있다. 당시 사회상과 민

4학년 일기장

심이 어떠했는지를 열한 살 아이의 일기장에서 느낄 수 있다. 장례식 중계방송을 라디오로 들은 날 일기에 '나는 자유당보다 민주당이 더 나은 것 같다'라는 평을 쓸 정도였으니.

대통령 후보였던 조병옥 박사가 선거를 앞두고 병사(病死)했을 때는 당시 유행했던 가요 박재홍의 히트곡 〈유정천리〉를 개사한 풍자 가요를 내 입으로 불렀을 정도였다.

> 가련다 떠나련다 해공(海公)선생 길을 따라
> 장면 박사 홀로 두고 조 박사도 떠나갔네
> 가도 가도 끝이 없는 당선 길은 몇 구비냐
> 자유당에 꽃이 피네 민주당에 비가 오네

그리고 4·19가 일어났다. 어린 나의 눈으로도 자유당이 잘못했다고 느꼈으니 당시 민심이 어떠했던가를 알 수 있다. 4·19 후 대구 각지에서 툭하면 데모가 일어났고 심지어 초등학교 학생들이 학교 교장 물러나라고 시내를 행진하는 일도 다반사였다. 4·19 후 일 년이 되어갈 무렵 흉흉한 소문이 떠돌기 시작했다.

"나라가 이래서는 안 된다." "군인들이 일어서야만 한다." 어른들의 수군거림이 나에게까지 들려왔고 어린 나도 그와 같은 생각을 했으니 5·16이 일어나자 시민들 모두가 박수치며 반겼을 정도였다. 성주에서부터 식모로 일하고 있던 성옥 누나가 대구에서도 계속 있었는데 할머니의 구박이 너무 심하여 일기장 속에 할머니의 잔소리와 구박에 대한 비판이 보이기도 한다.

초등학교 4학년부터 중학교 3학년까지 살았던 대봉동의 대부분이 미8군 주둔지였다. 정문에서 오후 5시면 하기식을 하는데 대포를 쏘는 행사가 있어 바짝 긴장하며 귀를 막고 구경하는 재미가 있었다. 사촌 한조 형님 집으로 가는 길은 이른바 양공주(양색시)들이 방을 얻어 미군들과 동거하는 후문 구역이어서 어린 나이지만 기지촌 풍경을 익숙하게 받아들였다. 겨울 아침 학교 가는 길 이천교 아래엔 한밤중에

내다버려 빨갛게 얼어 있는 갓난아이의 시신도 수시로 볼 수 있었다. 여름 아침엔 아직 숨이 붙어 있어 기어들어가는 소리로 울음소리를 내는 갓난아이를 사람들과 함께 안타깝게 바라보기만 했다. 우리는 양색시를 양갈보라고 비하하여 불렀는데 지금 생각해도 가여운 인생에 대한 연민의 정이 부족했다고 생각된다. 전쟁이 남긴 상처였다.

약목 본가는 거의 주말마다 기차를 타고 갔는데 교통사정이 지금으로서는 도저히 상상도 할 수 없는 지경이었다. 좌석 있는 기차는 거의 없고 화물칸이나마 사람이 적으면 다행이었다. 거리는 32킬로미터로 요즘의 고속도로로 치면 30분이면 도착할 거리지만 토요일 5시 무렵 출발해도 저녁 8~9시에 도착하면 다행이었다. 정차역이 대구–지천–신동–왜관–약목으로 이어지는데 각 역에서 한 시간은 하염없이 기다리는 형편이었다. 노후된 증기기관을 수리하느라 세월을 보내지 않았나 본다. 나무로 된 화물칸의 바닥이 낡아 바닥 아래로 선로가 보이는, 이른바 말과 소 등 가축을 운반하는 깜깜한 화물칸을 타고 다니다 보니 한번은 이 꼬마가 초와 성냥을 꺼내 불을 밝혀 어른들의 칭찬을 받은 기억도 있다. 어떤 때는 석탄 화물차 위에 앉아 오기도 했다. KTX시대에 웬 석기시대 얘기냐고 하겠지만. 그나마 연착 잘 안 하는 군용열차가 밤늦게 있긴 했어도 앉을 자리 하나 없는 콩나물시루 속에 두어 시간을 서서 오면 괴롭기는 마찬가지였다. 1950년대의 우리나라는 이처럼 교통 인프라가 열악했고, 이런 형편은 거의 1970년대 초반까지 이어진 것으로 기억한다.

방학이 되면 어머니는 나를 외가인 묘골에 데려다 놓고, 당신은 곧바로 약목으로 가셨다. 외가의 동네 아이들과 열흘 이상 실컷 놀 수 있어 외가 가는 길이 즐겁기만 했는데 그 길도 버스로 하루가 꼬박 걸렸다. 외할매의 다정한 품이 좋았고, 다락에서 꺼내 주신 곶감의 달콤함도 잊을 수가 없다. 낮에는 외가쪽 친척인 도덕이를 비롯해 동네 친구들과 놀고, 저녁에는 동네 서당에서 천자문을 배우기도 했다.

사육신의 한 분인 박팽년 직계 후손인 순천 박씨들의 집성촌인 달성군 하빈면 묘동 파회(坡回)의 퇴락한 종가 삼가헌(三可軒)은 1980년 결혼 후 아내와 외할머니께 인사드리러 갔을 때만 해도 보수하기 전이어서 옛 모습이 사진으로나마 남아 있다. 어릴 때 같이 놀던 도덕이도 그때 20여 년 만에 시골에 돌아와 있었다. 방학이 끝날 무렵 대구 집으로 돌아올 때는 일가 아주머니를 따라 오게 되는데, 강정(江亭) 나루에서 버스를 탄 채로 배에 실려 건너던 기억이 난다. 초등 1학년 때는 왜관으로 나와 기차로 약목으로 갈 예정이었는데 내가 기차의 기적소리에 놀라 못 타겠다고 울자 그 아주머니는 어린 나를 8킬로미터를 걸려서 왔다. 얼마나 다리가 아팠으면 남계동 못 미쳐서 길가 이정표 앞에 앉아 더는 못 가겠다고 버텼던 고통의 기억이 지금도 남아 있다.

외할머니와 어머니

할머니 여강(驪江) 이(李)씨 석(錫) 자(字), 정(定) 자(字)
1894년 (갑오) 9월 21일~1976년 4월 1일

조선조 대(大)유학자 회재(晦齋) 이언적(李彦迪) 선생의 후인(后人)으로 양동 이씨(여주 또는 여강 이 씨로도 표기) 가문에서 우리 집으로 시집오셨다. "우리 집이 찢어지게 가난해서 들성으로 시집 가면 먹을 거라도 좀 있을까 바랐는데 더 굶게 되었다"고 손자들을 앉혀놓고 농담처럼 말씀하셨다. 농담이 아닌 것이, 할머니께서는 열 살 나이 때부터 부모님이 모두 기아 상태로 누워 있는 형편에 두 동생까지 책임지고 살림을 꾸려야 했던 것이다. 그해 온 동네가 굶어 죽게 될 형편이었는데 이웃 동네의 양반도 아닌 상민인 박씨라는 사람이 숨겨놓았던 벼 백 섬을 구휼로 내놓고 한 집안 당 한 말씩 거저 가져가게 한 것이

할머니와 아버지, 어머니, 삼촌, 숙모, 청도할매(좌에서 둘째)

다. 열 살 나이의 할머니도 벼 한 말을 머리에 이고 먼 길을 걸어왔던 당시를 회상하며 "목이 똑 부러지는 것 같이 아팠지만 병중의 부모님과 두 동생을 살리겠다는 생각으로 울면서 이고 왔다"고 회상하셨다. 부농도 아니었던 박씨가 어떻게 백 섬을 내놓게 되었는지는 할머니 일기장 속 박씨의 말을 옮겨본다.

"조선의 탐관오리들은 이유도 없이 백성들의 재산을 힘으로 빼앗고 도둑질해 갔다. 빼앗기지 않으려고 지금까지 숨겨놓았는데 왜놈 세상이 되니 그놈들은 법에 없는 짓은 하지 않더라. 그래서 내가 숨겨둔 백 섬을 내놓아도 빼앗아 가지는 않을 거라고 믿고 불쌍한 동네사람들을 위해 내놓았다."

1905년, 실질적으로 일본에 병합된 당시 조선의 슬픈 자화상이다. 할머니는 15세 되던 해 말쑥하게 차려입은 사람이 집을 찾아온 후 혼담이 이루어지고 한 끼 밥도 해결하지 못하는 처지임을 감안하여 초례만 치르고 팔려가듯 우리 들성으로 시집오셨다. 시아버지(나의 증조부 진사)께서 양자 오시면서 가져온 200석으로 30여 명의 시댁 식구들이 할머니의 시각으로 볼 때 흥청망청 사는 것이 마음에 들지 않았다고 일기장에 쓰셨다. 시아버지만은 며느리 앞에서 집안 걱정을 하시면서 이렇게 말씀하셨다고 한다. "네가 말은 없어도 많은 걱정을 하는 모양인데 우리 집 형편을 너 혼자 아는 것이 나로서는 큰 다행이다. 비록 네 남편은 천품은 약하고 공부도 못 시켰다. 그러나 너와 아이들 공부만은 신식 구식을 다 책임지고 도와줄 테니 안심하고 날 믿어라." 할머니는 시아버지의 이 말씀을 듣고 하해(河海)와 같은 부모님 은혜를 처음 느끼셨다고 한다. 그런데 의술에 능하신 시아버지가 따님이 장티푸스로 사경을 헤맨다는 전갈을 받고 급히 가셨다가 딸은 낫게 하고 본인이 전염되어 돌아오신지 열흘 만에 별세하셨다. 거기다 남편(나의 할아버지)마저 병을 얻어 23개월을 신음하시다 세상을 떠난 것이다. 이후 아들 넷을 둔 29세 청상과부의 삶이 어떠했는가는 후일 자서전에 남겨두셨다. 네 아들을 데리고 천대받던 들성을 떠나 대구로 와서 갖은 고생을 하면서 모두 좋은 직업의 자랑할 만한 사람들로 키웠으니 할머니의 자존심은 하늘을 찌를 듯했다. 경상도 양반 집안에서 '양동 할매' 하면 모르는 사람이 없을 정도로 기세등등한 할머니였다. 그 기세에 큰며느리인 내 어머니는 시집살이가 힘들 수밖에 없었을 것이다. 그 밑의 둘째부터 넷째 며느리까지 모두 마음고생하며 살았다고 볼 수 있지만 큰며느리인 어머니만큼은 아니었다. 할머니가 네 며느리를 아량과 사랑으로 대했다면 내 유년시절의 추억이 아름다움으로 남아 있었겠지만, 대소가(大小家)의 반목과 질시밖에 들은 것이 없는 것을 생각할 때 안타까울 따름이다. 어린 나에게 있어서 그것은 긴 악몽이었다.

할머니의 일기장

내가 고등 1학년 때 바로 위의 형이 스무 살의 나이로 자살하는 끔찍한 일이 일어났다. 형은 대구고등학교를 졸업하고 가톨릭의대에 지원했으나 실패하고 재수 중이었다. 여린 마음의 소유자로 음악을 좋아했으니 아버지가 기대한 의대 진학은 어려웠지 않았나 싶다. 부모의 기대도 있고 본인도 좌절감이 있긴 했겠지만 자살까지 할 성격은 아니었다고 생각한다. 아버지는 내가 계성고에 입학하자 할머니, 형과 함께 살던 대봉동 집에서 나만 나오게 해 하숙으로 옮기게 하셨다. 아버지는 공부 잘할 수 있는 환경에서 따로 생활하도록 나를 배려해주신 것이지만 그러지 않고 그때 형과 같은 방을 쓰며 생활했으면 어땠을까, 지금 생각해도 한으로 남는다. 그런데 아버지, 엄마의 심정은 어땠을까? 그날인지 다음 날인지 누나 셋이서 할머니에게 폭언을 퍼붓는 사건이 일어났다. 할매 때문에 건조가 죽었다고. 누님들의 생각으로 할머니가 죽음의 직접적인 원인은 아니더라도 집안 분위기를 질시와 험담으로 점철되게 한 장본인이 할머니라 생각하고 차마 입에 담기조차 힘든 말을 할머니 면전에 뱉은 것이다. 할머니의 참담한 심정은 말할 것도 없지만 그런 후로도 집안의 불화는 계속되었고 2년 후 어머니마저 췌장암으로 세상을 떠나게 되었다.

내 사촌형 한조는 어릴 때부터 하루만 보지 않아도 못 견딜 정도로 친했고 지금도 당구를 치며 술 마시는 사이지만 어느 날 마음먹고 한마디했다.

"내가 철 들기 전부터 지금까지 우리 가정에서 남을 칭찬하는 것을 한 번도 들은 적이 없었다. 난 내 앞에서 일가친척 이간질이나 흉보는 말을 들으면 무엇보다 화가 난다."

살아남기 위해 그랬다면 어느 정도 이해는 하지만 어린 내가 보기에도 도가 지나칠 정도였다. 돌아가시기 직전 병원에 가려고 택시를 불러 집을 나서면서 계모 강씨에게 "나 죽으면 이 화초 다 죽게 내버려 둘 거지?" 하셨다. 결국 병원도 못 가고 택시 안에서 돌아가셨다. 그 화초 말려 죽이지 않으려고 새어머니가 안간힘을 다했다는 후일담이 있기도 하다. 네 형제 중 아버지는 할아버지를, 나머지 세 형제는 할머니를 닮았다고 보는데 특히 아버지는 남에게 싫은 소리를 절대 못하는 성격이었다. 그래서 엄마를 한번도 감싸주지 못했다. 내가 보기에도 아버지는 집안을 위해 돈만 내는 사람으로 취급당하는 것 같아 속이 상했다. 지금도 묘사 때 사촌 중의 누구든 일가를 흉보면 화가 나

할머니 회갑(성주 초전)때, 앞줄 둘째 진우(네 살)

는 것은 내 유년 시절부터의 상처 때문이다. 그러나 한편으로는 할머니 고생 덕에 20명 우리 사촌들이 다들 훌륭하게 가정 이루고 잘살게 되었으니 진심으로 고마움을 느끼고 있다.

"할매! 가정이 화목하지 않으면 자손이 절대 잘되지 않는다는 게 손자 진우의 생각이야. 장손 진우는 자손들이 화목한 가정을 약속할게."

아버지 영(榮) 자(字), 록(祿) 자(字)
1913년 1월 3일~ 2010년 1월 27일

돌아가신 아버지에게 죄스러운 점은 많지만 단 하나, 명문 고등학교에 진학했으면서도 공부를 게을리하여 좋은 대학에 못 가 실망시켜드린 점을 가장 죄스럽게 생각하고 용서를 빌고 싶다. 그러나 KBS PD라는 직업조차도 자랑스럽게 생각하지 않으신 아버지에게 서운한 감정을 가졌던 것은 사실이다. 그러나 모든 것은 나의 잘못이지 누구를 원망할 일은 아니다. 아버지에게 인정받을 일을 별로 하지 않았지만, 단 한번이라도 '네가 자랑스럽다'까지는 아니더라도 '잘했다'라는 말씀 한마디를 들었으면 했다.

비교해서 셋째 삼촌은 형제들 앞에서는 항상 아들 자랑을 하시곤 했다. 그것을 들으신 아버지는 더욱 마음이 상해서 삼촌들 앞에서 아들의 허물을 노골적으로 토로하시기도 했다. 이에 반해 셋째 삼촌은 내가 승진하여 부산방송총국 부장으로 내려간다니까 아버지에게 "형님, KBS에서 부장은 대단한 지위입니다." 하고 추켜주시기도 했다. 자식은 못나도 칭찬해야 된다는 사실은 '칭찬은 고래도 춤추게 한다'는 말과 상통한다.

아버지는 열 살의 어린 나이에 할아버지가 갑자기 돌아가시고 세 동생과 어머니와 함께 대구에서 어렵게 생활하셨다. 저녁거리가 없어 외상으로 쌀을 사오라고 하면 아버지는 거절당하고 빈손으로 돌아오지만 작은아버지는 미리 물을 조금 단지에 부어가서는 쌀을 담고서 배 째라는 식으로 저녁을 해결하는 솜씨가 있었다. 할머니는 그러한 생활력 강한 작은아들을 항상 자랑스럽게 말씀하셨다. 그렇게 수단과 방법을 가리지 않는 것을 어린 우리도 당연한 걸로 여기게 되었다. 그러나 나는 한 번도 그것을 옳다고 생각한 적은 없다. 그토록 자랑스럽게 여겼던 양반이라면 원칙에 충실하고 남을 배려하고 인정하는 마음을 가져야 된다고 스스로 다짐하며 살아왔다고 자부한다.

아버지의 삶

열 살에 할아버지가 돌아가시고 아버지는 먹을 양식 한 톨도 없는 가난 속에서 구미소학교(초등학교)를 나오신 걸로 알고 있다. 들성(고아읍 원호리) 집에서 싸릿고개 넘어 학교까지 수 킬로미터를 매일, 겨울엔 거의 맨발로 뛰어서 다녔다고 언젠가 말씀하셨다. 이후 경찰과 의사가 되신 과정에 대해서는 부자간에 그런 대화를 할 기회도 없었거니와 자

세히 알지 못하지만 단편적으로 누님이나 아내 서연에게 들은 얘기를 참고할 따름이다. 아버지가 병원에 입원하셨을 때 아버지는 아들에게는 하지 못한 많은 이야기를 며느리에게 남기셨다. 의사가 되기 전 포목점을 오픈하기 하루 전날 밤, 옷감을 재는 나무 자를 가지고 이리저리 재보시다가 도저히 옷감장사는 못하겠다는 생각이 들어 오픈도 안하고 접은 얘기, 경찰 시절 체포한 도박꾼을 잡아오다가 딱한 사정을 듣고는 내가 오줌 누는 척할 테니 그때 도망가라고 놓아 보낸 일 등….

일본에 실질적으로 병합된 지 30여 년이 지난 시점에 젊은 아버지의 생각은 이 가난으로부터 벗어나는 일이 당면 목표가 아니었을까? 현재의 잣대로 친일이니 반일이니 하는 개념을 당시 평범한 사람에게 들이댈 수 있을까? 경찰이라는 직업도 마찬가지였다고 본다. 종로경찰서 고등계(高等係) 형사 미와(三輪)의 독립군 검거 같은 것은 드라마에서나 볼 수 있는 특별한 경우였고 일반적인 경찰은 지금의 경찰과 같은 민생과 질서 유지에 전념하는 것이었다. 당시 조선인으로 일본으로 가서 취업하는 일은 지금 동남아인들이 한국으로 취업

경관 시절의 아버지. 앞줄 오른쪽 두 번째. 1938년

대구 동산병원 수련의 시절 (셋째 줄 중앙 원내)

하러 오는 것과 같다고 할 수 있다. 현해탄을 건너 일본으로 가는 도항증(渡航證)은 경찰이 발급해줬다는데 체류 기한을 지키지 않고 (이른바 불법체류) 귀국해도 아버지가 잘 무마시켜 주곤 했다고 한다.

일단 생활에 안정이 찾아오고 직업에 회의를 느끼던 중 주변에 의사고시 공부하는 사람의 책을 우연히 보게 되었는데 의학 서적이 너무나도 쉽게 다가와서 경찰을 그만두고 수년을 죽도록 공부해서 의사시험에 합격하셨다. 당시 조선에는 아버지 말씀으로는 의과대학이 세브란스의대 외 서너 개 밖에 없어 조선의 곳곳에 의사를 충당하기에는 태부족이었다. 총독부는 한지의사(限地醫師)라는 제도로 일본인 의사가 없는 이른바 무의촌(無醫村) 등 지정한 곳에서 개업할 수 있게 하여 방역 접종 등 공의(公醫)로서의 임무까지 맡겼던 것이다. 아버지가 대구 동산병원에서 수련의로서 근무하던 시절의 사진은 볼 때마다 자랑스러웠다.

아버지는 소식(小食), 소음(小飮), 금연의 절제 있는 생활을 일생 동안 지키셨다. 술은 저녁에 반주로만 하시고 식사는 반주 후

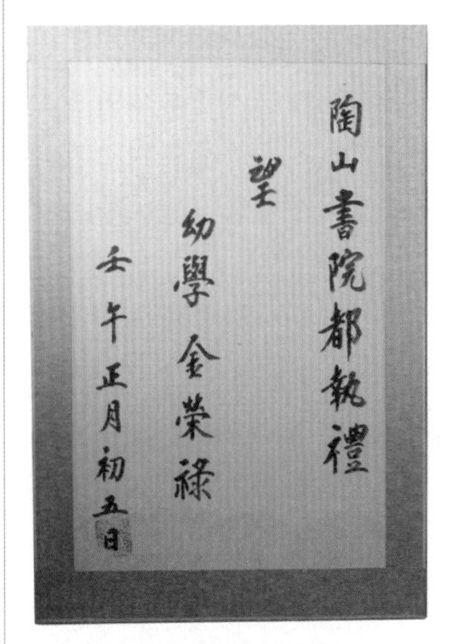
陶山書院都執禮
望
幼學 金榮祿
壬午 正月 初五日

도산서원장 임명장

젊은 시절 의사 가운의 미남 아버지와
건조 형, 완조 형 (초전)

천천히 적은 양을 드셨으며 담배는 젊은 시절에 끊으셨다. 어려운 유년 시절을 보내셔서 절약이 몸에 배었고 시골 수준으로는 꽤 많은 재산을 축적하셨다. 황당한 사건으로 많이 날리기도 했으나 우리 식구 어려움 없이 살 수 있게 해주신 것에 진심으로 감사드리고 있다. 선산 김씨 원당공파(元堂公派) 중에서도 칠암공(七巖公)의 후손임을 자랑스럽게 생각하셨고 문중의 일을 앞장서서 해결하기도 하셨다. 직계 조상의 산소를 모두 이장하여 들성에 가족묘지를 조성하셨다. 그런데 도시개발사업으로 이제 내가 다시 이장하게 되었다. 재실 뒤로 이미 이장한 칠암공 산소 앞에 2020년, 5대조 예안현감 양위와 아버지·엄마 합분을 마련하고 7대조 이하 대소가는 문중이 마련한 산으로 모두 이장을 완료하였다.

아버지는 선산 김씨 대동종친회와 원당공파 종친회의 회장 등을 역임하셨지만 생전에 가장 자랑스럽게 여긴 것은 안동 퇴계 선생의 도산서원(陶山書院) 원장 임명장을 받은 것이었다. 도산서원 원장이란 일 년에 한 번 퇴계선생의 제사를 도산서원에서 지낼 때 제사를 주재하는 도집례(都執禮)로, 경상도의 유서 깊은 가문의 어른 중에서 존경받는 분을 임명하는 것이 관례였다. 아내가 운전하고 종친 한 분이 도산서원으로 모시고 갔는데 서원에는 원장 한 분만 들어가실 수 있다고 해서 아내도 발길을 돌렸다고 한다. 아버지는 퇴계선생이 평소 기거하셨던 사랑채에서 혼자 주무실 수 있었다. 지금까지 아버지 제사 지낼 때 지방문(紙榜文)에 의사(醫師) 대신에 도산서원장 부군(府君)으로 적고 있다.

1992년 1월 중순에 아버지 팔순 잔치를 열게 되었는데 당신이 구미 프린스호텔 예약과 손님 초대와 기념품을 다 준비하시고 나는 잔치를 빛내줄 가수 두 명만 섭외하면 되었다. 1991년 11월에 평소 친분 있던 문희옥 매니저 김모 씨와 김정수의 매니저 박모 사장에게 미리 양해를 구해두었다. 문희옥 매니저에게는 워낙 친했기 때문에 별다른 부담감이 없었고, 김정수도 섭외할 즈음인 11월엔 〈당신〉이라는 곡이 조금 인기가 오를 때여서 두 말 없이 승낙을 받았다. 그런데 한 달 후인 12월, 김정수의 〈당신〉이 인기가요 1위를 계속 유지하다가 연말 KBS의 '가수왕'이 된 것이다. 개인의 팔순 잔치에 가수왕을 초대할 수는 없는 것이지만 두 달 전에 이미 약속된 것이어서 좀 미안했지만 나도 모른 척할 수밖에 없었다. 대신 대구까지의 항공권과 대구공항에서 구미까지 둘째 자형의 도요타 크라운 자동차로 픽업하고 호텔룸도 확보하고 적지만 출연료도 준비했다. 밴드도 구미의 시골밴드가 아닌 대구 특급호텔의 전속밴드를 준비시켰다. 구미와 들성의 아버지 친구와 친척, 외삼촌과 박중훈의 아버지도 참석하셨고 약목의 내 친구들도 초대했다. 서울에서는 조문재와 두 김원식 씨도 기꺼이 참석해주었다. 사회는 사촌 한조 형이 마이크를 잡고 특유의 우스개와 순발력으로 좌중을 웃겼다. 그런데 가수와 밴드가 도착하고 문희옥의 매니저가 '문희옥의 트로트 메들리' 악보를 밴드에게 내밀자 밴드가 당황해하며 어쩔 줄을 모르는 것이었다. 아마 팔순 잔치에 악보를 놓고 연주한 최초의 사건이라고 본다. 김정수는 MR 반주로 노래했다. 팔순 잔치에 당시 대한민국 최고 스타 가수 두 명이 축하 쇼를 한, 보기 드문 일이었다. 아버지도 술 한 잔 드시고 기분이 좋으셔서 문희옥과 춤을 추시기도 했으니 아들로서 생전 처음 아버지를 기쁘게 해드린 잔치라고 믿

팔순잔치—구미 팔레스호텔

고 있다. 초대한 사람들을 위해 아버지께서 손수 봉투에 여비 삼천 원과 가스라이터 한 개를 꼼꼼히 준비하신 것에 아들로서 송구스러울 뿐이다.

아버지 90세 즈음의 일로 아버지의 바람 두 가지를 들어드리지 못한 점만으로 불효자식이라는 소리를 들어도 마땅한 일이 있었다. 기력이 떨어진 아버지께서 세이코 시계가 갖고 싶으시다며 처음으로 못난 아들에게 부탁하시는 것이었다. 해외 나갈 때 면세점에 들러 가격을 보니 상당히 고가(高價)였다. 퇴직 무렵이라 여유가 없었기에 망설이다 사지 못했고 차일피일 미루는 사이 아버지께서 돌아가신 것이다. 아버지로서 처음 아들에게 따뜻한 말로 부탁한 것을 실행하지 못한 것을 돌아가시고 후회한들 무슨 소용이 있을까. 몇 년 후 괌에서 사민이가 인터넷으로 주문하여 이듬해 제사에 시계를 제사상에 올렸는데 시기를 놓치고 제사상에 올린들 불효자가 효자가 되지는 않을 터. 아버지께 다시 한 번 불효의 용서를 빌 따름이다.

다른 하나는 아버지 80세 후반의 일로 어느 날 아버지께서 "나 피아노가 배우고 싶은데 네가 좀 알아봐 줄래?" 하시며 진지하게 뜻을 밝히시는 것이었다. 젊은 시절 음악을 좋아하셨다는 말도 들은 적 있었기에 나도 정말 기뻤고 아버지 수입도 있으니 구미에 출장 교습하는 선생을 알아보고 피아노도 사자고 했는데 옆에 있던 계모 강씨가 "이 나이에 피아노는 무슨 피아노!" 하는 것이었다. 그때 계모의 생각으로는 자기 눈앞에서 젊은 여자와 나란히 앉아 피아노 치는 모습이 싫었거나 아니면 쓸데없이 돈이 나간다고 생각했을 수도 있지 않았나 싶지만 그 소원조차 못 들어드린 점 죄송하게 생각하고 있다. 과거의 아버지였다면 버럭 화내시면서 의지를 관철시켰을 테지만 예상과 달리 아무 말씀도 안하시고 포기하시는 모습을 보며 아버지도 늙으셨구나 생각하였다. 집 앞의 목욕탕을 나의 기억으로는 생전 처음 부자가 갔을 때, 내의조차 혼자 힘으로 벗기 어려워 옆에서 전부 벗겨드리고 입혀드릴 때 아버지의 자존심 상해하시던 모습, 잊을 수가 없다.

나의 70년 친구이자 한때 가정 형편이 어려워 우리 병원에서 일했던 남곡(南谷)은 같이 북한산에 올라 막걸리를 놓고 점심을 먹을 때면 내가 알지 못하는 아버지의 일화를 끊임없이 얘기해주기도 한다. 3일과 8일, 5일장이 서는 약목 장날의 파장(罷場) 무렵인 4~5시가 되면 어김없이 구미 상모동 근처에 사는 과부 세 명이 한복을 깨끗이 차려입고 병원에 들어온다는 것이다. 아버지께서는 "월래관(月來館) –우리 집과 이웃한 음식점–전화해서 주안상 준비해라." 하시고는 가장 친한 약목면장 김진곤 씨와 소방대장을 전화로 부르시고 병원문은 닫고 여섯 분이 원장실 옆 내실에서 두세 시간 술과 안주로 담소하며 보내셨다고 했다. 아마도 그것이 아버지 생활의 유일한 일탈(逸脫)이자 즐거움이 아니었을까? 시골 장날은 모든 사람이 옷을 제대로 차려입고 외출하는 날이니 세 과부도 그날만은 곱게 차려입고 외출할 수 있었을 것이다. 평상시에 곱게 차려입고 장터 나들이 하면 당장 구설수에 오르내리게 되었겠지만 시골 5일장은 동네 주민들의 정보교환의 장소이고 멋을 부

제32081호

의사면허증

성 명: 金榮祿

주민등록번호: 130102-1798614

본 적: 경상북도

근 거: 의료법제57조제4항

위와 같이 면허합니다

1986. 11. 28.

보건사회부장관

아버지 의사면허증

리고 사람 구경도 하는 작은 축제의 마당이라고 할 수 있다.

우리 '금성의원'이 성주군과 칠곡군을 비롯해 인근 면에서 유명하게 된 것은 아버지가 개발하신 채달약(황달약)의 효능 덕분이었다. 인분을 거름으로 사용했던 당시에 채 발효도 되지 않은 인분을 밭에 뿌리곤 했는데 보건의식이 희박한 농부들이 맨발로 그 위에서 작업하다 황달에 걸리는 등의 고통에 시달렸던 것이다. 또 거기서 수확한 채소를 대충 씻고 먹어서 탈이 나기도 했다. 아버지가 이 약을 어떻게 개발하셨는지는 알 수 없으나 잘 낫는다는 평판에 환자들이 각지에서 찾아왔다. 주말에 집에 가면 나도 하루에 몇 시간씩을 약봉지 싸는 일로 보낸 적이 많았다.

그당시 병원 생각을 하면 지금으로서는 상상이 안 가는 장면이 생각나 웃음이 나기도 한다. 즉, 설이나 추석이 다가오면 병원 조수는 자전거를 타고 약목 곳곳을 다니며 그동안 밀렸던 외상 치료비를 받으러 다녔다. 시골 형편에 돈이 귀한 농민들이 치료비를 외상으로 달아놓고 명절대목에 갚았던 것이다. 의료보험 시행 이전 시골풍경의 하나였다.

2010년, 98세의 아버지는 노환으로 거동을 못하신지 서너 달 만에 기력이 쇠하셔서 곡기 끊으신 지 나흘만에 운명하셨다.

아내가 임종을 지키면서 "아버님 생전에 수많은 생명을 낙태 수술하셨으니 참회 기도를 하셔야 합니다" 하니 손짓으로 필기도구를 가져오라고 하시더니 누우신 채로 "나, 안 죽는다"라고 쓰셨다. 그러나 이틀 후 운명을 직감하셨는지 다시 필기도구를 가져오라고 하시고는 일본말을 한글로 '고레카라'(이제 나는)라고 쓰셨다. 당신의 최후를 느끼신 것이다. 생전에 준비해두신 가족묘지에 화장해 모셨다가 2020년 칠암재 뒤 칠암공 산소 앞에 예안현감 할배와 나란히 이장하였다.

"아버지, 영광스런 생을 누리시면서도 한평생 고단하셨지요? 이제 편히 쉬시기 바랍니다."

칠암재(七巖齋)

아버지께서 선산 김씨 문중에서도 우리 집안을 가장 자랑스럽게 생각하시는 근거가 바로 '칠암공의 직계 자손'이라는 데 있다.

지금 재실(齋室) 있는 곳은 우리 집안의 큰댁이며 종손인 택교 아저씨가 살던 집으로 대지 1,105평에 뒷산 임야 6,000평에 300년 이상의 역사를 가진 종택(宗宅)이었다. 1960년대 초 당시 우리나라의 2대 재벌인 S방직의 정회장이 선친의 묘소를 물색하던 중, 어설픈 풍수(風水)쟁이가 우리 종택을 가리키며 '조선 제일의 명당(明堂)'이라고 했다는 것이다. 청주 정씨(삼강 정씨)는 우리 집안과 혼인도 많았던 가까운 집안이었는데도 명당 욕심에 택교 아저씨를 구슬러 종택을 매입했다. 그 유서 깊은 종택을 모두 허물고 재실 본채와 좌우 살림집을 신축한 것이 1965년이었다. 지금은 불법이 되어 엄두도 못 낼 목재인 춘양목(春陽木)으로 재실을 건축하고 재실 뒷산에 부친 산소를 쓸 작정이었는데 우리 일가들이 들고 일어나 산소로 쓰기만 하면 파버리겠다고 시위를 하자 이러지도 저러지도 못하고 관리인만 두고 20년을 방치해두었던 것이다. 1986년, 서울에서 정회장을 만난 아버지가 "자네, 들성 재실을 어떻게 할 건가? 그만 내게 넘기게" 하시면서 3,000만 원을 제시하셨다. 정회장은 쾌히 승낙했고 아버지는 즉시 내 명의로 매입하여 대문과 행랑채를 증축하셨다. 한국 제일의 명필 중 한 분으로 내 외가의 도덕이 아버지 효남 박병규(曉楠 朴秉圭) 선생을 찾아가 칠암재 편

칠암재 중수식 후 아버지와 삼촌, 당숙, 고모들
(앞줄 우측부터 서울할매, 청도할매, 앞줄 왼쪽부터 넷째 할매)

액의 글씨를 받아왔다.

2006년에 한 건설업체가 우리 원당골 전체에 아파트 건립 계획을 세우고 수용계약을 추진하였다. 2/3가구는 응했는데 나머지 12가구가 턱도 없는 액수를 요구하며 버텼다. 당시 원호리 땅값은 평균 평당 70만 원 내외였는데 시행사가 300만 원을 제시했지만 12가구 주민과 일가 대부분이 평당 600만~800만 원을 요구한 것이다. 결국 재실을 포함한 12가구만 제외하고 축소된 형태로 아파트를 건립하여 입주가 끝나버렸다. 34층의 고층 아파트가 재실 정면을 막아서는 형태가 되었다. 30억 원의 보상금을 받고 임야 쪽으로 재실을 축소 이전하여 후손들이 관리하기 편하게 하려던 나의 계획은 그렇게 하여 수포로 돌아가고 말았다. 600년 선산 김씨 원당공 후손의 세거지(世居地)가 역사 속으로 사라진 것이다. 조금 손해라고 생각될 때 양보하고 타협했더라면 하는 아쉬움이 지금도 남아 있다.

2014년, 이 자리에 고깃집이 월세로 들어왔다가 실패하고 2019년 8월, 젊은 친구가 임차해 한옥 커피숍으로 성업 중이다. 끝없이 보수해야 하는 집의 관리 차원에서라도 이 젊은이가 사업을 오랫동안 유지하기를 바란다. 아버지가 한 번 중수했지만 본채를 비롯해 좌우 한옥의 기와와 천장도 점점 내려앉아 끝없이 나의 힘만으로 유지해야 될 터이나 기꺼이 떠안고 갈 따름이다. 일가와 조상의 일을 나의 일같이 하면 조상이 도운다는 말이 허튼 소리가 아니다. 재실의 일을 보아도 알 수 있다. 자신을 낮추고 봉사심으로 살아야 한다는 교훈을 아버지로부터 받았다.

어머니 순천(順天) **박씨 노**(魯)字 **기**(綺)字
1917년 3월 12일~1967년 2월 11일

어머니는 사육신(死六臣)의 한 분인 취금헌 박팽년(醉琴軒朴彭年)의 직계 후손으로, 20세에 아버지와 결혼하셨다. 1917년 3월 12일생으로 1933년, 외할아버지의 근무지인 함경북도 부령(富寧)에서 소학교를 졸업하셨다. 동네 청년들이 어머니를 보려고 수시로 담장 안으로 얼굴을 들이밀자 외할아버지는 교육상 좋지 않다고 판단하시고 사표 내고 묘골 파회(坡回), 지금의 대구시 달성군 묘동으로 낙향하셨다.

어머니는 돌아가실 때까지 한복과 쪽진 머리로 일관하셨다. 내가 대구로 전학하느라 열 살 때부터 어머니와 떨어져서 살았고 고교 3학년이던 1967년에 돌아가셨으니 사실 열 살에 이별한 것과 다름없다.

대가족에다 병원식구들까지 있는 큰 살림에 하루 종일

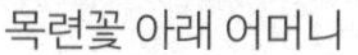

목련꽃 아래 어머니

금오산에서 두 분

식사 준비만으로도 바쁜 생을 사셨다. 집안일을 가정부 누나와 둘이 처리하기에 벅차 보였지만 한 번도 힘들다고 하신 적이 없었다. 고추밭을 비롯해 밭농사도 직접 하셔서 주말에 집에 가면 밭에 물만 주다가 오는 적이 허다했다. 새벽 4시, 잠결에 어머니의 천수경 독경(讀經) 소리에 잠을 깨는데 내 기억으로 어머니는 이 새벽기도를 단 한 번도 거른 적이 없었다. 못난 자식이 지금까지 큰 탈 없이 가정을 이뤄 살아온 것이 다 어머니의 그 기도 덕분이라고 생각한다. 자식들에게 한 번도 화를 낸 적이 없으시며 방학이면 사촌들을 비롯해 일가친척까지 십수 명의 식구들을 정성으로 먹이고 따뜻한 정으로 대해주셨다. 지금도 사촌 한조 형님은 그때를 회상하며 방학 끝날 때가 되면 대구 집에 가기 싫었다고 말한다. 청상과부 할머니 밑에서 시집살이도 고되었지만 큰아들의 죽음으로 마음의 병이 깊었는지 형이 죽고 2년 만에 췌장암으로 세상을 떠나셨다. 임종을 앞두고 진통제로 연명하며 고통을 호소하실 때 따뜻한 말 한마디도 안 한 불효는 지금도 내 인생의 가슴 저미는 후회로 남아 있다.

가정을 이루고 가꿔간다는 것은

우리 육남매 결혼사(結婚史)

우리 육남매

행복과 불행을 타인의 관점에서 판단하는 것은 객관성을 잃을 수도 있다. 하지만 결국 나타난 현실로 판단할 수밖에 없을 것이다. 하지만 저렇게 불행한 채로 같이 살기보다는 헤어지는 게 옳을 텐데 하며 타인의 행·불행을 쉽게 판단하다가도 인생은 외부에서 들여다보는 것만이 전부가 아니라는 걸 나이 들어서 조금씩 알게 되었다. 다만 부부생활을 함에 있어서 부인에 대한 지속적인 폭력과 자식에 대한 유기(遺棄)와 폭력은 어떤 이유를 들이대도 용서가 안 된다고 생각한다.

친구들 사이에서 농담 비슷하게 '살면서 마음속으로는 이혼을 백 번 이상은 했을 것'이라는 말이 흔하게 오간다. 긴 결혼생활에서 서로 실망도 하고 더러는 큰 실수도 하겠지만, 인간은 타협하며 살아가는 존재이며 타인의 장점을 인정해주는 능력을 가지고 있다.

큰누님과 자형 결혼식

결혼 후 초전에서 할머니와

큰누님 숙조(淑祚) **최실**(崔室)
1937년 10월 4일 생

나와는 열세 살 차이로, 어머니 같은 존재였다. 명문 경북여고를 졸업하고 내 초등학교 1학년(?) 때 약목 집에서 전통 혼례로 결혼식을 치렀다. 송아지 한 마리와 돼지 두 마리를 잡은 걸로 기억하고 있다. 당시 딸들은 고등학교를 졸업하면 결혼시키는 것을 당연시했다. 아버지는 여자는 고등학교 마치면 결혼해야 한다는 명분을 내세우셨지만 실은 대학 보낼 학자금이 아까웠던 거라고 생각한다. 두 누님을 대학 보내지 않고 결혼시킨 것에 대해 누님들로부터 평생 원망을 들으셨다. 대학을 갔으면 지금의 남편과 만나지 않았을 것이라는 타당한 항변이었다.

선산군 해평(海平)의 전주 최씨(崔氏) 종가(宗家)의 종손인 자형 최충호는 대구고보(경북고)와 서울대학 상과대학을 졸업하고 제일모직에 입사했다가 코오롱에서 은퇴한 후 누님과 별거하다 이혼하고 10여 년 전 사망했다. 첫아이는 약목 우리 집 병원에서 낳았는데 영문은 잘 모르지만 며칠 만에 사망했다. 눈발이 날리는 추운 겨울, 죽은 아이를 강보에 싸서 문을 나서는 아버지의 슬픈 모습이 지금도 생생히 떠오른다. 둘째 윤정이는 선천성 심장병으로 고생하다 초등학교 4학년 때 사망했다. 내가 너무나 귀여워한 생질녀인데 학교 갔다 오면 핏기 없는 얼굴로 숨쉬기도 괴로운 듯 헐떡이던 모습이 지금도 슬픈 기억으로 남아 있다. 자식을 두 명이나 먼저 보내고 난 부부 사이는 어떨까. 잘 모르겠지만 대체로 무의미한 상태로 여생을 보내지 않을까 짐작해본다. 그 뒤로 2남 2녀를 두었고 장녀와 막내아들은 이혼한 상태로 현재는 장녀와 둘이서 별 탈 없이 잘살고 있다.

부부 사이의 불화는 자식들의 결혼생활에 지대한 영향을 끼친다는 사실을 명심해야 한다. 이해심과 양보심, 책임감이 없이는 가정을 지킬 수 없다.

1964년 5월 4일 약목 집에서 손주들과 함께
앞줄 왼쪽부터 영순, 우석, 창운(윤정), 현정
둘째줄 왼쪽부터 외할머니, 아버지, 어머니, 작은누나
셋째줄 왼쪽부터 큰누나, 작은 자형, 우선누나

작은누님 승조(勝祚), 이실(李室)
1940년 8월 20일 생

신명여고 졸업 후 21세에 성격 까다로운 자형 이응준과 결혼했다. 2014년에 자형이 돌아가시자 간암 환자로 투병생활을 하다가 2017년에 돌아가셨다. 연안 이씨(延安 李氏)는 들성 우리 집보다 양반으로서의 지체가 낮다고 생각한 시아버지가 본인 아들더러 "우리가 어떻게 들성과 혼인을 할 수 있었겠느냐? 네 처에게 잘해라." 하셨을 정도였으니까 자형은 대구 최고의 미인(?)인 누님에게 열등감을 느끼지나 않았는지 모르겠다. 누님의 시아버지는 당대에 영광직물, 송죽극장, 대구예식장 등을 거느린 대구의 부호였다. 자형은 섬유산업 호황의 시기에 영광직물을 물려받아 착실하게 경영을 했으나 대구 섬유산업의 쇠퇴기에 공장은 전세로 정리하고 은퇴생활을 여유롭게 즐긴 것으로 안다.

두 분은 1녀 3남을 두었으나 장녀와 장남이 이혼했다. 작은누님도 장녀와 대구에서 함께 생활했으니 큰누님의 경우와 같은 말로 표현할 수밖에. 누님이 행복한 것 같지 않아 동생으로서 안타까웠다.

작은누님 결혼식 사진

어느 해 어머니 강씨의 생신에 우리 형제 조카가 모두 모였을 때 누님이 "조카들 용돈을 줘야겠는데 내가 비자금 전부를 이온음료회사에 투자했다가 완전히 망해서 형편이 안 된다"고 하는 말을 듣고 안타까운 마음이 들었다.

몇 년 후 부암동

집을 팔아서 생긴 여윳돈을 좀 들고 갔다. "누님. 용돈이 없다는 말이 마음에 걸렸어요. 내가 열 살 때부터 군대 갈 때까지 누님이 주시는 용돈으로 살았는데 이거 얼마 안 되지만 용돈으로 쓰세요." 누님과 작별하고 버스 정류장에 왔을 때 전화가 왔다. "나는 2백만 원인 줄 알았는데 2천만 원이나 되데?" 하며 고마워하셨다.

돌아가시기 한 달 전 마지막이라 생각하고 집으로 찾아갔는데 초췌한 모습을 보니 너무 안타깝고 이제 이별이라고 생각하고 포옹하니 뼈만 남은 등이 만져져 눈물이 났다. 그리고 한 달 후 돌아가셨다. 내 생일에 친구들과 함께 집으로 초대해 큰 생일상을 마련해 엄마 대신 거두어 주시던 누님이었다.

명복을 빕니다.

셋째 누님 재경→영희, 류실(柳室)

1942년 10월 4일 생

작은누님(신명여고) 셋째누님(대구여중)

효성여고 다닐 때 핸드볼 선수로 전국체전에 출전하여 영부인 프란체스카 여사와 기념 촬영도 했던 화려한 이력의 셋째 누님은 아버지를 끝까지 졸라 효성여대에 입학했다. 2학년 때 통근열차 안에서 보따리 들어주던 자형 류시청(柳時靑)과 결혼했다. 아버지는 중매가 아닌 연애라고 반대를 하셨지만 근본을 알아보시고는 바로 허락하셨을 정도로 경상도 안에서 알아주는 양반 명문가 자제였다.

사돈댁은 경북 상주의 하회(풍산) 류씨 우천 종가(宗家)로 할아버지께서 독립운동으로 전 재산을 없애는 바람에 자형은 어렵게 학업을 이어가야 했다고 한다. 경북고등학교와 경북대를 졸업하고 세무공무원으로 재직 중이었던 셋째 자형은 둘째 자형 이응준과는 경북고 동기다. 세무서에 몇 년 근무하던 중 글씨를 쓸 수 없는 병으로 서른 초반에 사직했는데 간염까지 겹쳐 이후로는 직업 없이 생활하고 있다. 누님은 수퍼마켓, 우동가게 등으로 생활을 이어갔으나 2남 2녀를 두고 1970년 후반에 폐렴으로 돌아가셨다.

자형은 새 부인을 두어 지금까지 살고 있으나 큰아들 영훈이가 계모와의 갈등으로 교류가 거의 없다시피 사이가 멀어진 채로 있어서 안타까운 심정이다.

여동생 미정, 류실(柳室)
1953년 12월 18일 생

문화 류씨 류성범과 연애 결혼했다. 매제는 당시 남강토건의 중동 건설인부 송출 담당자였는데 365일 접대 술자리로 몸을 혹사시켰다. 본인도 술을 좋아해서 서른 중반에 간경변과 당뇨에 걸려 활동을 접을 정도였다. 여관 경영 등 여러 가지 일을 시도했으나 사업에 실패하고 지금은 베트남에 거주하며 철강 수출입으로 생활하고 있다.

매제가 간 이식 수술을 받지 않으면 죽게 생겨서 서울대병원에서 기약없는 대기 중에 있을 때 나의 오랜 친구인 김현철(계명의대 학장)에게 부탁하게 되었다. "류성범" 이름 석자를 적은 쪽지를 간이식 전문가인 S 교수에게 건네준 그 고마움을 아직도 간직하고 있다. 그런 도움으로 매제는 일주일 만에 딸 지연이의 간을 이식받아 새 생명을 얻게 되었다. 어머니 강씨와 내가 합쳐 수술비 3천만 원을 도와주었다. 효녀 지연이도 결혼했으니 더이상 어려움에 처하지 말고 부디 지금의 건강을 유지하기만을 바랄 뿐이다.

여동생이 결혼한 것은 내가 결혼하기 전이었는데 여동생과 매제는 결혼하겠다는 의사 표시도 없이 5년간 시간만 끌고 있던 실정이었다. 나는 아버지께 서울 류서방 집에 가서 확답을 얻어 오겠다고 하고 사돈댁을 찾아갔다. 사돈어른은 함경북도 함흥 출신으로 당시 대기업인 대한중기(大韓重機)의 부사장이었다. 서오릉 넘어가기 전 왼쪽으로 들어가 산 중턱에 자리한 전망 좋은 저택의 현관에 들어서자 사장(査丈)어른께서 친히 나와 맞아주셨다. 거실에 들어서자마자 절 받으시라고 하면서 큰절을 했다. 맨발 바람이던 사장어른은 어쩔 줄을 몰라 하셨다. 이북 출신이셔서 우리의 풍습이 익숙치 않으셨겠지만 큰절 한 번에 점수는 엄청 따지 않았나 생각한다.

몇 가지 질문을 하셨다.
"아버지 형제는?"
"네 분이십니다."
"아버지는?"
"의사이십니다."
"작은 삼촌은?"
"코오롱 계열 한국화섬 사장이십니다."
"셋째 삼촌은?"
"초등학교 교장으로 교육장도 하셨습니다."
"막내 삼촌은?"
"건설업 하십니다."
이 말이 끝나자 사장어른께서 안사장을 부르시더니 말씀하셨다.
"상견례 날짜 좀 잡아 봐요."
그걸로 끝이었다.

대구의 한 호텔에서 상견례를 했는데 사장어른은 맥주를 우리 어머니에게 따르고 부인에게도 "한잔하게" 하시며 술을 따르

어린 시절 류실이와 함께

푸켓 가족여행에서(2001년)
류실이 내외, 큰누님 작은누님, 나,
서연, 어머니

고 잔을 부딪쳤다. 그때 아버지께서 "우리 경상도에서는 사부인과는 얼굴도 서로 마주하지 않는데…."라고 하셨지만 유쾌하게 상견례를 끝내셨다. 아버지께서 서울 오시면 꼭 사돈과 만나서 술자리를 가지셨는데 사장어른께서 당뇨 합병증으로 일찍 돌아가셔서 안타까울 따름이다.

2020년, 가족묘지가 도시개발 사업으로 수용되면서 보상금 10억여 원을 받아 상속 비율대로 나누어 지급을 완료했다. 아버지의 조상 모심으로 인해 각 가정이 또 도움을 받게 된 것이다. 이장한 25기 산소 관리는 나와 내 자손들의 책임이지만 기꺼이 맡아 아버지의 뜻을 이을 따름이다.

계모 신천 강씨(信川 康氏) **원**(元)**자 희**(姬)**자**
1930년 10월 17일 생

결혼하자마자 남편이 6·25 전쟁에 참전하여 전사하고 자식 없이 홀로 지내다 서른 중반에 아버지와 재혼했다. 조용한 성품에 살림 잘하고 아버지 뒷바라지를 잘해주셔서 아버지가 백수를 누리시는 데 가장 큰 도움을 주셨다.

2004년, 아버지께서 상속을 하실 생각으로 내 명의의 고아면 봉한리 3,300평을 7억5천만 원에 처분하시고 나에게 의논하시기를 '어머니 2억, 누님 두 분과 류실이에게 2억7천 정도, 영훈·치훈 형제 6천, 윤의네 3천'이라 적은 쪽지를 보여주셨다. 아버지는 어머니께 2억 정도 남겨주시려는 생각이셨다. 나는 아버지께 여기서 더 아끼시면 안 된다고 말씀드려 7억5천만 원 전액을 우리를 제외한 가족들에게 다 털어 나누어주게 했다. 이후에도 차명계좌에 있었던 두 누님과 류실이, 준석이의 예금도 모두 본인들에게 지급했다.

어머니는 2010년에 아버지 돌아가시고 외로움에 견디기 힘들었는지 치매 초기 현상이 보였다. 걱정만 하다가 2015년 7월에 드디어 문제가 발생했다. 어머니 옆에서 도와주던 친정 질녀 강순진으로부터 전화가 왔는데 어머니 정신상태가 밤낮 구별도 못할 정도라는 것이다. 급히 내려가 일주일 정도 머무르며 상태를 보니 치매 증상이 중증이었다. 바람이라도 쏘이면 좀 낫지 않을까 해서 매일 근교의 이름난 사찰들을 둘러보기로 했다.

첫날은 신라시대에 창건한 선산 도리사(桃李寺)로 가서 법당에 참배하며 생각을 정리하고 부처님의 말씀을 듣고자 했다. 그런데 어머니는 계속 안절부절 못하며 했던 말을 수십 번이나 반복하는 것이었다. 다음 날은 김천 직지사(直指寺)에 갔으나 불안증세가 더욱 심해졌다. 셋째 날은 성주 선석사(禪石寺). 어릴 때 엄마 따라 갔던 유서 깊은 고찰이라고 해서 함께 다녀왔으나 증세는 나아질 기미가 보이지 않았다. 이제 어쩔 수 없이 요양병원으로 모실 일밖에 없다고 판단했다.

세 번의 사찰여행으로 어머니의 우리들에 대한 신뢰 즉, 이제 믿을 사람은 우리밖에 없다고 판단하신 것 같다. 구미요양병원에 입원하셨다가 서울, 일산을 거쳐 지금은 파주의 요양원에 계신다. 재취의 어머니지만 친모와 다름없이 모시는 것이 당연한데 성격 탓인지 본인 스스로 이방인처럼 행동하셨기에 안타까운 마음이 들었다.

처 밀양(密陽) **박명숙→박서연**(朴舒嬿)
1955년 10월 22일 생

내가 한국FM에 근무하던 시절, 효성여대에서 음악 강연회를 열었다. 팝 음악 부문에 도병찬, 클래식 부문에 김진우를 강사로 하는 음악 강연이 3년 정도 열렸다. 대학생들에게 음악적 소양을 갖도록 하자는 취지였는데 나는 음악뿐 아니라 당시 잘 알려지지 않았던 백남준의 비디오 아트까지 대구 미국공보원에서 대출하여 대학생들에게 소개했다. 강연이 끝나고 학생회 간부들과 자장면으로 저녁식사를 하는 자리에서 박명숙을 처음 보았다. 당시 대학교 3학년이었던 박명숙에게 아무런 관심도 없었고 그냥 밥 먹고 헤어진 것뿐이었는데 몇 년 후 동성로에서 우연히 마주친 것이 계기가 되어 6개월 후 결혼하게 되었다. 당시 나는 다른 여자와 2년 이상 사귀고 있었는데 갑자기 대구 동중학교 교사인 박명숙만 생각이 나는 것이었다. 아버지 병원에 간호사로 일하는 강옥진(계모 강씨의 질녀)의 친구라는 걸 알고 만남을 주선해 달라고 하여 정식으로 사귀게 되었다. 짧은 기간이었지만 헤어졌다 다시 만나기를 거듭하는 등 우여곡절 끝에 1980년 1월 30일, 한겨울의 바람 심한 날 대구예식장에서 식을 올렸다.

아내가 졸업한 효성여대 약대의 김상열 교수의 주례로 식을 치렀고 신혼여행은 제주 KAL호텔이 예정되었는데 강풍으로 비행기가 결항하는 바람에 급히 충무관광호텔로 변경하여 택시로 충무(통영)에 갔다. 이틀 예정이었지만 강풍과 추위를 견디지 못해 다음 날 한산도만 겨우 다녀오고 대구 처가에서 하루 묵고 약목으로 향했다.

▲학생회장 시절의 박명숙과 우연히 만나다 ▼학생회장 박명숙

약목에 도착하니 청도할매, 서울할매를 비롯해 숙모 등 우리 식구들이 잔치 준비를 하는데 새댁은 아랫목에 앉아 있기만 하고 시댁 어른들이 상을 차리는 것이다. 양반 법도가 그렇다는 것이다. 음식 준비를 같이 하면 부담이 없을 텐데 꼼짝도 하지 못하게 하고 방문이 열릴 때마다 일어서고 앉아야 하니 그 불편함이 오죽했을까? 거기다 코미디언 저리가라 할 정도인 청도할매(박중훈의 친할머니)는 진지한 얼굴로 "우리 들

▲ 1980년 1월 30일 결혼식
▼ 결혼식 후 묘골 외할머니 인사드리러 갔을 때 폐허의 삼가헌에서

성 법도는 새댁이 오면 노래를 한 곡 부르든가 아님 젖을 내보여야 한다."라고 했다. 이런 경우 새댁은 얼굴을 붉히고 고개를 숙인 채 가만히 있을 뿐이고, 어른이 몇 번 보채다 그만두는 것이다. 그런데 이 새댁은

어른 말씀을 거역하면 안 되는 걸로 알았던지 "그럼 한 곡 부르겠습니다!" 하며 벌떡 일어서는 게 아닌가?

선녀처럼 예쁜 새댁

"꽃바구니 옆에 끼고 나물 캐는 아가씨야~ 아주까리 동백꽃이 제 아무리 곱다해도 내 사랑만 하오리까. 아리아리 동동 쓰리쓰리 동동~ 아리랑 콧노래를 불러만 주소~."

두 존고모와 숙모들의 손뼉 장단에 맞춰 노래를 끝까지 다 부르는 새댁, 춤까지 추지 않은 게 다행이라고나 할까?

밤에는 쥐들이 천장위에서 달리기를 하는 대구 칠성동 주택에 신혼살림을 차렸다가 얼마 후 대구 최초의 대단지 아파트인 삼익뉴타운 27평으로 이사했을 때의 그 기쁨은 지금도 잊을 수 없다.

현재의 아내에 대한 생각은 젊었을 때와는 많이 바뀌었고 젊은 시절의 불만 같은 것은 거의 없다. 아들과 딸의 입시와 출산 등에서 아내의 진가가 발휘되었던 것 같다. 한마디로 믿음직하고 활동적인 처이자 좋은 어머니, 시어머니라고 생각한다. 사람이 가족애가 넘치는 가정에서 사랑받고 자라면 이렇다는 것을 알게 해준 사람이다.

백신고등학교 운영위원장을 맡으면서 중요 입시정보를 많이 가지고 세 아이 대학에 보내는 데 큰 역할을 해준 점, 감사히 생각하고 있다. 하지만 그 역효과로 학교 급식업체 사장과 알게 되었고 그 사기꾼의 꾐에 빠져 큰 돈을 날리기도 했다. 집요한 성격이라 한번 몰두하면 옆 사람의 충고를 잘 안 듣는 경향이 있어 곁에 있는 사람의 입장에서는 답답한 점이 있다. 그것이 한동안 다툼의 원인이 되었다. 지금도 아내의 마음속에 응어리로 남아 있을 장모상 당시의 상황은 정리하지 않을 수가 없고 마음 아팠을 아내에게 진심으로 미안한 마음을 전한다.

당시는 설 연휴 기간이어서 회사에서의 공식적인 문상도 없을뿐더러 고등학교 동기는 물론 시댁이라고는 아버지와 대구에 계신 작은누님 한 분뿐인데 아무도 오지 않아 아내는 오빠에게 면목이 없었을 것이고 자존심이 많이 상했을 것이다. 그러나 내가 아내에게 냉담해지지 않을 수 없는 사건이 몇 년을 두고 일어나기도 했다. 이 점에 대해서는 아내와 견해 차이가 있었을 수도 있겠지만 그 당시 나의 심정이 이러했다는 것은 알아주기를 바랄 수밖에 없다. 세상 경험 없는 주부가 몇 년 사이 거금을 사기 당하고 일이 터질 때마다 수습하느라 내 일상도 무너져가고만 있었다. 장모 상을 앞뒤로 나의 감정이 이러한 데다 설 연휴에 친구들이나 누나에게 장모 돌아가셨다고 문상 오라는 말이 나오지 않았다. 이 사건이 우리 부부싸움의 모두를 차지할 정도인데, 아내는 친정이 무시당했다는 생각만 하는 것 같았다. 몇 년 전 두 번 다시 이 문제로 감정 상하는 일은 없도록 하자고 약속했으나 아내의 감정 밑바닥까지 알 수는 없는 일이다. 하지만 나의 잘못된 부분은 진정으로 사과하니 받아주길 바랄 뿐이다.

화양연화(花樣年華)

당시 아내는 정신건강의 문제 즉, 약한 조울증(躁鬱症)상태가 아니었는지 짐작해본다. 조울증은 조증과 울증이 주기적으로 반복되는 아주 위험한 질환으로 조증인 상태에서는 모든 것이 긍정적으로 생각되고 기분이 업되어 투자에 자신감이 생긴다는 것이다. 정신과 의사들은 조증상태에서 환자들의 투자의욕이 넘치기 쉽다며 가족들의 주의를 요한다고 지적하기도 한다. 당시 부산 근무 동안에 일산 집에 가면 아내는 종일 누워 있는 모습을 자주 보였다. 별 이상은 없는데도 녹다운 상태로 며칠씩 누워 있는 적이 많았기에 그때가 울증 상태가 아니었던가 생각하고 있다.

그 후 평창동 살 때 정신과 전문의인 고교동기 장순기 박사의 상담도 받고, 현재는 목 디스크 외 다른 질병은 없으니 다행으로 생각한다. 이제 과거도 미래도 생각지 않고 현재 있는 그대로의 아내의 모습이 좋다.

엄마와 누님들의 경우를 보며 학습된 걸 종합하면 '여자가 아픈 것은 모두 남편 탓'이라는 것이다.

2015년, 명숙에서 서연으로 개명까지 했으니 더이상 사서 힘든 일 만들지 말고 건강하게 오래 삽시다.

자전거로 등교하는 게 소원이던 푸른 사춘기

중학교 시절 1962~1964

중학교 졸업식 날. 벌써 좀 노는 친구들과.

4학년 2학기에 대구국민학교로 전학 가서 2년 반 만에 졸업, 경상중학교에 합격했으나 독감에 걸려 입학식도 참석 못하고 일주일을 결석했다. 담임 변철구 선생이 "김문호~ 어데 갔다 이제 왔노~" 하며 노랫가락을 붙여 놀려대기도 했다. 대봉동 대구중학교 뒤에서 할머니, 형, 셋째 누나와 넷이 살게 되었는데 누나는 곧 결혼하고 셋이 되었다. 자전거를 타고 학교에 가고 싶어서 아버지께 조르자 성적이 10등 안에 들면 사주겠다고 하셨다. 1학년 내내 열심히 해서 7등이 되었으나 아버지는 차 때문에 위험하니 못 사주겠다고 한마디로 거절하셨다. 그때의 실망감은 이루 말할 수가 없었고, 사춘기가 와서 학교의 소위 잘나가는 친구들과 어울려 공부와 점점 멀어졌다. 3학년 때는 성적이 거의 바닥이었다. 한조 형에게 담배도 배우고 거의 노는 학생으로 3학년을 마쳤다.

고등학교 입시가 석 달 앞으로 다가왔을 때 부모님이 많이 걱정이 되셨는지 엄마 친정의 일가 중에 박진이라는 재수생을 약목에서 같이 공부하도록 만들어주셨다. 그 아재는 서울대학에 떨어져 재수 중이었는데 자기 공부도 하면서 나를 지도했던 것이다. 남은 시간은 석 달. 나도 일단 불이 붙으면 맹진하는 성격이다. 추운 겨울, 새벽 4시에 기상하여 차가운 우물물로 세수하고 밤 11시까지 쉬지 않고 공부했다. 다행하게도 전년도까지는 국어·영어·수학 세 과목만 보던 것을 그해부터 입시 과목이 바뀌어 전 과목을 다 본다는 것이었다. 중학교 공부란 암기 위주여서 벼락공부엔 전 과목이 훨씬 유리했고 아재의 지도 덕에 나도 모르는 사이에 실력이 좋아져가고 있었다. 석 달이 지나 원서를 내러 학교에 가서 담임 류승하 선생에게 계성고등에 내겠다고 말씀드리니 한번 쓱 쳐다보시고는 두말없이 내주셨다. 당시 입시 제도가 바뀌어 1차는 경북고와 계성고, 대구상고 밖에 없었으니 어차피 떨어질 놈, 원하는 대로 내준다는 표정이셨다. 시험 때까지 이를 악물고 총정리를 하고는 드디어 시험 당일. 영어는 예상대로 관계대명사가 많은 부분을 차지하고 수학도 인수분해가 많이 나와 예상이 적중했고 나머지는 암기 과목이니까 별 어려움 없이 마무리했다. 당시 명문 고등학교 합격자 발표는 라디오 생방송으로 했다. "5번, 8번, 10번…" 온 가족과 병원식구가 라디오 앞에서 가슴 졸이던 순간 '00번' 하는 아나운서의 목소리에 병원이 떠나갈 정도로 환성을 질렀다. 이날 아버지가 기뻐하시던 모습을 잊을 수가 없다. 그 전 해에 사촌형인 후조, 한조 모두 계성고등에 떨어져 2차 지망학교에 들어간 터라 나의 합격이 얼마나 자랑스러우셨을까? 합격증을 중학교에 제출하러 교무실에 들어서는 순간, 담임을 비롯한 선생님들이 모두 일어서서 "김문호가 누구고? 얼굴 좀 보자." 하면서 기립박수를 쳐주던 장면이 지금도 벅찬 기억으로 남아 있다.

담임선생이 "너 어떻게 공부했나?" 하고 물으시기에 "석 달 동안 잠 안 자고 했습니다."라고 으스대며 짧게 말했던 것 같다. 고등학교 합격했다고 교무실에서 선생님 모두의 기립 박수를 받은 학생은 개교 이래 나뿐이지 싶다.

예술적 감성이 싹 튼 풍요로운 배움의 시대

고등학교 시절1965~1967

중학교 때 같이 놀았던 친구 박진규의 집에 하숙을 했다. 재수 중이었던 형은 할머니와 함께 살게 하고 명문고에 진학한 나만 할머니와 떨어져 따로 하숙을 한 것이다. 형과 함께 살았으면 나도 착실히 공부하고 형도 죽지 않았을 거라는 안타까운 마음을 지금도 가지고 있다. 1학년부터 시작한 태권도는 10개월 만에 초단으로 검은 띠를 두르게 되었고 학교에서도 운동도 하고 좀 노는 아이로 대접받았다. 3학년 때 전국체전 태권도 최종 선발전에서 준우승 하고 출전을 못했지만 오히려 다행이라고 생각했다. 종합운동장에서 예선전 3분 3회전을 뛰어보니 숨이 차서 3회 때는 발이 올라가지도 않았다. 체력훈련을 하지 않고 시합에 나갔다가는 망신만 당할 뿐이다. 권투시합 1회가 진행되는 3분이 선수에게는 얼마나 긴 시간인가를 그때 처음 알았다.

2학년 초, 검은 띠 초단으로 하숙집 부근의 청도관(青濤館)에 다녔는데 저녁 늦게 하숙집 앞에서 노상강도에게 잡힌 일이 있었다. 사람들의 왕래가 드문 주택가 컴컴한 골목의 담벽에 나를 밀어붙이고 잭나이프로 태권도복 가방을 푹푹 찌르며 시계를 풀라는 것이다. 죽은 형이 남긴 시계를 빼앗기기 싫어서 끝까지 거부하다가 순간 뿌리치고 달아나려는데 발을 걸어 넘어뜨리고는 나이프로 어깨와 팔을 찌른 것이었다. 고함 소리에 하숙집 주인과 동네사람들이 나와서 강도는 시계를 빼앗지 못한 채로 달아났다. 근처의 삼덕동 작은누나도 놀라서 달려왔다. 병원에서 간단한 봉합수술을 하고 다음날 학교에 갔는데 난리도 아니었다.

매일신문과 영남일보 사회면 톱으로 그 일이 대문짝만하게 난 것이다. '고교생, 운동 후 귀가 중 주택가 한 복판에서 노상강도에게 칼로 난자당하다'

신문기사만 봐서는 중태에 빠져 출석할 수 없을 것으로 생각한 학생주임이 교실에 찾아와 내가 멀쩡한 걸 확인하고 안심하던 모습이 기억난다. 난자당한 것은 맞지만 복부를 찌르지는 않았고 시계를 풀려고 팔만 찔렀기에 다행이라면 다행이었다. 얼마 후 남대구 경찰서에서 잠깐 오라는 연락이 와서 저녁 9시쯤 가니 형사가 창문 틈으로 저놈이 범인인지 확인해달라고 했다. 목조 마룻바닥에 상반신이 벗겨진 피의자가 있고 덩치 큰 형사가 취조하는데 "너 불지 않으면 오늘 나하고 끝장내자" 하며 자신도 웃통을 벗어던지고 유도의 엎어치기 메치기로 바닥에 패대기를 치는 것이었다. 피의자가 "저는 아닙니다"라고 울부짖는데 내가 "저 사람은 아닌 것 같다"고 하자 신호를 보내고 취조를 끝냈다. 경찰의 막무가내 취조 방식을 처음 접한 충격은 지금까지 사라지지 않고 있다.

대구의 경찰이 고교생 노상강도 난자사건에 수사력을 집중했지만 범인은 좀처럼 잡히지 않았다. 그 사이 작은 사건이 하나 있었는데 동네에 알고 지내는 신명여고 3학년 박미아가 가끔 데이트하자며 찾아오곤 했다. 하루는 시내를 가로지르는 수성천의 제방을 걷다 자전거 탄 교사에게 적발되고 말았다. 당시 대구 시내의 어떤 교사든 데이트 또는 학생 입장불가 영화를 보는 불량학생(?)을 적발해 학교로 통보

하면 정학처분까지도 받을 수 있었던 시절이었다. 나는 재빨리 도망쳐 숨어서 보고 있는데 박미아는 잡혀서 울고 있었지만 겁이 나서 도저히 그쪽으로 갈 용기가 나지 않았다. 골목에 숨어 지켜보는데 얼마 후 조용해지며 모두 사라졌다. 이후 박미아가 어떻게 되었는지 모른 채로 하루하루 마음 졸이고 있었다. 그러다 수요일 전체 예배시간에 기도도 하지 않고 시시덕거리고 있는데 악질 학생과장이 내게 와서는 강당 밖으로 나오라는 것이다. 그 순간 하늘이 노랗게 변하는 느낌이었다. 정학 처분이라도 받으면 부모에게 통보될 것이고 그 이후에 일어날 일을 생각하니 아뜩하기만 했다. "너 조퇴하고 대구경찰서 수사과에 가봐라. 범인이 잡혔는데 확인하러 오란다." 악질 학생과장의 부드러운 말씨에 검게 드리웠던 구름이 싹 걷히고 맑은 하늘이 보이는 것 같았다. 대구경찰서 유치장에 들어서자 형사가 한 명을 철장 가까이 불러 세우며 그놈이 맞냐고 묻는 것이다. 사건이 일어나던 시각이 밤이어서 기억나지 않으면 어떡하지 하는 걱정도 있었지만 한 눈에 봐도 그놈이었다. 나도 그놈 시선을 피하지 않고 말했다. "예. 이 ×× 맞습니다."

1학년에 입학하자 각 교실로 동아리 가입하라는 선배들의 권유가 있어 악대부를 택하고 강당 옆의 연습실로 이병근, 김두

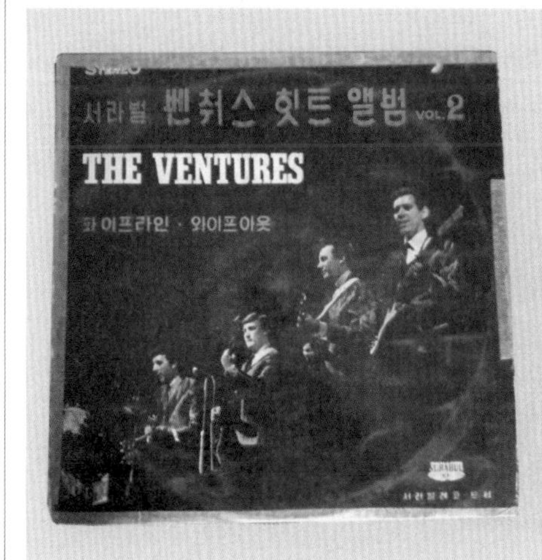

Ventures 히트 앨범

고교시절 이 음악에 광분하지 않은 사람이 있었을까? 〈상하이 트위스트〉, 〈파이프라인〉 등 히트곡을 남긴 벤처스. 기타 3명, 드럼 1명의 이들 4인조 그룹은 한국에도 유행을 불러와 그룹사운드의 전성기를 맞이했다.

억, 박수항 등 몇 명이 함께 찾아갔다. 1학년 대여섯 명을 일렬로 세워 놓고는 한마디 의사도 묻지 않고 손에 잡히는 대로 악기를 던져주는 것이었다. 옆의 친구들은 트럼펫, 색소폰, 클라리넷 등 폼 나는 악기들을 받는데 나에게는 트럼본을 주었다. 선배들에게 바꿔달라는 소리도 못하고 실망한 채로 교실로 돌아와서는 집합일에 가지 않자 호출이 왔다. 무슨 조폭 조직도 아닌데 탈퇴하려면 빳따(몽둥이 구타) 열 대를 맞고 가라고 해서 트럼본 부느니 말겠다 생각하고 맞고 나와버렸다. 그때 함께 악대부에 갔던 친구들은 한양대 음대를 비롯해 각 대학으로 진학하여 음악교사가 되기도 했다. 최근 그 친구들과 모여 농담 반으로 이렇게 말한 적도 있다. "그때는 트럼본이 싫었지만 음악 프로듀서로 KBS교향악단과 방송하면서 오케스트라에 있어서 트럼본이 얼마나 중요한 악기인가를 알게 됐어. 악대부에서 탈퇴하지 않고 열심히 트럼본을 불었으면 어땠을까? 가정 형편도 좋았고 공부도 제법 했으니 레슨 받고 했으면 서울음대는 무난히 들어갈 수 있었을 테고, 우리 가문의 영광이었을 텐데…."

좋은 기회를 날렸다고나 할까? 계성고등학교의 장점은 기독교 계통이어서 음악적인 소양을 키우는 데 아주 좋은 환경이었고 개인의 특성을 살릴 수 있는 여건이 마련되어 있었다. 당시 서울시

브람스 피아노 협주곡 2번
프리츠 라이너 지휘
시카고 심포니 오케스트라
피아노_반 클라이번

고교생 시절, 하숙집에서 무료할 때면 작은누나 집에 가서 자형의 음반을 듣곤 했다. 그때 발견한 음반이다. 반 클라이번이 미국인 최초로 차이코프스키 콩쿨에서 우승하고 얼마 지나지 않아 취입한 앨범으로 나에게는 잊을 수 없는 첫사랑과 같은 앨범이다.

립교향악단의 지휘자 김만복 선생이 고교 선배여서 대구로 연주여행 오면 리허설도 우리 강당에서 하고 연주회 하루 전 후배들을 위해 강당에서 연주회를 열어주시는 등 다른 고교에서는 쉽게 경험할 수 없는 혜택을 우리는 받았던 것이다. 한번은 시간에 조금 늦게 강당에 도착했는데 브람스의 헝가리 무곡 5번의 선율이 문틈으로 새어 나왔다. 순간 숨이 멎는 것 같았다. 그때 들은 오케스트라의 장엄한 사운드가 내 음악 인생을 결정짓는 첫 경험이 아니었나 싶다. 음악 프로듀서로서 레코드 감상보다는 콘서트 현장을 중시하는 스타일의 출발점이 되었다고 생각한다.

당시 우리 학교 교사들의 수준은 다른 학교와는 비교를 할 수 없을 정도로 우수했다. 명문사립이어서인지 실력 있는 선생을 스카웃하면서 급료를 두 배 이상 주었고 모든 교사에게 개인 연구실까지 내주었다. 대학을 제외하고 중고등학교에서의 개인 연구실은 전국에서 최초였다고 본다. 20대 중반의 연세대 출신 사회 선생은 우리들에게 "내 처음 부임해서 월급을 받은 날, 이 많은 돈을 어디에 쓰지? 하고 고민했다"고 실토하기도 했다. 선배 중에는 예술가가 많았다. 작곡가 현제명, 박태준 선생을 비롯하여 시인 박목월 선생도 우리 학교 졸업생이셨다. 당시 국어과 김성도 선생은 '따따따 따따따 주먹손으로 따따따 따따따 나팔 붑니다. 우리들은 어린 음악대. 동네 안에 제일가지요.' 하는 동요의 작가로 알려져 있었는데 그 인자하고 천진스런 웃음은 사춘기 우리들에게 인간의 모습은 이래야 한다는 믿음을 심어주셨다. 그런가 하면 유도부 출신에는 자유당 시절 반공청년단장으로, 주먹으로 한 시대를 장식했던 신도환 선배도 있었다.

나의 동기 중에는 줄곧 전교 1, 2등을 다투며 서울상대 재학 중 유신 반대 집회를 주도하다 제적당하고 나중에 영국으로 유학하여 인하대 교수를 지내고 노동부장관이 된 김대환 교수, 이에 맞서 전교조를 창시하고 민노총 위원장을 지낸 이수호도 있다. 모두 자유정신으로 가득 찬 학교의 전통이 길러낸 인물들이다.

미술교사 장진필 선생이 어느 날 초벌구이 한 도자기와

▲태권도 초단(고교 2년 때)

유약을 모두에게 나눠주며 자기 생각나는 대로 그림을 그리든 무얼 하든 완성해보라는 숙제를 내주었다. 그림에 소질도 없고 고민하던 중 하숙집 구석에 나돌아 다니는 다 찢어진 잡지가 보였다. 맨 뒷장에 여성 주인공의 몸을 과장해서 컬러로 그린 만화가 있었는데 과장되게 묘사한 부분, 즉 가슴과 히프만을 전부 오려 하나하나 붙이고 유약을 칠했다. 야단맞을 각오로 장난기를 부린 것이다. 그런데 장진필 선생은 야단은커녕 아이디어가 좋았다고 칭찬하는 게 아닌가? 부끄러우면서도 어린 나이에 칭찬을 받음으로써 예술에는 어떠한 것도 용납된다는 사실을 알게 되었다. 대구 현대미술제에서 우연히 장진필 선생을 만났는데 그때 어린 나에게 인간정신의 자유로움을 가르쳐주신 선생님께 감사드렸고 선생님도 대견해하셨다.

입시가 닥치자 경북대학교에 응시하려고 했으나 당시 내 실력으로 마땅한 과도 없었고, 마침 대구대학과 청구대학이 통합하여 영남대학이 설립되면서 첫회 입학생을 받는다기에 졸업하면 1회생이라 뭔가 잘되지 않을까 해서 철학과에 응시했다. 종이모 신암동 아지매의 아들인 최모 영남대 교수도 힘을 써주고 해서 예비로 들어가게 되었다. 부끄러운 이야기지만 최교수를 찾아가 앞으로 열심히 하겠다고 머리를 숙였다. 그런데 철학과는 20명 정원에 13명밖에 등록을 안 한 인기 없는 과였다. 계성고등에 합격하여 아버지의 높은 기대를 받고 있던 내가 일생에서 아버지를 가장 실망시켰던 일 중의 하나여서 돌아가신 아버지께 다시 한 번 머리 숙여 사죄해본다.

▲ 설악산 수학여행(고교 2년 때)
▼ 졸업식

희뿌연 담배 연기 속에서 세계를 듣다

대학 시절1968~1971

클래식 감상실 하이마트에서
나, 건호(종고종), 왕조(6촌)

박대통령의 3선 개헌 반대 데모로 휴교하는 날이 많았다. 캠퍼스도 막 건설 중인 경산에 있어 비포장도로를 다니기도 힘들고 해서 수업만 끝나면 시내 클래식 음악 감상실 하이마트에서 4년을 보내다시피 했다. 이것이 나의 음악적인 욕구와 에너지가 폭발적으로 분출하는 계기가 되었다.

학교에 있는 시간과 잠자는 시간 빼고는 음악을 들었다. 아침 10시에 입장하면 근처에서 밥 먹고 술 마시고 또 들어가서 10시에 문 닫을 때까지 음악을 들었다. 처음에는 아무것도 귀에 들어오지 않았지만 작은 칠판에 적힌 곡목을 하나도 빠뜨리지 않고 노트에 적어가며 감상했다. 석 달이 지나자 클래식의 선율에 귀가 열리면서 작곡가의 특성이 이해되기 시작했다. 비틀즈를 들어야 할 열아홉 살 나이에 모차르트, 베토벤, 브람스, 말러 등을 들었으니 다른 친구들과는 음악적인 대화가 불가능했다.

약목 저수지에서

음악에 대한 자긍심이 넘쳤던 때였다. 역설적이지만 자긍심이 강했던 이 시기에 어린시절부터의 장애였던 어눌함을 적극적으로 극복하게 되었다고 본다. 고 정영철 형, 전광직 형, 고 윤철수, 고 하근술, 김현철 선생, 박주용, 김태상, 안용남, 장병화, 고 김종철, 김보석, 작은 김종철 등 내 인생의 음악적인 동반자들을 만난 곳이 바로 하이마트였다. 이로 인해 나중에 만난 고 조문재, 손광주 등도 내 인생의 소중한 인연이다. 지금이야 음악이 넘쳐나는 시대지만 60년대와 70년대는 음악감상실을 가지 않고는 오리지널 원판을 들을 길이 없었다. 6·25 때 다른 재산은 다 버리고 트럭에 음반만을 싣고 대구로 피난 온 분이 대구극장 맞은편에 음악감상실 하이마트를 열어 피난 온 예술가들의 지적인 갈증을 음악으로 풀어주셨다. 돌아가실 때 가족에게 헨델의 〈메시아〉 음반을 관 속에 넣어달라고 하신 그분의 임종사는 너무나 아름답고도 가슴 저미는 최후였다.

지금도 하이마트는 가족들이 대를 이어 운영하며 적자임에도 닫지 않고 '녹향감상실'과 함께 대구 자존심의 원천으로 자리하고 있다.

1960년대 후반 대구의 음악적인 환경은 하이마트라는 감상실이 있었다는 사실만으로도 젊은이들의 감상 수준을 높이는 결과를 가져왔다. 우리는 이때 말러나 쇼스타코비치의 교향곡을 들으며 고전음악 위주의 음악에서 벗어나 좀더 진보적인 음악세계로 나아갔다.

소설가 무라카미 하루키와 보스턴 교향악단의 지휘자 오자와 세이지의 대담집에서 하루키는 자신이 말러의 심포니를 듣기

음악감상실 녹향, 하이마트, 서울의 르네상스 티켓

시작한 것이 1960년대 중반부터라고 말했다. 클래식의 역사가 장구한 일본에서도 말러는 60년대 중반부터 알려지기 시작했는데 대구의 젊은 이들이 말러를 받아들였던 시기도 같은 시기였다. 말러의 교향곡과 성악곡, 다케미츠 토루의 〈노벰버 스텝〉 같은 근현대음악도 대구의 하이마트에서는 감상 가능한 것이었다.

말러 교향곡 2번 '부활'과 다케미츠 토루의 음반

부산에 음악교육학과 하나가 있을 시기에 대구에는 정규 음악대학이 네 개나 있었고, 서울에 이어 두 번째로 FM음악방송국이 개국하였으며, 현대미술제가 대구에서 매년 열렸다는 사실만으로도 대구의 교양과 문화의 깊이에 자부심을 가질 수 있었다. 시간이 갈수록 클래식의 한 음 한 음이 소중하고 아름답게 다가오고 하루도 클래식을 듣지 않으면 허전해서 견딜 수가 없어 4년을 하이마트에서 보낸 셈이었다. 음악으로 인한 관심이 미술, 문학 등 다른 예술로 전이되는 과정도 겪었다. 서울까지 올라가 삼일로 창고극장과 국립극장을 다니며 대구에서는 접할 수 없었던 연극 〈동물원 이야기〉 〈고도를 기다리며〉 등 연극과 음악회를 보고 야간열차를 타고 내려오기도 했다. 다녀온 감상문은 영남대 신문에 기고했고 하나도 빠짐없이 실렸다.

애틋함과 그리움을 거쳐 아련함을 지나면

첫사랑의 그림자

첫 번째 만남 (1971년)

1969년 대학 2년 때, 종이모인 최실이 아지매 집에서 무슨 잔치가 있었는데 그곳에서 종이모의 친구 장선생(국민학교 교사)의 딸인 이차옥(영세명 소피아)을 처음 보게 되었다. 너무나 아름다운 모습에 넋이 나가 잠깐 보았지만 그 모습을 잊을 수가 없었다. 그렇다고 아지매에게 소개해달라고 할 정도의 용기도 없어 말을 꺼내지도 못하는 채로 언젠가는 만날 날이 있을 거라는 막연한 희망만 새기고 있었다. 사람이 마음에 원(願)을 강하게 세우면 이루어진다는 말이 있듯이 언젠가는 만날 것이라는 희망을 가지고 기다렸다.

그로부터 2년이 지나 4학년 2학기 개강이 얼마 남지 않은 8월, 대구역에 내려 하이마트로 걸어가는데 길에서 만난 것이다. 용기를 내어 인사하고 차 한잔하자고 권하니 순순히 승낙하고 따라왔다.

하이마트로 가면 악동 친구들이 방해할 것 같아 가끔 들러 음악을 듣던 북성로의 '고전'이라는 음악다방으로 갔다. 왠지 고독해 보이는, 약간은 궁상스러운 아저씨가 하루 손님 서너 명을 위해 문을 열어놓고 있는 다방이었다. 거기서 클래식을 들으며 2년 전 처음 봤을 때 마음에 담아두었다고 고백하니 그녀도 호감을 표시하며 관심을 가지는 것 같았다. 그녀는 미8군에 직장이 있어서 군부대 정문에서 수없이 많은 나날을 기다리며 안타까운 마음을 전했으나 그녀는 덤덤하기만 했다. 4학년 겨울방학까지 줄기차게 만났고 하루라도 보지 않으면 못 견딜 지경이었는데 나의 뜨거움에 비해 그녀는 차가웠다. 그런데 그해 겨울 중앙공원에서 만나 돌연 부산에 가자고 제안했더니 두 말 않고 따르는 것이었다. 태종대를 거쳐 저녁에는 해운대에서 늦게까지 보내다가 바닷가 방갈로에 숙박하게 되었는데 지금은 모두 사라졌지만 당시는 창문을 열면 파도소리가 들리는 분위기 있는 곳이었다. 나는 가지고 갔던 하이네의 시집을 낭송하고 그녀는 가만히 파도소리를 들으며 밤을 꼬박 새우게 되었다. 아침에 일어나자마자 무슨 변덕인지 그녀는 아침도 먹지 않고 빠른 걸음으로 해운대역으로 향했다. 어차피 같은 기차를 탈 것이어서 나는 천천히 뒤따라 갔는데 그녀는 뒤도 돌아보지 않고 가버렸다. 나도 순간 같이 가기를 포기해버렸고 그렇게 그녀는 사라져버렸다. 스물두 살 어리석은 사내의 경험으로는 그날의 일이 이해가 안 되었고 자책만 할 따름이었다. 그 일이 있고 12월 방학할 때까지 만나지를 못했다. 군 입대 영장은 이듬해인 1972년 8월 14일이어서 입대까지는 약목 집에 있을 때였다. 만나고 싶어서 수없이 편지와 엽서를 보냈는데 한 번도 답장이 없었다.

군 입대 일주일을 앞두고 그녀의 어머니 장선생에게 인사드린다는 핑계로 그녀의 집을 찾아갔다. 오전 11시경 집에 들어서자 장선생은 조금 당황한 표정으로 소피아의 약혼자를 소개했다. 그녀는 행복에 겨운 표정이었다. 나는 입대하고 그녀는 결혼하고 이제 인연은 끝났구나 생각하는데 장선생이 점심을 먹고 가라며 국수를 내왔다. 도저히 국수가 넘어가지 않아 반을 남기자 약혼자라는 사람이 남자가 국

차이코프스키와 시벨리우스의 바이올린협주곡이 수록된 데카 오리지널 앨범 앙드레 프레빈 지휘, 런던심포니 바이올린_정경화

우리나라 연주자가 영국 데카 레코드에서 최초로 취입한 앨범으로, 정경화의 연주는 우리에게 놀라움과 자긍심을 느끼게 했다.

수 한 그릇을 못 먹느냐고 하는데 정말 하늘이 새까맣게 변하는 것 같았다. 기나긴 군대생활을 그리움과 분노 속에서 보내야만 하는 나 자신의 모습이 보였다.

1972년 여름 이야기 끝.

두 번째 만남 (1978년)

1974년 군대생활을 마치고 1978년 한국FM에서 PD로 근무할 때 소피아를 두 번째 만나게 되었다. 회사 주최의 등산 행사가 매주 있었는데 버스 세 대를 사업부-인원 두 명으로는 감당할 수가 없어 편성부에서 지원을 나갔다. 나는 별일 없으면 버스 한 대를 맡아 등산 코스 안내와 잡담 등을 책임졌다. 그렇게 공짜로 전국의 명산을 다니며 즐겼다. 그해 여름 해인사 옆의 매화산 등산을 했는데 아침부터 비가 쏟아져 등산할 사람과 여관식당에서 기다릴 팀으로 나뉘게 되었다. 공교롭게도 내 차에 소피아 언니인 혜옥이 누나와 신암동 아지매의 딸이 있는 것이다. 지나간 세월의 안타까움과 소피아에의 연민, 또 나의 넋두리를 줄줄 늘어놓게 되었다. 오후 3시까지 맥주를 마시며 못 다한 사랑고백을 누나들에게 퍼부었다. 장선생이 너무했다, 차옥이도 너무했다, 등등 술이 취해 지금까지 담아두었던 말들을 시원하게 다 해버렸다. 맥주를 대여섯 병 이상 마신 것 같았다. 그로부터 일주일이 지나서 사무실로 전화가 왔다. "나 차옥인데, 니 방송 잘 듣고 있다." 혜옥이 누님이 내가 밤 9시 '명곡감상실'을 진행한다는 얘기와 해인사 해프닝까지 모두 전한 것 같았다. 만나 보니 그녀의 결혼생활은 그다지 행복한 것 같지 않았다. 두 아들의 엄마가 된 그녀와 6개월 정도 밥도 먹고 음악회에 함께 가기도 했다. 그해 겨울 수성못에서 술을 마시다 통행금지 시간을 넘겨 새벽까지 함께 있을 수밖에 없었는데 줄곧 내가 자기에게 잘해준 과거만 이야기했다. 내가 받은 수많은 고통과 슬픔에 대해서는 거의 기억 못하고 있었다. 그때 난 알았다. 이 여자는 자기가 불행하다고 생각될 때 과거에 잘 대해준 옛 남자를 생각하는구나…. 새벽에 택시를 타고 칠성동에 내리면서 그녀에게 말했다. "너의 과거를 아름답게 장식해줄 상대로 날 다시 선택했다면 더이상 만나지 않겠다. 잘 가라."

1978년 겨울 이야기 끝.

세 번째 만남 (2009년)

2008년 KBS를 퇴직하고 2년간 재계약하여 한민족방송 뉴스 편집위원으로 일할 무렵이었다. 국회에서 침뜸 공청회가 열리니 빠짐없이 참석하라는 공지가 왔는데 국회까지 가기보다는 사무실에서 TV로 공청회를 보기로 했다. 그때 TV 화면에 구당 선생의 침뜸 합법화를 옹호하는 패널 가운데 낯이 익은 여자가 눈에 들어왔다. 대구 말씨를 비롯해 아무리 봐도 이차옥이 틀림없는 것 같았다. '한국건강연대 상임대표 이지은'이라는 자막이 있어서 긴가민가 했지만 목소리와 대구 말씨는 분명 30년 전의 이차옥이었다. 인터넷으로 한국건강연대를 찾아 메일로 혹시 이차옥이 아니냐고 물었는데 열흘이 지나 답장이 왔다. 자주 쓰는 메일이 아니어서 답이 늦었다고 사과하면서 본인은 이차옥이 맞으며

이은하의 골든히트 앨범

연석원 편곡으로 현악중주 반주를 써서 클래시컬한 분위기가 나는 〈청춘〉을 들으면 대중가요도 편곡에 따라 음악적인 품위를 가진다는 걸 느낄 수 있다.

이지은으로 개명했다는 것이다. 이제는 옛사랑을 다시 만난다는 느낌보다는 한 사람의 인생에서 세 번의 만남은 어떤 의미인가 하는 생각이 들었다. 1978년 마지막으로 본 후 어떻게 변했는지에 대한 궁금증도 있어서 만나 저녁을 함께하며 60세 노인(?)의 지나온 날을 듣게 되었다. 연애할 때는 한 번도 하지 않았던 이야기와 내가 전혀 몰랐던 이야기가 끝도 없이 풀려나왔다.

그녀는 채식주의자였고 홀어머니 장선생의 자녀교육이 어떠했는지는 잘 알 수 없지만 왜관 순심여고를 나올 때까지 거의 성직자 수준의 교육을 받으며 자라왔다고 했다. 그녀는 결핵도 앓았고 몸은 아토피로 고통 받고 있었으며 정신은 약한 자폐증까지 있었다고 했다. 스물한 살에 김진우를 만났지만 자기 몸과 정신이 무너져내리는데 한 살 아래인 진우의 존재가 중요하게 느껴졌겠는가? 입대하기 일주일 전 국수 사건의 당사자인 남편과 결혼 후 두 아들을 두었지만 시어머니의 독설이 심했다고 했다. 결핵을 앓는 며느리를 앞에 두고 "자기 병 고칠려고 약사 아들과 결혼했다"는 등등. 결국 이혼하고 서울로 와서 이름도 이지은으로 개명하고 자신의 아토피에 대해 연구하다 '자연의 벗'이라는 천연 화장품회사를 설립하여 재산도 모으고 시민단체 활동에 전념하며 한국건강연대도 설립했다는 것이다. 그 후 단체의 공식행사인 좋은 밥상에 대한 세미나에 참석하기도 했다. 오래 같이 일해온 동료에게 회사 일을 맡기고 자기는 시민단체 활동에만 전념했는데 그 동료가 회사를 완전히 자기 것으로 만들어 버렸다고 했다. 2년여 동안 소송을 시작하여 결국은 승소했다는 말만 나중에 전해 들었을 뿐 이후의 소식은 알 수가 없다. 소송으로 고통 받고 있다고 해도 내가 특별한 도움을 줄 것도 없고 미련도 없다. 그저 자기 인생 잘 마무리했으면 하는 정도의 느낌이다.

첫사랑 이차옥(소피아) 이야기 완전 끝.

이제는 꿈에서도 잊혔지만…

군대 이야기1972~1974

육군 병참학교 (대전)

1972년 8월 중순, 입대 일주일 전 첫사랑 집에서 국수가 목에 걸린 사건도 있었고 무더운 대구의 8월 날씨에 50사단 신병훈련소는 그야말로 지옥이었다. 세숫대야 하나로 세수와 빨래를 끝내고 푹푹 찌는 내무반에 누우면 여기는 현실이 아니고 지옥이 틀림없었다. 늦은 밤 화장실에서 대구 시내의 환한 불빛을 보며 소피아 생각과 암울한 군대생활에 대한 불안으로 절망감만 쌓여갔다. 넉넉한 환경에서 힘든 일이라곤 해본 적 없이 자유롭게 살아온 나에게 억압과 규제는 견디기 힘든 현실이었지만 그때 키운 인내심이 내 20대의 성장에 큰 도움이 되지 않았나 생각한다.

무더위 속 고통의 6주 훈련을 마치고 후반기 훈련으로 대전의 육군병참학교에 입교하게 되었다. 한밤의 군용열차를 타고 대전역에 도착하니 하늘같은 계급장의 하사가 인솔하러 나왔다. 밤 12시가 지난 대전시내를 행군시키더니 느닷없이 군기가 빠졌다며 “일동 도로에 낮은 포복으로!" 하며 부대까지 기어가게 하였다. 불안감으로 제정신이 아닌 상태로 잠을 잔 다음 날에는 교육생 전부를 집합시키더니 분류가 시작되었다. 타자기수리반, 피복수리반, 군화수리반 등등 듣도 보도 못했던 병과를 호명과 함께 불러주는데 난 군화수리반이었다. 9주 동안 군화수리용 기계(내 키보다 큰 재봉틀)의 원리와 이를 이용한 떨어진 군화 깁기와 뒤축 갈기 훈련을 받았다.

이등병 1,200원 월급 중 적금 400원 떼면 800원 받는데, 그나마 그것도 받기 이삼 일전 구타가 시작되면 대표가 군화반 전체 인원에게 400원씩을 갹출하여 상납해야 되었다. 그러면 다음 월급이 나올 한 달 동안은 구타 없이 지낼 수가 있었다. 소피아의 어머니 장선생에게 원망의 편지를 쓴 것도 이 무렵이었다.

1972년 10월 유신이 발표되고 박대통령이 종신집권으로 가는 국민투표가 있었는데 사전투표 당일 중대장이 책상 옆에 앉아 투표용지를 주며 "우리 부대에서 한 표라도 반대표가 나오면 어떻게 되는지 알지?"라고 을러대는 것이었다. 정의의 남자 김진우가 유신독재 찬성에 표를 던졌다는 사실은 부끄럽지만 이해하기 바란다. 9주간의 교육이 끝나고 일반부대로 배치를 받아야 하는데 중대장이 원하는 부대가 있느냐고 묻기에 집에서 누군가 왔다는 것을 알았다.(나중에 아버지와 작은누님이 면회 오신 것을 알았으나 당시 교육생은 면회 불가.) 두 분이 오신 것을 알았으니 분명 돈을 받았을 거라고 믿고 가장 선호하는 부대인 대구의 5관구로 가고 싶다고 말했다. 중대장이 거기는 자리가 없고 의정부에 있는 제2군수사령부가 아주 괜찮은 곳인데 어떠냐고 회유했다. 어차피 우리 같은 병참특수병과는 사령부 단위로 배치가 되는데 중대장이 날로 돈을 먹으려고 하는구나 짐작하고 5관구 아니면 안 가겠다고 버텼다. 배치명령은 이미 제2군수사령부로 났는데 아버지가 한 발 늦게 오신 것이다. 내가 오케이만 하면 아버지에게서 받은 돈은 그냥 중대장 주머니로 들어가게 되었는데 내 판단이 옳았고 돈은 나중에 돌려받으셨다. 세상에 나쁜 놈.

9주간의 후반기 교육이 끝나자 12월 겨울이 시작되고

유태인 수송열차처럼 대전역–용산역–의정부 제1보충대–덕정리 제20병참대대–전곡 제202병참직접지원중대로 향했다. 군용트럭 뒤에서 찬바람 맞으며 병참학교 동기 넷이 한탄강 38선을 넘어 북으로 북으로 올라갔다. 이제 길다면 긴 진짜 군대생활이 시작된 것이다. 당시 우리 부대는 서부전선 3군사령부 예하 5군단의 28사단 20사단 외 인근 독립부대 전부에게 식량, 의복, 유류, 폐품수집, 장비수리를 지원하는 부대로 소령이 중대장으로 있는 독립부대였다. 산처럼 쌓인 휘발유 드럼통 안은 한 뼘은 빠진 채 보급되었고 부패한 부대답게 군기가 엄해서 팬티와 엉덩이 살은 피로 들러붙어 떨어진 적이 거의 없었다. 한밤중 두 시간의 보초를 설 때 철조망 너머로 서울 가는 버스의 불빛을 보며 나에게도 제대할 날이 올까 하는 절망감에 사로잡히기도 했다. 일등병은 아침식사 전에 미리 고참병들의 식판을 가지고 내려가 고참들이 내려오시면(?) 바로 드실 수 있게 준비해야만 했다.

제2군수사령부 20병참 202중대 (전곡)

그러나 이때가 군대생활 시작하고 가장 행복한 시기였다고 말할 수 있다. 식당엔 라디오가 한 대 있었는데 이리저리 돌리다 보니 KBS 무슨 방송에서 30분간 클래식이 나오는 것이었다. 그때의 가슴 벅찬 기쁨은 무어라 표현할 길이 없었고 다른 동료보다 먼저 식당에 내려가 혼자서 음악을 듣는 순간이 행복했다. 매일 새벽 라디오 듣는 즐거움으로 일등병 시절을 견뎠다고 해도 지나침이 없다. 영화 속 어느 장면처럼 전쟁터에서 음악 한 곡이 인간의 잔혹성과 폭력성을 한 순간이나마 순화시킬 수 있다는 사실을 몸소 경험한 것이다. 지금의 차고 넘치는 음악 속에서 어떻게 하면 그 당시의 초심을 유지할 수 있을까? 이 글을 쓰고 있는 현재도 그러한 초심을 되찾을 시도를 하고 있다. 이는 내 인생 후반기의 최대의 숙제로 자리 잡고 있다.

1973년 4월인가 부대원 중에 헌혈을 하는 사람은 5일 정도 휴가를 준다고 하기에 당장 신청했다. 의정부 101병원에서 주사 바늘을 꽂자마자 피가 분수처럼 튀어 간호장교의 하얀 가운에 피꽃을 그리는 무례를 범하기도 했다. 약목으로 오는 데 하루, 귀대하는 데 하루를 빼면 사흘 정도의 짧은 휴가를 거의 하이마트에서 보냈고, 그해 9월 정규 휴가 3주간도 하이마트에서 그동안 굶주렸던 음악으로 채워 넣었다.

1974년 4월, 마침내 중대본부에서 '김진우, 제대명령 내려왔다'는 전갈이 왔는데 정신이 멍한 상태가 한동안 지속되었다. 그때 아버지가 만 61세여서 내가 의가사 제대 대상이 된 것이다. 원래는 부모 모두 60세가 되어야 하는 것이지만 당시 아버지는 계모와 혼인신고를 하지 않았던 것이다. 1974년 4월 상병 김진우. 20개월 만에 제대복을 입고 드디어 민간인이 되었다.

재미없는 군대 이야기 끝.

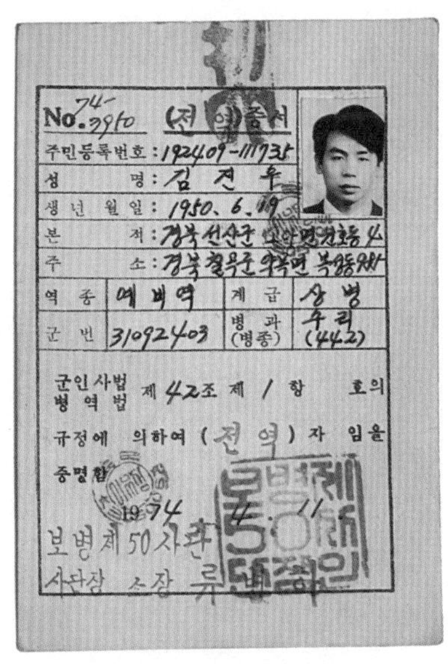
No. 74-3910 (전 역)증서
주민등록번호 : 192409-111735
성 명 : 김 진 우
생 년 월 일 : 1950. 6. 19
본 적 : 경북 선산군 [illegible]
주 소 : 경북 칠곡군 [illegible]

역 종	예비역	계 급	상 병
군 번	31092403	병 과 (병종)	수리 (442)

군인사법 / 병역법 제 42조 제 1 항 호의 규정에 의하여 (전 역) 자 임을 증명함

1974. 4. 11.

보병제 50사관
사단장 소장 [illegible]

감동적인 전역증 (1974년 4월 11일)

2장

음악과 함께 한 세월

음악 편력의 시작

어린 시절에 즐겨 들었던 레코드

내가 언제부터 음악을 듣기 시작했으며 그것이 나의 삶에 어떤 영향을 미쳤는가 하는 문제는 일생을 음악과 함께 살아온 나에게는 중요한 문제라 할 수 있다.

우리 집에 전축이 언제 들어왔는지 정확히 기억나지 않지만 아마도 초등 1학년 때 즈음이 아닌가 생각한다. 아버지께서 시골 사람들은 엄두도 못 낼 고가의 미국제 빅터(RCA VICTOR) 전축을 구입하셨다.

학교 갔다 오면 친구들과 노는 일을 빼면 음악 들으며 보내는 날이 대부분이었다. 초등학생부터 중학교 졸업 때까지 닳도록 들어온 레코드는 전부 열서너 장 정도인데 장르가 다양했다. 아버지, 어머니, 누님, 형이 좋아하는 레코드가 다 달랐다.

• 클래식: 슈베르트의 〈겨울나그네〉(피셔 디스카우)

〈나폴리타나〉(쥬제페 디 스테파노)

- 국악: 한국민요 〈강원도 아리랑〉 외
  (창: 김옥심, 묵계월, 이은주)
- 가요: 〈타향살이〉(고복수), 〈장희빈〉(황금심)
- 팝송: 코니 프랜시스Connie Francis의 〈Where the boys are〉
  팻 분Pat Boone의 〈Christmas Carol〉
  폴 앵카Paul Anka 의 〈Oh Carrol〉
- 엔카: 미하시 미치야(三橋 美智也)의 〈안녕 도쿄〉

이런 음악들이었다. 〈겨울나그네〉는 무슨 뜻인지도 모른 채 워낙 많이 들어서 1곡 Gute Nacht는 따라 부를 수 있을 정도였다. 국악민요는 김옥심의 〈강원도 아리랑〉이 들을수록 가슴에 와닿았다. 김옥심이 이은주나 묵계월은 따라올 수 없는 경지에 이르렀음을 어린 나이에도 느낄 수 있었다.

KBS 1FM 고정연사인 최종민 교수의 선곡에 이은주, 묵계월만 나오길래 어느날 내가 “선생님, 김옥심의 민요가 정말 좋은데요.” 하자 최교수도 김옥심을 잘 모르는 것 같았다. 어느 날 최교수와 녹음실에서 만났는데 “김형, 김옥심은 정말 차원이 다르네요.” 하며 그 후로 김옥심의 경기민요를 방송에 내는 걸 듣게 되었다. 그도 그럴 것이 김옥심은 한창 때 무슨 연유인지 목소리에 변화가 와서 일절 소리를 하지 않았기 때문에 아는 사람이 드물었다. 그녀의 소리가 멈춰진 것이 아쉽다.

아홉 살 무렵부터 모든 장르의 음악을 장난감을 갖고 놀듯이 들었던 것이 어느 한 가지 장르에 집착하지 않는 폭넓은 음악적 소양을 형성하지 않았나 생각한다. 대학 1학년 시절부터 종고종(從姑從) 건호와 6촌 왕조와 하이마트에 거의 살다시피 음악을 듣고 음악을 직업으로 삼게 된 것도 이런 음악적 환경의 덕이 아니었던가 생각한다.

백수 시절을 지나 한국 FM 입사

본가가 있는 약목과 음악감상실 하이마트를 전전하며 류실이 누나의 신천동 수퍼마켓을 돕고 있을 때였다. 보다 못한 아버지가 작은아버지에게 부탁하여 대구지방검찰청에 일자리를 마련해주셨다. 하지만 적성에 맞지 않아 1년 만에 그만두고 무슨 바람이 불었는지 1975년 경찰간부 시험공부에 돌입했다.

당시는 학원도 없어 생전 처음 접하는 형법, 형사소송법 등을 1년 동안 독학으로 공부하여 1차 시험에 무난히 합격했다. 고등학교 입학시험 이후 오랜만에 하루 열한 시간씩 열심히 공부한 덕분이었다. 수천 명 응시자 중 50명 안에 들어 아버지도 기뻐하셨다. 2차 시험도 합격할 것이라 모두 믿어 의심치 않았다.

최종시험은 경기도 부평 경찰학교에서 보았는데 시험 문제를 보자 눈앞이 캄캄했다.

"절도죄에 대하여 논하라."

설마 이렇게 평범한 문제가 나올 거라고는 생각도 않고 특별한 범죄에 대해서만 공부했는데 절도라니? 답안지 두 장을 제대로 메꾸지도 못하고 나오면서 떨어졌다고 생각했다. 아버지도 실망하셨겠지만 최선을 다했음을 아시고 아무 말씀도 없으셨다.

얼마 지나지 않아 답답해지신 아버지가 작은아버지에게 또 부탁하셨다. 작은아버지가 오랜 친구인 무림제지의 이무일 사장에게 부탁하여 무림제지 소유인 한국FM에 1976년 11월 입사하게 되었다.

일과 사랑 그리고 음악, 모든 것에 맹렬했던

한국FM 시절1976~1980

한국FM 사무실

한국FM에 입사하면서 나의 인생에서 첫 독립적인 생활이 시작되었다. 방송국에서도 이미 나의 음악적 편력을 알고 있었다. 1977년 3월에 당시 클래식 담당 PD였던 대학동기 현정희가 출산으로 퇴직하게 되었는데 그 자리에 내가 입사한다는 말을 듣고 "김진우는 클래식 전문가"라고 방송국에 귀뜸을 한 것 같았다. 1970년대에 대구지역에서 클래식 전문가를 찾기도 어려운데 마침 입사한다는 놈이 클래식 전문가라고 하니 다른 반대 없이 순조롭게 진행된 것이다.

석 달 동안의 형식적인 수습기간이 끝나자마자 바로 프로그램 세 개를 제작하게 되었다. 밤 9시의 '명곡 감상실'은 피디가 직접 음악해설까지 하는 간판 프로그램이었다. 방송부에서도 과대평가해주었고 나도 자만심이 하늘을 찔렀다. 민간방송은 피디 한 명에게 프로그램 하나를 맡기는 식으로 편하게 월급 주지 않는다. 낮에는 아나운서와 함께 진행하는 프로그램 하나를 제작하고, 선곡만 하는 프로그램 하나, 그리고 직접 해설하는 프로그램까지 셋을 제작해야 했으니 출근하면 단 10분도 쉴 틈이 없었다. 그렇게 열정적으로 일한 적은 그 이전에도 이후로도 없었다. 퇴근도 하지 않고 자료실에서 레코드 정리와 다음날 프로 준비하고 퇴근 후엔 술 마시고 연애하는 가운데 하루 한 시간을 직접 마이크 앞에 앉아 음악을 내 음성으로 해설했으니, 지금 생각하면 거의 기적에 가까운 것이었다.

세월이 흘러 작은아버지의 병석을 찾아갔다. 젊은 날에는 어른의 고마움을 잘 몰랐지만 나이가 들면서 오늘날의 나를 있게 해주신 작은아버지에게 마지막으로 고마움을 전하고 싶었다. 항상 차가웠고 어렵기만 했던 작은아버지께서 내 손을 잡으시고 "진우야, 네가 왔구나." 하시며 생전 처음 조카에게 따뜻한 말을 하셨다. 대장암 말기 자신의 최후를 슬퍼하시는 작은아버지 곁에서 작은어머니는 "저 사람 이제 오래 못 산다" 하며 본인 들으라는 듯이 남의 말 하듯 내뱉으셨다. 부부 사이에 원한이 깊으면 남편의 죽음도 남의 일 보듯이 하는구나 싶어 마음이 서글펐다.

하늘 높은 줄 모르고 치솟은 자만심

1970년대 후반은 우리 경제가 겨우 도약을 시작할 무렵으로 클래식 프로그램에 대단한 광고는 붙지 않았다. 어느 날 총국장(사장)이 옥상에서 잠깐 보자고 해서 올라가니 국장의 친구인 한일피아노 사장이 싼 가격에 명곡감상실에 광고를 하고 싶다는데 제공CM으로 좀 넣으면 어떠냐고 하는 것이다.

"이런 가격으로 한 시간을 통으로 사겠다는 게 말이 됩니까? 안 됩니다."

"진우야. 그래도 회사 수입을 생각해서라도 네가 양보해라."

제공CM이란 진행자의 멘트로 '명곡감상실. 이 프로그램은 한일피아노사 제공입니다.'라고 특정회사의 이름을 고지하는 것이다. 내가 자존심을 내세우는 바람에 결국 멘트 없이 중간광고로만 넣었다. 그만큼 프로듀서의 권위를 인정해주던 시절이다. 지금 생각해보면 젊은 날의 치기와 자존심이 넘쳤던 황금기였다.

파바로티 내한공연, 내 인생의 음악회(1977. 11. 30.)

하이마트 음악감상실에서 즐겨 듣던 목소리의 주인공 루치아노 파바로티가 이화여대 강당에서 내한공연을 갖는다니 안 가볼 수 없었다. 서울역에 도착하니 매제 류성범이 마중 나왔는데 아무리 뛰어다녀도 택시가 잡히지 않았다. 점점 공연 시간은 임박해오고, 어쩔 줄 몰라 하고 있는데 류서방이 삼륜 화물차를 붙잡았고 공연 10여 분 전에 이화여대 강당 앞에 도착했다.

40대의 파바로티가 하얀 손수건을 손에 들고 피아니스트 존 우스트만과 나타났다. 사람들은 모두 레코드로 들었던 'High C'의 터질 것 같은 가창력을 기대하고 온 것인데 그들은 누에고치에서 비단실 뽑는 듯 미려한 음색의 예술가곡 위주로 레파토리를 짠 것 같았다. 그날 프로그램의 마지막 곡인 토스티의 〈마레키아레〉가 끝나자 귀부인들은 서둘러 자리를 뜨고 서너 번의 커튼콜이 이어지는 동안 관객의 절반이 빠져나갔다. 파바로티는 그제야 앙코르 곡을 시작하며 본색을 드러냈다.

- 도니제티 오페라《사랑의 묘약》중〈남 몰래 흐르는 눈물〉
- 푸치니오페라《토스카》중〈별은 빛나건만〉
- 푸치니 오페라《라 보엠》중〈그대의 찬 손〉
- 푸치니 오페라《투란도트》중〈공주는 잠 못 이루고〉

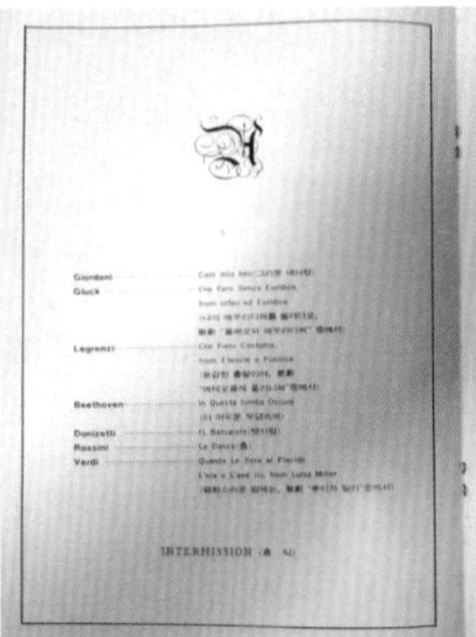
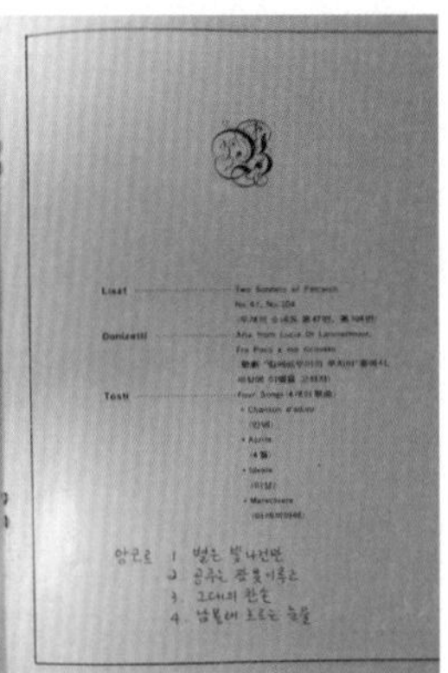

파바로티 공연 팸플릿

첫 앙코르 곡이 끝나자 뒷자리의 젊은이들이 무대 앞으로 우르르 몰려나왔다. 클래식 공연 역사에서 보기 힘든 스탠딩 콘서트가 시작된 것이다. 불후의 명곡 오페라 아리아 나머지 세 곡을 스탠딩 관객 앞에서 부르며 파바로티도 흥분한 것 같았다. 내 인생에 이 같은 감동적인 콘서트는 두 번 다시 오지 않을 것이라고 생각했다. 이후 쓰리테너의 상업적인 공연을 애써 외면한 이유도 당시의 감동을 잊지 못했기 때문이다.

그 시절의 로맨스

1977년, 계명대 금속공학과 김창수 교수의 시내 연구실은 언제나 연극인, 미술인, 작가 등 못난이 예술가들이 집합해서 잡담과 술로 보내는 장소였다. 김 교수는 스위스 귀금속 전문학교를 졸업하고 작업실에서 연구중이었는데 나중에 나의 결혼 혼수 보석 디자인을 모두 해주셨다.

어느 날 선생님 제자 중에 예쁜 아이 한 명 소개해 달라고 졸랐더니 영남대 미대 서양학과 2학년에 재학 중인 김모 양을 소개해주셨다. 내 나이 28세에 복스럽게 생긴 순진한 21세 대학 2년생과 데이트를 하게 되었다. 그애는 일곱 살 차이를 의식하지 않고 날 따르며 나와 연애하는 걸 자랑스러워하는 것 같았다.

칠성동 내 방에서 함께 밥을 먹기도 하고 하루가 멀다 하고 만났지만 결혼할 나이인 28세 아저씨의 마음속에는 이 여대생에게 한 치의 실수도 하지 않겠다는 생각이 있었다. 그런 가운데 1년 이상 만남이 계속되고 내 마음도 시들해지기 시작할 무렵 새로운 상대가 나타났고 어린 여대생에 대한 열정은 급속도로 식고 있었다. 수성못 호반 카페에서 만나 결별을 선언하자 그녀는 자존심을 버리고 매달렸다. 지금 생각해도 가슴 아픈 이별이었다.

이후 4학년 졸업 작품전에 와달라는 전갈을 받고 시민회관 전시실에서 오랜만에 만났는데 그녀의 작품 〈자화상〉은 어두운 색조로 얼굴이 보이지 않을 정도였다.

"네 얼굴이 안 보이네."

"……."

윤일재 편성과장(현 조선일보 윤슬기 기자의 아버지)이 담당하던 프로그램에는 태평양화학 대구지점 홍보과 여직원이 한 명씩 출연하고 있었다. 모두 서울 출신으로 표준말을 구사하고 미모도 뛰어나 대구지역의 화제를 몰고 다니기에 충분했다.

그중에 '김모'라는 서울 출신의 목소리도 예쁘고 세련된 여자가 눈에 확 띄어 소개받았다. 가정 형편이 넉넉지 못해 고등학교 졸업 후 태평양화학에 입사했다는 그녀는 내게 호감을 표시했고, 나도 아버지에게 결혼의사를 밝히고 상견례까지 했다. 그녀의 아버지는 투박한 이북 사투리로 "내래 니북에서는 말 타고 집안을 달렸는데 그 기분 지금도…." 운운하며 이북 출신임을 자랑스러워했지만 아버지는 단번에 외면하셨다. 누나들이 설득해도 우리 집안에 이북과 혼인한 예가 없다고 하시며 완강하게 반대하셨다. 게다가 나와 사귀기 전에 깊이 사귄 사람이 있다는 것을 알게 되어 더이상 관계가 발전할 수 없어 헤어졌다.

멘델스존/ 피아노 3중주 D단조
피아노_유진 이스토민
바이올린_아이작 스턴
첼로_윌리엄 프림로즈

첼로의 우수 어린 멜로디로 시작되어 바이올린이 뒤따르며 슬픔을 이어준다. 멘델스존의 음악 중에서도 아름답고 슬픈 음악으로 손꼽히는 작품이다.

대구 음악계에 잘 알려진 바이올리니스트로 계명대 대학원생이자 대구시립교향악단 악장 직을 맡고 있던 최모 씨가 있었다. 경북여자중고등학교 출신으로 초등학교 시절부터 김영준 씨와 같이 바이올린 수업을 받았을 정도로 실력이 출중했던 그녀는 서울대 음대에 가지 않는 조건으로 계명대학으로부터 4년 전액 장학금에다 대학원 입학, 이후 오스트리아 잘츠부르크 모차르트음악원 유학과 귀국 후 계명대 교수 자리까지 보장받은, 전례를 찾기 힘든 케이스였다. 문득 그녀에 대한 궁금증이 일어 만나볼 방법으로 우선 그녀가 활동하는 계명대트리오(피아노, 바이올린, 첼로)를 방송에 출연시켰다. 계명대트리오가 스튜디오에서 멘델스존의 피아노 트리오 D단조를 연주하는데, 숨이 막히는 것 같았다. 대구의 음악 수준에 자부심을 느낄만한 연주였다. 이 연주를 기회로 그녀에게 저녁 만남을 제의하여 연애가 시작되었다. 큰 키에 명석함이 돋보이면서도 순진한 여자였다.

대구시립교향악단의 연주가 있는 날은 연주 끝나고 9시 경 중앙로에 있는 운명의(?) 오토카페에서 만나기로 약속하였다. 단원들에게는 집에 빨리 들어가야 한다고 하고는 날 만나러 오토로 왔는데 바로 단원들이 오토로 밀어 닥쳐 당황한 적이 몇 번 있었다. "멀리 못 갔네요."

결국 대구 음악계에 우리 두 사람의 연애는 모르는 사람이 없게 되었다. 사귄지 2년이 다 되어가던 어느 날, 내가 일본어를 좀 한다는 것을 알고 자기 집에 와서 일본어 번역을 좀 해달라고 해서 동대구역 부근에 있는 그녀의 집으로 갔다. 건넌방에서 어머니와 이모가 곁눈으로 날 살펴보는데 그제야 날 집으로 부른 까닭을 비로소 깨달았다. 이런 식으로 가족에게 결혼 상대를 선보이는 것은 지금의 젊은이들은 이해하기 힘든 당시의 풍속도다. 그녀는 나와 결혼하기로 마음먹은 것 같았고 언젠가 내 입으로 말하겠지 하고 기다리고 있었지만 사귀는 2년여 동안 내 입에서 결혼이라는 말이 나오지 않자 조바심을 느낀 그녀가 먼저 용기를 낸 것이었다. 그런데 그녀도 홀어머니 슬하였다. 예전에 홀어머니 밑에 자란 이차옥에게 받은 상처에 대한 공포심이 내게 남아 있다는 걸 그때 알게 되었다. 현실적인 문제도 있었다. 자녀 양육 등 여러 가지 현실적인 조건들을 따져보게 되었는데 우리가 결혼하면 그녀는 오스트리아 잘츠부르크 모짜르테움에서 수년 간 유학을 해야 한다는 점에 회의가 느껴졌다.

1978년 극단 자유극장의 연극 〈무엇이 될고하니〉 팸플릿
1970년대부터 서울의 창고극장이나 드라마센터 등을 찾아 많은 연극을 관람했다.

그 즈음 카페 앞에서 그녀를 기다리고 있는데 박명숙이 친구와 함께 그 앞을 지나가다가 날 발견하고 말을 걸었다. “김진우 씨, 아직 결혼 안하셨어요?” 하더니 몇 마디 인사만 나누고는 곧장 가버렸다. 박명숙의 말 중에서 ‘아직 결혼 안 했냐’는 그 말이 내 귀에 계속 뱅뱅 돌기 시작했다. 박명숙이 지나가고 1분 정도 후 그녀가 나타났지만 내 머릿속엔 박명숙밖에 생각나지 않았다. 그날 후로는 그녀를 만나지도 않고 제대로 된 이별선언도 없이 박명숙과 결혼해버렸다. 내가 결혼한 후 그녀는 오스트리아로 수년간 유학하고 계명대 교수가 되어 당시로서는 상당히 늦은 36살 즈음에 결혼한 것 같았다.

최씨가 나와 결혼했다고 가정하면 그 유학 동안의 나는 어떻게 하였을 것인가? 서울로 전근 후 결혼생활은 어떻게 되었을 것인가? 그녀를 위해 대구에 남았을 것인가? 하지만 그건 지금의 나로서도 상상도 할 수 없다. 그렇게 마지막으로 한 여자를 가슴 아프게 했다.

대구현대미술제(1974~1979)

1970년대 젊은 작가들이 기성 미술계의 경직성에 도전하여 다양한 미술실험을 펼쳤던 대구 현대미술제는 한국FM에 막 입사한 내가 미술의 세계로 입문하는 계기였다. 음악을 매개로 한 문화계 인사들과의 교류가 자연스럽게 대구현대미술제를 통해 미술계로 확장된 것이다. 예술적인 다양성에 관심이 높았던 나에게 실험과 도전의 장인 대구현대미술제는 일종의 예술적인 안목과 지적인 충족감을 채워주었다. 1970년대 모더니즘, 전위미술, 행위미술 등 당시로서는 시대를 앞서가는 운동이 최초로 대구에서 열린 것이다. 이 미술제가 대구에서 열릴 수밖에 없었던 이유를 대구가 가진 보수성과 진보성의 조화가 이러한 도전적인 실험을 받아들일 정서적인 준비가 오래전부터 갖춰져 있었기 때문이라고 본다. 박서보, 이강소, 심문섭, 박현기, 최병소 등 한국 현대미술을 대표하는 작가들이 대거 참여했고, 이 기간 중에 대구의 모든 화랑은 일제히 대구 현대미술제의 작품만을 전시했다. 1974부터 1979년까지 5회로 끝났지만 2012년 강정 대구현대미술제로 다시 부활했다고 하니 반가울 따름이다.

1978년, 낙동강가의 강정에서 벌어진 퍼포먼스는 지금도 생생히 기억하는데 이강소 씨가 낙동강 모래 위에 자신의 구두, 넥타이, 옷 등을 차례로 늘어놓고 모래 무덤 위에 앉아 소주를 마시는 행위로 사람들을 놀라게 했다. 한 일본인 작가는 말뚝 100개를 모래 바닥

강정 대구현대미술제에서 기자, 맥향화랑 사장, 시인, 화가 등

에 박는 것을 계획했는데 아무리 모래사장이지만 100개 박기가 어디 그리 쉬운가? 20여 개 박다가 우리 보고 도와달라고 해서 맥향화랑 김태수 대표가 먼저 몇 개를 박고 몇몇이 서너 개씩 박다 지치자 그 일본 작가가 "오늘의 퍼포먼스를 변경하여 나머지 말뚝은 낙동강에 버리는 것으로 마무리 하겠다"고 선언하기도.

이강소 씨를 이때 처음 알게 되었는데 1981년 대구 시내에서 드로잉 개인전에 갔다가 작품 한 점을 사게 되었다. 비구상 드로잉에 대해서는 잘 몰라서 같이 갔던 박현기 작가에게 제일 좋은 작품으로 한 점 추천해달라고 하자 이 작품을 넌지시 찍어준 것이다. 당시 월급이 20만 원 조금 넘었는데 작품 가격이 10만 원이었지만 이강소 씨 형편도 어려우니 기꺼이 구매를 결정했다. 이강소 씨가 분명 한국을 대표하는 작가로 클 것이라 보고 생애 처음 미술작품에 투자한 것이다. 전시회가 끝나고 작품을 찾아가게 되었는데 그림 두 점이 한데 묶여 있었다. 작가가 한 점을 더 준 것이다. 얼마 후 이강소 씨에게 저녁을 사겠다고 하니 그는 자기가 사겠다고 했다. 나는 "내가 듣기로는 좋은 작품 산 사람이 술값 낸다고 들었다" 하고 술집에서 만났는데

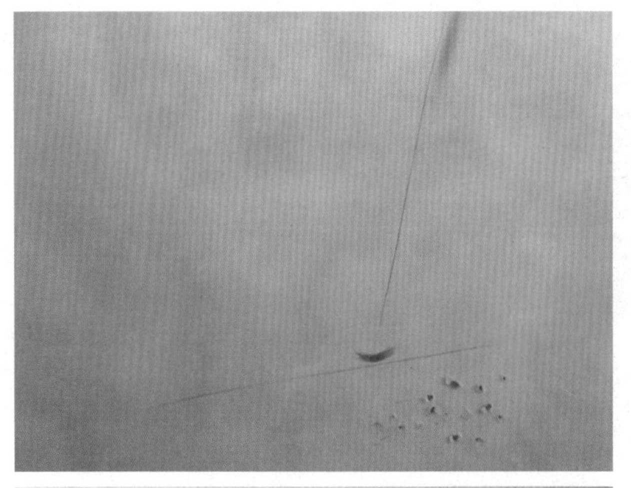

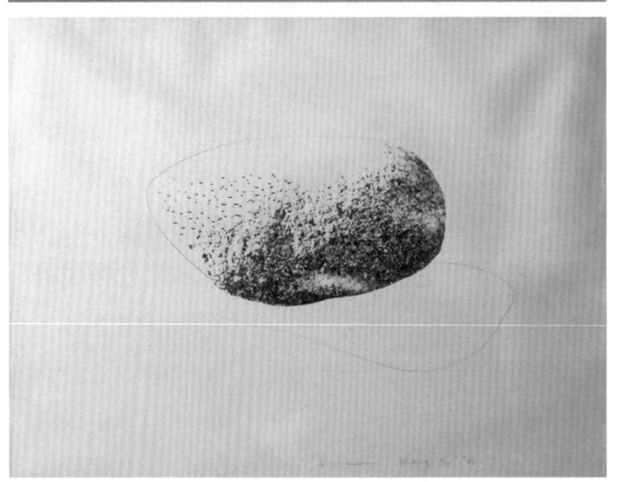

▲ 헤엄치는 오리와 빈 배의 이미지가 나타나고 있다.
▼ 1+1로 받은 드로잉 작품

하시는 말씀이 “지금까지 전시회 중에서 내 작품을 돈 내고 산 언론계 사람이 처음이라 고마워서 두 점을 드렸다”는 것이다. 2000년대 한국을 대표하는 작가가 된 그의 〈오리와 보트〉 드로잉 두 점을 내가 소장하게 된 연유다.

언젠가는 김창열의 〈물방울〉 작품을 소장할 기회가 있었는데 100만 원이 없어 포기했던 것은 두고두고 아쉽다. 김창열 씨가

문정숙 〈나는 가야지〉 SP판
(손석우 작사·작곡)

최무룡은 노래 경력이 많았지만 문정숙은 노래하는 것이 처음이어서 밴드 앞에서는 도저히 못 부르겠다고 하여 이봉조 씨가 악단을 모두 내보내고 이봉조 자신의 피아노 반주로 이 곡을 녹음했다고 한다. 오히려 더욱 세련되고 우아한 곡이 탄생했다.

대구현대미술제에 출품한 〈물방울〉 작품을 100만 원 정도에 팔아서 생활에 보태라고 이강소 씨에게 주었던 것인데, 정말 사고 싶었지만 내 형편에 100만 원은 무리여서 포기하면서도 아쉬웠던 기억이 있다.

1996년 즈음인가 '유열의 음악앨범' 프로듀서로 있을 때 이강소 선생의 전시회 소식을 듣고 홍보해드릴 생각으로 안성 화실로 전화해서 김진우를 기억하시냐고 묻자 "김선생은 당연히 기억하고 있다"며 무척 반가워하셨다. 이강소 선생은 1990년대 이후 안성으로 거처를 옮기고 지금까지 그곳에 머물고 계셨다. 안성화실로 한번 찾아뵙겠다고 약속했지만 지키지 못했다. 한번은 가야겠다고 이 글을 쓰면서 다짐해본다.

주말이면 방천시장 부근을 어슬렁거리곤 했다. 혹시나 좋은 축음기가 나오지는 않았나 살피며 돌아다니기를 좋아했다. 포터블은 3만 원, 중형은 5만 원에 구입하여 친구들에게 나눠주기도 했는데 내가 나타나면 고물장수들이 "오늘 물건 하나 있는데 얼마 받으면 되겠습니까?" 하며 감정을 요구하기도 했다. 앞면은 문정숙의 〈나는 가야지〉, 뒷면은 최무룡의 〈꿈은 사라지고〉가 수록된 디스크는 그 시절에 구한 SP디스크 중 하나다. 영화 〈꿈은 사라지고〉의 주제곡을 주연

배우가 직접 불러서 화제가 되었다. 문정숙은 지적인 모습과 참한 연기로 남성들의 로망 그 자체였다.

어느 날 아내가 막 귀가한 내게 당황한 얼굴로 다가와 사민이가 갖고 놀다 디스크를 깨버렸다고 했다. 다섯 살 아들을 야단칠 수도 없는 노릇이어서 몇 년간 황학동 등지를 헤매다가 상태는 조금 못하지만 같은 디스크를 구했다. 지금도 아끼는 보물이다.

겨울이 가고 따뜻한 해가 웃으며 떠오면
꽃은 또 피고 아양 떠는데 웃음을 잃은 이 마음
비가 개이고 산들 바람이 정답게 또 불면
새는 즐거이 짝을 찾는데 노래를 잊은 이 마음
아름다운 꿈만을 가슴 깊이 안고서
외로이 외로이 저 멀리 나는 가야지
사랑을 위해 사랑을 버린 쓰라린 이 마음
다시 못 오는 머나먼 길을 말없이 나는 가야지

기회는 위기 속에

5·18과 방송 통폐합

김동환 가곡 발표회

한국FM은 우리나라 전국 FM방송사 중에서 두 번째 설립된 회사였다. 1968년 TBC FM, 1971년 한국FM, 이어서 부산MBC FM, 서울MBC FM 순으로 전국에 4개의 방송국만 있었다. 밤 9시 '명곡감상실' 해설자 겸 PD로 자존감 높은 나였지만 그 방송을 듣는 청취자는 몇 명이나 되었을까? FM라디오 수신기를 가지고 있는 사람도 별로 없었는데. 얼마 되지 않은 월급은 친구들과 술 마시거나 연애하느라 보름 정도 지나면 바닥을 드러냈다.

1980년 1월 박명숙과 결혼했다. 전 해 박대통령이 살해 당하고 정국은 전두환이라는 인물로 뒤숭숭했다. 이른바 '오월의 봄'이 찾아왔고 독재 18년간 억눌렸던 민주화의 열망이 분출되기 시작하여 전국적인 데모와 파업이 잇달아 일어났고 한국FM도 예외가 아니었다. 하루 20시간 방송에 클래식 담당인 내가 5시간, 팝송 담당 도병찬과 김진규 선배가 각각 5시간, 4시간 30분을 맡고 나머지는 윤일재 과장과 박정도 부장이 나눠 PD 5명이 20시간을 방송해야 하는 상황이었다. 적은 봉급에 거의 착취에 가까운 노동시간이었다. 그때 충주MBC 기자가 우리 회사로 스카웃되어 왔는데 그와 내가 주동으로 대자보를 쓰고 붙였으니 경영진의 눈에 날 수밖에.

5월의 봄이 전두환 집단의 무자비한 탄압으로 수그러지고 회사는 이른바 지목된 두 사람에 대한 보복의 기회를 엿보고 있었다. 기자 친구는 환멸을 느끼고 충주MBC로 돌아간 뒤였다. 그 무렵 프로그램 성격 문제로 부장과 다투게 되었다. 부장의 의견을 따르지 않고 내 소신대로 방송을 한 것이다. 조직원으로서 회사가 안 된다면 못 하는 것인데 부장의 지시가 모호했었고 나는 그것을 묵인으로 간주했던 것이다. 그것이 명령 위반으로 징계의 사유가 되어 '3개월 정직'이라는 가장 무거운 징계를 받고 1980년 5월부터 8월까지 집에서 지내게 되었다.

정직 3개월이란, 사실 회사를 그만두라는 의미였지만 달리 방도도 없어 꾹 참고 아버지에게 알리지도 않고 석 달을 매일같이 김창수 교수의 연구실에서 죽치며 보냈다. 지금도 당시 임신 중이었던 새댁 박명숙에게 그 3개월에 대해 미안한 마음을 가지고 있다. 당시 김교수님의 배려에 대해서는 항상 감사해왔다. 대구에 들르면 계명대학으로 찾아뵈었고 돌아가신 뒤에는 성주 묘소에 들러 헌화했다. 내 젊은 날의 인생 모델로서 훌륭한 분과 오랜 시간을 보냈지만 그 인품을 본받지 못한 점이 아쉬움으로 남아 있다.

징계 3개월이 끝나고 8월말에 출근했는데 '명곡감상실'을 그동안 엉터리로 진행한 박부장은 내게 다시 맡으라는 말도 하지 않았다. 기가 꺾인 나도 별다른 반응을 보이지 않고 묵묵히 선곡 프로그램만 방송할 수밖에 없었다.

11월의 어느 날 밤의 일이었다. 숙직 담당이 되어 사무실에서 있는데 어떤 사람이 보안사령부 소속의 요원이라며 국장을 찾는 것이었다. 집으로 전화를 연결시켜 주자 "아, 국장님. 태백공사(보안대) 아무개입니다. 내일 오전 이무일 사장님이 좀 나오셔야겠는데요. 아니 별일 아닙니다. 그냥 서명만 하시면 됩니다. 서울 이병철 회장도 서명 다 하셨습니다."

이른바 '언론 통폐합' 사건이다. 전두환 군사집단이 민심 수습과 강압통치 연장을 위해 전국의 신문과 방송·통신사의 통합과 폐합을 단행한 것이다. KBS가 MBC만 제외하고 TBC동양방송, 동아방송, 기독교방송(이적 원하는 직원만), 한국FM, 서해방송, 전일방송 등 전국의 방송을 흡수하는 형태였다. 한국FM은 12월 1일 KBS대구방송으로 일단 들어가게 되었다. 전국에 수없이 난립해있던 신문도 통폐합하여 온 나라가 혼돈 속으로 빠져들었다. 사실 전국적으로 무보수 사이비 기자들의 횡포로 인한 폐해가 이만저만 아니었다. 사이비 기자에게 시달려왔던 이들은 내심 좋아하기도 했지만 언론 통폐합은 군사정권만이 할 수 있는 무법의 극치였다. 그러나 아이러니하게도 이 무법세계가 나의 새로운 출발이자 2막의 시작이 되었다. 며칠 후 KBS로 인사하러 갔더니 이건 뭐 아수라장이었다. 결재는 KBS에서 받고 제작은 한국FM에서 하다가 12월 1일부터는 모든 것을 KBS로 넘기는 급박한 일정이었고 이 아수라장 속에서 '명곡감상실' 프로그램도 되찾게 된 것이다.

11월 28일, 내일 KBS에서 방송될 원고를 정리하고 저녁 식사와 함께 술 한 잔 마시고 9시쯤 칠성동 집으로 가자마자 아내가 진통을 시작하는 것이었다. 대명동 근처 산부인과로 택시 타고 가니 방 한 칸에 산부와 날 남겨놓고 들여다보지도 않았다. 아침 6시까지 고통으로 벽을 긁으며 울부짖는 아내 옆에서 원고 정리를 끝마치자 첫딸 사원이의 울음소리가 들려왔다. 그러고는 바로 첫 출근을 한 것이다. 지금 생각해도 정신없었던 혼돈의 나날이었다.

되찾은 '명곡감상실'

KBS 대구방송국 시절1980. 12~1982. 8

한국FM의 모든 레코드 자료가 KBS로 이관되고 나는 6개월만에 다시 '명곡감상실'을 진행하게 되었다. 한국FM에서는 레코드 매입을 전적

KBS 대구방송국 시절. 포항에서.

으로 PD에게 일임했다. 그만큼 PD의 실력과 권위를 인정해주었던 것이다. 서울에 음악회를 보러 왔다가 내려가기 전 명동성당 앞의 리빙사에서 레코드 50여 장과 견적서만 받아 가도 회사에서는 두말없이 리빙사로 어음을 보내주었다. 두 손에 무거운 레코드를 들고 낑낑대며 서울역으로 가도 하나도 힘들지 않았고 새 앨범을 소개한다는 기쁨으로 행복하기만 했다. 내가 직접 대구 양키시장과 리빙사, 그리고 나까마(중간 상인)에게 구입한 클래식 레코드가 어림잡아 일 년에 수천만 원이 넘었다고 생각한다. 그런데 KBS대구방송국에 와서 레코드를 구입하려고 보니 월 12,000원의 말도 안되는 예산이 다였다. KBS지방방송은 방송국이라기보다는 거의 서울의 방송을 중계하는 곳에 지나지 않는다는 것을 그때 처음 알았고, 점점 고민이 되기 시작했다. 새로운 자료가 없으니 한국FM에서 썼던 원고를 재탕할 수밖에 없었다.

대구방송국의 모든 사람들이 나를 인정해주었지만 내 방송인생이 이렇게 무의미하게 끝나는 것은 아닌가 회의가 들기 시작했다. 하지만 정말 일없고 편한 나날이었다. 자료실 담당을 겸하게 해주어서 매일 음반 속에 파묻혀 지내며 새로운 음악을 발견하는 재미를

계수남 〈세월이 가면〉

박인환의 시에 현인이 부른 노래다. 박인희 등도 불러서 유명한 곡인데 대구방송국 자료실에서 계수남이란 가수의 음반으로 듣고는 완전히 빠져버렸다. 인생의 회한이 절절하게 묻어나는 매혹의 이 저음 가수는 누구인가? 6·25에 피난 못 가고 서울에 남아 있다 인민군에 부역한 사실로 1951년 검거되어 사형선고를 받았다. 이후 20년으로 감형되었다가 가요계의 원로 박시춘, 이난영, 장세정 등의 탄원서로 3년으로 감형되었다. 하지만 이미 7년여를 복역한 후였다. 그의 인생역정이 1976년에 발표한 이 한 곡에 모두 담겨 있다고 생각하고 들으면 지금도 가슴이 저려온다. 2004년 83세로 세상을 떠난 그의 명복을 빈다.

느끼기도 했다.

1982년 통폐합 1년이 지나자 본사에서 전국의 직원 전원에게 현재의 근무지와 희망하는 근무지에 대한 설문을 보내왔다. 일반적으로 현재 근무하는 곳이 생활근거지와 다른 직원의 애로사항을 감안해 재배치해 주고자 하는 설문이었다.

나는 이와는 정반대의 내용을 써냈다.

–생활근거지와 현 근무지는? (대구시, 대구방송국)

–희망 근무지는? (서울 본사)

–이유는? 클래식 프로그램을 직접 제작·해설해야 하는데 월 12,000원의 자료구입비로는 더이상 방송이 불가능하므로 본사로 이동시켜 주기 바란다.

박도덕, 윤범과 함께 셋이 동해안으로 여름휴가를 다

아말리아 로드리게스
〈Com que voz〉 앨범

명곡감상실 최후의 추천곡은 포르투갈의 파두였다. 내 인생이 어떤 파고를 만날 것인지 알 수 없는 긴장과 막연한 희망이 끊임없이 들고 나던 시기의 테마곡 같은 노래다.

너오고 며칠 지나지 않아 방송부가 떠들썩했다. 김진우가 본사 1FM으로 발령이 났다는 것이다. 매일 서울 발령만 목을 빼고 기다리던 윤범은 발령이 나지 않고 느닷없이 김진우가 발령 났다고 낙담하는 윤범을 두고 둔촌동 류실이 집에서 얼마간 다니다 둔촌아파트 420동 501호를 3,300만 원에 사서 네 식구가 이사하게 되었다.

6년여 동안 밤 9시마다 진행했던 '명곡감상실'과도 작별을 고할 시간이 다가왔고 내가 떠남으로 프로그램도 종방(終放)이 되었다. 30년간 살아왔던 대구의 팬들에게 마지막 '명곡감상실'에서 보낼 음악으로 아말리아 로드리게스의 음반을 정하고 첫 멘트를 이렇게 했다.

"이제 오늘 이 음악을 마지막으로 명곡감상실은 문을 닫게 되었습니다. 클래식 음악만으로 지금까지 해설해왔었는데 여러분에게는 생소한 포르투갈의 파두(Fado) 가수 아말리아 로드리게스의 음악을 과연 클래식 시간에 소개해도 되는지 조금은 망설였습니다. 그러나 저 먼 포르투갈의 파두가 명곡감상실 팬 여러분에게 좀더 넓은 음악의 세계를 열어드린다는 생각으로 받아들여 주시면 감사하겠습니다."

작곡가 김동환 교수(1937~2020. 5. 25.)

선생님과 처음 만난 것은 '명곡감상실'을 진행하고서다. 매주 일요일의 '명곡감상실'은 교수님이 맡아주셨다. 댁에서 직접 해설하고 녹음한 것을 방송국으로 직접 가지고 오셨고, 한국FM이 소장하고 있는 클래식 음반보다 질적으로나 다양성에서나 월등 뛰어난 컬렉션으로 '명곡감상실'의 위상을 높여주었다. 언제나 온화한 모습으로 진심 어린 조언과 음악에 대한 귀중한 말씀으로 초보자인 나를 무궁한 클래식의 세계로 이끌어주셨다. 1970년대 후반 시카고로 교환교수 떠나기에 앞서 여비와 생활비에 충당하기 위해 앨범을 내놓으셨는데 그 귀한 디스크를 구입할 수 있으니 '명곡감상실' 진행자로서는 이보다 좋은 기회가 없었고, 김현철 교수와 함께 교수님 댁으로 가서 각자 마음에 드는 디스크를 골랐다. 그때 고른 디스크들 중 일부가 지금도 나의 컬렉션에서 중요한 위치를 차지하고 있다. 계명대에서 중앙대로 자리를 옮겨서도 돌아가실 때까지 찾아뵙고 같이 음악 들으며 지난 얘기를 듣곤 했는데 지금도 그 모습을 잊을 수 없다. 그 어떤 클래식 애호가라도 교수님만큼 디스크과 연주에 대한 깊이 있는 지식을 가진 사람은 없다고 단언할 수 있다. 돌아가시기 전에 얼마동안 찾아뵙지 못하였는데 요양원에서 피아노 앞에 앉아서 운명하셨다고 한다. 벽제 화장장에서 교수님과 작별했다.

내 인생의 스승님. 명복을 빕니다.

클래식은 힘 세고 오래 간다

KBS 1FM 1982~1988

KBS FM이 개국한 해가 1979년이다. 중간 간부급은 기존 사원들 중에서 음악 좀 아는 직원들로 구성되어 있었고, 신입사원으로는 음악대학 출신들을 뽑았다. 본사로 첫 출근하는 날, 먼저 인사부의 문영수 차장(후에 본부장)을 찾아가니 "자네가 이번 인사에서 연고지와 관계없이 소신만으로 발령된 첫 케이스"라며 격려해주셨다. 열정만으로 발탁된 인사였던 것이다.

사무실에 들어가니 TBC 출신의 박상헌 선배(별명 열박)가 빈자리를 가리키며 "예수 귀신 붙은 자리지만 거기 앉으쇼." 하고 농담하며 반겨주었다. 사무실 분위기는 냉랭했다. 이질적인 인간들을 섞어놓은 데다 우리 같은 민방 출신은 어느 정도 나이가 있는데 반해 KBS 출신은 나이도 어리고 서로의 환경 차이인지 거의 말도 섞지 않고 지내는 것이었다. TBC 출신의 조승환 부장이 '정다운 우리 가곡' PD가 없으니 일단 맡으라고 했다. 그래도 대구에서 해설까지 했던 PD인데 30분짜리 가곡프로라니 자존심이 좀 상했지만 낯선 서울 아닌가? 10월 가을 개편 전에 조부장이 나의 전력을 들었는지 심야프로 2시간용 큐시트(선곡 및 진행표)를 작성해서 가져오라고 했다. 단번에 제출하자 말없이 골든프로를 바로 맡겨주셨는데 MC가 TBC 출신으로 나중에 김태상의 형수가 된 박초아 아나운서였다. TBC출신의 열박, 유영순(후에 신영복 씨와 결혼), 조부장, 동아방송 출신의 김정일 차장, KBS 신입이지만 우리를 잘 따랐던 장옥님 등과 어울려 지냈다. KBS 출신과는 그다지 어울리지 않았다. 그들은 내가 큰 배경을 가지고 들어온 걸로 생각했다가 설문조사로 올라왔다니까 좀 놀라는 것 같았다. 4월과 10월 개편 때마다 수월한 프로그램은 주어지지 않고 항상 두 시간의 주요 프로그램만 배당이 되었다. 1982년 가을 개편에 시작하여 지금까지 방송되고 있는 '당신의 밤과 음악'을 처음 맡아 시작한 것도 나였다. 이런 현상은 퇴직 때까지 계속되었다. 20대 청년시절 하루에 10시간씩 음악감상실에서 살다시피 한 애호가의 축적된 자료를 조금씩 끄집어내는 정도였다. KBS자료실의 어마어마한 레코드는 금맥과 같았지만 눈이 가는 자료는 KBS로 이관된 TBC와 동아방송의 자료들이었다.

음악 선곡에 있어 나의 기준은 듣기 편하면서도 품위 있고, 새로우면서 어렵지 않은 음악을 찾아내는 것이다. 수만 장의 레코드 중에서 하루 20여 곡을 고르는 작업은 쉬워 보일 수도 있으나 입력된 데이터에서 그날의 날씨, 사건에 맞는 음악을 고르는 실력은 하루아침에 되는 것이 아니다. 두 시간의 프로그램 안에 인트로, 전개와 마무리의 세 단계를 설정하여 격정, 평안과 위로를 담아서 물 흐르듯 구성해야 한다.

KBS 2FM은 과거 TBC FM이 2라디오는 TBC라디오가 KBS로 통합되어 이름만 바뀌어 방송되었다. 1977년부터 시작한 클래식 방송이 10년이 지나자 점차 무료해지기 시작하였다. 내 나이 38세, 변화의 필요성을 느낄 나이이기도 했다.

가족 교통사고(1987년 8월)

여름휴가를 맞아 가족 다섯 명이 포니 자동차에 빽빽이 끼어 타고 동해안에서 며칠 놀다 구미 집으로 가는 길이었다. 주왕산 민박에서 하루를 쉬고 구미로 향하던 중에 국도 커브길에서 마주 오던 버스가 중앙선을 넘어 운전석을 치고 나간 것이다. 왼쪽 문짝이 찌그러지면서 나는 왼쪽 늑골이 모두 골절되고 아내도 비장이 파열되어 급히 대구 동산병원으로 이송되어 갔다. 세 아이는 다치지 않았으니 이보다 감사할 일은 없을 것이다. 아내는 여성병실에 있었기 때문에 그쪽 사정은 나중에 들어서 알았는데 아내도 위급한 순간을 맞이했지만 다행히 잘 넘겼다고 했다. 요즘은 진통제를 링거에 꽂아서 맞으면 통증도 느끼지 않지만 당시는 아플 때만 모르핀을 주사해주기 때문에 고통이 이루 말할 수 없었다. 피가래가 목으로 올라오면 칵 하며 뱉어야 하는데 갈비뼈가 부서지는 통증을 감수하고 하루에 수십 번 뱉는 고통이 가장 참기 어려웠다. 열흘이 지나고 사원·사민·사중이가 면회를 왔는데 여섯 살 사민이가 "아빠 많이 아파?" 하며 물어오는 순간 울컥해지며 한 가지 생각만 들었다. 즉, 우리 아이들 다치지 않아서 얼마나 다행인지…. 다시 한번 돌아가신 어머니의 기도에 감사했다.

박용구 선생(1914~2016. 4. 6.)의 '두고 갈 이야기들'

우리 무용, 음악, 연극 등 문화계의 거목이자 평론으로 널리 알려진 선생을 방송에 초대한 것은 1988년 즈음으로 기억하고 있다. 황인용 씨가 진행하는 '그대의 음악실'에 '두고 갈 이야기들'이란 제목의 주간 코너로, 선생의 일생을 직접 듣고 기록할 생각으로 섭외한 것이다. 선생은 75세의 연세에도 열심히 격동기를 살아온 산 증인으로서의 역할을 마다하지 않으셨다. 히비야 공원에서의 '샬리아핀'의 공연담, 월북한 무용가 최승희에 대한 회고 등 자신이 겪은 교양인으로서의 일생을 담

박용구 선생

담하게 말씀해주셨다. 선생은 황인용 씨와의 대담을 즐기시는 것 같았고 방송이 모두 끝나고 자택인 세이장(洗耳莊)으로 초대해주셨다.

건축가 김수근선생이 개인 주택으로는 유일하게 설계한 종로구 신영동 자택은 공간사랑의 이미지와 비슷했고 명품 주택으로서 가치를 느낄 수 있었다. 선생이 돌아가신 후를 생각해서 제작한 '두고 갈 이야기'였지만 자료실에서 그냥 묵히고 있는 사실이 아쉽다.

선생님의 명복을 빕니다.

88서울올림픽

1988년 9월 17일부터 10월 2일까지 열렸는데 나는 불행 중 다행으로 문화예술축전 전담으로 8월부터 시작하는 프레올림픽부터 10월 2일 폐막까지 전 프로그램을 맡게 되었다. 경기장에는 한 번도 가보지 못했지만 매일 밤 세종문화회관과 예술의 전당에서의 세계적인 음악연주회를 녹음하여 다음 날 황인용 씨의 나레이션으로 방송하는 임무가 즐거웠다. 물 만난 물고기의 심정으로 그동안 잘 접해보지 못한 공연을 하루도 빠짐없이 볼 수 있는 특권을 부여받은 것이다. '88서울국제음악제'에서는 그간 금기시되어 암암리에 레코드로만 들었던 음악들을 현장에서 듣는 호사를 누렸다.

드미트리 키타옌코(지휘) 모스크바 필하모니 오케스트라, 모스크바 방송합창단, 로잔느 챔버오케스트라, 도쿄 앙상블, 아르방 금관 5중주단, 런던 페스티벌 오케스트라, 보자르 피아노 트리오, 조수미 독창회를 비롯해 지금은 모두 기억할 수도 없는 음악회에 두 달간 흠뻑 빠져 있었다. '88서울국제연극제'에서는 평소라면 접할 수도 없었던 일본 가부키 〈가나데혼츄신구라〉, 그리스 국립극장의 〈오이디푸스 왕〉을 볼 수 있었다. 음악회와 겹쳐 보지는 못했지만 프랑스 코메디 프랑세즈의 〈서민귀족〉, 체코 스보시극단의 〈충돌〉, 볼쇼이 발레 등 하루도 빼놓지 않고 국내외 유수의 공연이 열렸던 것을 기억한다.

평소에도 세계적인 공연을 거의 초대권으로 볼 수 있는 혜택을 누리며 30여 년을 문화적인 풍요 속에 살아온 PD 인생에 감사한다.

박중훈의 인기가요
나, 소냐, 조덕배, 중훈이, 이윤주 작가

박중훈의 인기가요(1989~)

클래식 프로그램은 선곡이 중요하다. 연출의 기교를 부릴 여지가 없다. 하루에 음악 몇 곡 고르다 PD생활을 끝내는 것이 두려웠다. 게으름뱅이 기질이 다분하지만 심심한 것도 못 견뎌 하는 성격을 나는 갖고 있다.

1988년 가을 올림픽방송이 끝나자 1년간 MD(Master Director)라고, 이름은 거창하지만 피디들이 퇴근한 뒤 방송 송출을 책임지는 직책으로 가게 되었다. 제작현장에서 벗어나 단순노동으로 머리를 식히는 자리였다. 1년 후 복귀할 때 과감히 2FM으로 보내달라고 요구하여 TBC의 간판 팝프로였던 '영 팝스'에 이어 '김광한의 팝스 다이얼'을 맡게 되었다. 전문가인 전영혁을 투입시키고 팝 매니아인 대학생을 작가로 발탁하여 6개월 고군분투했다. 그런데 가을 개편 때 좀 엉터리였던 부장이 갑자기 밤 10시 가요프로인 '인기가요'를 맡으라는 것이었다. 당시 MC는 영화 〈백치 아다다〉로 몬트리올 영화제 여우주연상을 수상한 신혜수였다. 그 전에는 김미숙, 김희애 MC로 밤 10시 최고의 청취율을 자랑했던 골든 프로였다. MC 교체를 건의하고 물색하는데 당시 청춘스타로 이름을 알리기 시작한 박중훈이 생각났다. 중훈이는 나와는 친척—중훈이 할머니와 나의 할아버지가 남매—으로 매우 가까운 사이였다. 청도할매의 손자인 것이다. 당장 맡겠다고 하기에 바쁜 거 아니냐는 내 말에 중훈이가 이렇게 말했다. "형님, 비밀인데요. 저 지금 한가해요."

밤 10시엔 나긋나긋 속삭이는 여성스타가 적격이라는 게 통념이었지만 나는 역발상으로 좀 튀는 남자 박중훈을 새 MC로 결정한 것이다.

어느 날 중훈이가 "형님, 이경규가 얼마 전 제대했는데 우리 프로에 한번 출연하고 싶다는데요."라고 했다. 이경규의 순발력에 인기가 날로 높아지며 화제를 불러 일으켰고 30분 정도였던 코너를 한 시간으로 확장했다. 매주 금요일 2부 한 시간을 모두 '이경규의 개그개그' 코너로 명명하고 전국의 청취자를 상대로 창작 개그를 엽서로 받아 콘테스트를 하기 시작했다. 이경규의 순발력에 바람잡이 중훈이의 재치가 보태져 이 코너가 큰 인기를 끌었다. 일주일에 엽서가 수천여 장을 넘었고 고무된 이경규는 엽서 모두를 한 보따리 들고 가서는 일주일 내내 읽고 골라서 20여 장을 가져와 콘테스트 한답시고 웃겼다. PD, MC, 작가, 출연자 모두가 기쁘고 보람 있게 일했다. 당시 라이벌 프로였던 MBC '별이 빛나는 밤에'의 MC 이문세가 어느 날 "선생님, 저희 프로가 전국 1위인데 금요일 11시부터 1시간은 포기하고 음악만 틀었어요."라고 나에게 직접 고백했을 정도였다.

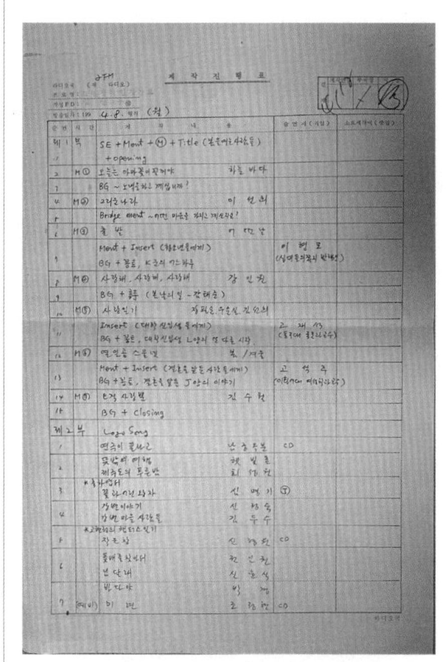

2FM

제 작 진 행 표

방송일자: 199 4. 8. (월)

순번	시간	제작내용		출연자	소요제작비
제1부		SE + Ment + Ⓜ + Title ([illegible])			
1		+ opening			
2	M①	오늘은 아마꽃이 필거야	하늘 바다		
3		BG ~ [illegible]			
4	M②	그리운 나라	이 선희		
5		Bridge ment ~ [illegible]			
6	M③	출발	[illegible]		
7		Ment + Insert ([illegible]) BG + [illegible]		[illegible]	
8	M④	사랑해, 사랑해, 사랑해	강 인 원		
9		BG + [illegible]			
10	M⑤	사랑일기	[illegible]		
11		Insert (대학 신입생 들에게) BG + [illegible]		고 재 [illegible]	
12	M⑥	[illegible]	봄/여름		
13		Ment + Insert (결혼을 앞둔 사람들에게) BG + [illegible], 결혼을 앞둔 J양의 이야기		고 석 [illegible]	
14	M⑦	[illegible]	김 수 철		
15		BG + closing			
제2부		Logo Song			
1		연극이 끝나고	[illegible]	CD	
2		[illegible] / 제주도의 푸른밤	[illegible] / 최 성 원		
3		[illegible]	[illegible]	Ⓣ	
4		강변 이야기 / 강변 마을 사람들	[illegible]		
5		[illegible]	[illegible]	CD	
6		[illegible]	[illegible]		
7	(예비)	[illegible] / 미련	[illegible]	CD	

고현정의 인기가요 제작 진행표

스무 살의 고현정과 스튜디오 앞에서

인기가요 2(1990년~)

KBS 2FM의 밤 프로의 인기를 높이던 중훈이가 느닷없이 뉴욕 영화학교로 유학을 가겠다며 그만두겠다고 해서 대신할 MC를 찾는데 한 선배가 당시 최고의 인기를 누리던 최수종을 추천했다. 하지만 나는 고현정을 점 찍어두고 있었다. 두 의견이 충돌하자 두 사람을 각각 생방송에 집어넣어 순발력과 내용을 비교해보자는데 합의하고 먼저 최수종을 박중훈의 인기가요에 출연시켰다. 그날이 마침 최수종이 출연한 드라마의 쫑파티를 한 날이어서 파티 후에 방송하러 왔는데 술이 좀 과했는지 횡설수설하며 갑자기 이상한 소리로 웃는 등 거의 방송사고 직전이었다. 그 다음 날 고현정을 '이경규의 개그개그' 코너에 출연시켰는데 깜짝 놀랄 정도의 재치와 순발력을 보이는 것이었다. 그런데 음악이 나갈 시간에 경규와 중훈이가 담배 피러 나와서는 한숨을 푹 쉬는 것이 아닌가? '아, 이렇게 젊고 예쁠 줄이야~' 하면서….

동국대 연극영화과 1학년으로 학교수업 마치고 맨얼굴로 출연한 고현정에게 이 두 인간이 넋을 잃은 것이다. 무난히 고현정을 새 MC로 낙점, 1월부터 '고현정의 인기가요'가 시작되었다. 그런데 똑똑한 이경규, 약았다고나 할까? 개그개그를 그만하겠다는 것이다. 자기의 개그를 받아 줄 중훈이가 없으면 개그개그의 인기를 보장받을 수가 없으니까. 하지만 고현정이도 그 나이답지 않게 인기가요를 잘 이끌어갔고 중훈이와는 또 다른 재미를 느끼는 프로로 인기를 끌었다. 그렇게 잘나가는 프로를 하다가 4월 개편에 2라디오(TBC 라디오)로 자리를 옮겼고, 모 선배가 고현정의 인기가요를 맡게 되었는데 MC를 못 살게 굴어서 고현정은 중도에 그만두었다고 한다. 그 후에도 고현정은 방송국에 출연하러 오면 2라디오 사무실로 찾아와서는 입구에서부터 "선생님~" 하며 달려와 포옹하는데 내가 부끄러울(?) 지경이었지만 PD로서 보람을 느꼈던 순간이었다.

2라디오 시절(1990~1992)

2라디오는 이른바 성인 오락채널로 옛 TBC라디오였다. 이곳에서 생전 처음으로 트로트 프로그램을 맡아 전국을 돌아다니며 공개쇼를 하는 이른바 유랑극단 단장을 일 년간 하게 되었다. 현철, 송대관, 태진아, 이선희 등과 KBS 라디오악단(김인배 단장)이 함께 버스 타고 다니며 일주일에 공개방송 한 편씩을 해치웠다. 각 지자체나 군부대에 행사가 있으면 요청을 받고 쇼를 해주는 형식이었다.

1992년 3월경 부산출신의 매니저며 제작자인 유대영이 "형님, 이번에 댄스앨범을 하나 만들었는데 공개방송에 한 번만 출연 시켜주십시오." 하기에 "뭔데?" 했더니 "서태지와 아이들이라고 춤 잘 추는 아이들인데요. 이번 달에 좀 부탁합니다." 하는 것이다. 그래서 "이달은 꽉 차서 안 되고 4월에 101여단이라고 파주 근처의 군부대 공연이 잡혔는데 군인들 댄스 좋아하니까 기 좀 죽이자." 하고 허락했다. 그런데 2주 후 유대영이 사무실로 찾아와서는 서태지와 아이들을 출연 당일 첫 출연자로 당겨서 하고 빨리 좀 보내달라는 것이다. 댄싱

남인수 앨범

윤복희 〈밤안개〉 앨범

비록 한참 어렸지만 남인수 선생과 같은 시대를 살았다는 감각이 있다. 〈애수의 소야곡〉 등 그의 노래를 듣고 자란 기억 때문이다.
윤복희 귀국 후 제1집으로 이봉조 작곡·편곡으로 발매된 앨범 중 〈밤안개〉는 이봉조의 천재적인 편곡과 윤복희의 건강한 목소리가 보사노바 리듬에 실려 감동을 준다.

팀은 원래 공개방송 마지막에 군바리들 다 나와 춤추게 하는 마무리로 순번을 정하게 되어 있다. 왜 빨리 가야 되냐고 묻자 '가요 톱 10' 1위 후보가 되어 녹화시간을 맞추기 위해 빨리 가야 된다는 것이다.

앨범이 나오고 2주 만에 전국을 들썩이게 만든 서태지와 아이들이 드디어 101여단 연병장에 도착했다. 최고의 스타들이 연병장에서 흙먼지를 뒤집어쓰며 춤을 추는 장면은 지금 생각해도 코미디 같은 장면이지만 서태지로서는 처음이자 마지막 맨땅 공연이었을 거라고 생각한다. 그날 또 다른 출연자였던 김완선도 이들의 춤추는 모습에 입을 다물 수밖에 없었을 것이다.

진해의 해군통제부에 공연을 갔을 때다. 당시 최고의 댄싱 가수였던 이재영이 노래하고 있는데 무대 앞줄 검은 옷차림의 군인들 여럿이 거의 날아 오르듯이 무대 위로 난입해 노래하는 이재영의 얼굴에 입을 들이민 사건이 일어나 놀랐다. 나중에 이들이 그 유명한 해군 수중폭파대(UDT)라는 걸 알고 또 한 번 놀라게 되었다. 고교동기 전상중 예비역 해군준장을 만나 당시 일을 들려주자 아마도 자신이 대장이었던 시절인 것 같다고 해서 다시 한 번 놀랐다. 서태지와 아이들의 연병장 공연에선 모두 넋을 잃고 쳐다보느라 아무도 나오지 않았었다.

추억 많았던 2라디오, 2FM 시절을 보내고 1라디오 라디오 정보센터로 발령이 나서 1994년까지 2년간 시사뉴스와 교양프로그램을 제작하고 1994년 다시 2FM으로 옮겨서 제2의 황금기를 보내게 되었다.

유열의 음악앨범(1994~1998)

어느 해변 공개방송 중

유열의 음악앨범 스탭과 조용필
뒷줄 좌 이숙연

방송인생의 황금기에 '유열의 음악앨범' 프로그램을 맡아 KBS 2FM의 간판 프로그램으로 전성기를 구가했다. 오전 9시~11시까지 두 시간을 팝송과 월드뮤직, 가요를 혼합한 선곡으로, 작가로는 이숙연을 선택했다. 이숙연은 이화여대를 갓 졸업한 신인으로 그때까지 다른 프로에서 서브작가로 일하고 있었는데 내가 메인작가로 발탁하여 그것도 대형 프로그램인 음악앨범에 데뷔시킨 것이다. 그녀는 영화 시나리오 작가로도 성공하여 〈봄날은 간다〉 〈외출〉 〈유열의 음악앨범〉을 위시하여 드라마 〈공항 가는 길〉 〈반의 반〉 등으로 영화와 드라마 계에서 열 손가락 안에 드는 유

유열의 음악앨범 3,000회 기념파티

마이클 조던과 시카고 불스

명 작가가 되었다. 그녀의 원고는 짧고 간명한 어체로 DJ들의 입맛에 쏙 들게 하는 매력이 있는데 그 점을 내가 눈여겨보아 왔던 것이다.

프로그램의 인기는 음반사가 가장 잘 안다. 가수가 내한하여 공연을 열거나 프로모션을 올 때 음반사에서 어느 프로그램에 출연시키려 하는지가 인기의 바로미터다.

프로그램에 출연한 해외 음악인으로는 밥 제임스, 리키 마틴, 사라 브라이트만, 훌리오 이글레시아스가 생각난다. 몇 년 전 세상을 떠난 바리톤 드미트리 흐브로토프스키도 스튜디오에서 만난 일이 있다.

음악앨범을 연출하면서 잊을 수 없는 기억의 하나가 마이클 조던의 경기를 거의 빼놓지 않고 TV로 본 것이다. 음악앨범은 매일 아침 9시에 시작하는데 그 시간이 미국에서의 NBA 시합하는 시간과 맞아 떨어진다. 마이클 조던, 스코티 피펜, 악동 데니스 로드맨, 토니 쿠코치 등의 시합 광경은 만화영화에서나 볼 수 있는 것이었지만 그들의 시합을 실시간으로 볼 수 있었던 것은 음악앨범을 연출하지 않았다면 불가능한 일이었다.

안성기, 장옥님PD와 서래마을에서

황인용 씨

사랑과 추억의 콘서트

[illegible]	[illegible]	[illegible]	[illegible]	[illegible]
1	[illegible]	OPENING	TR	
2	[illegible]	M1) [illegible]	LIVE	
		M2) [illegible]	LIVE	
		M3) [illegible]	LIVE	
3	[illegible]	M4) [illegible]	LIVE	
		M5) [illegible]	MR	
		M6) [illegible]	MR	
		M7) YOU DON'T BRING ME FLOWER([illegible])	LIVE	
		M8) [illegible]	AR	
4	[illegible]	[illegible]	BG	
5	[illegible]	M9) RIGHT HERE WAITING ([illegible])	LIVE	
		M10) [illegible]	LIVE	
		M11) [illegible]	MR	
		M12) [illegible]	LIVE	
6	[illegible]	M13) [illegible]	LIVE	
		M14) [illegible]	LIVE	
		M15) HOW DEEP IS YOUR LOVE	LIVE	
7	[illegible]	[illegible]	BG	
8	[illegible]	M16) [illegible]	LIVE	PIANO
		M17) LOVE IS MANY SPLENDORED THING	LIVE	PIANO
9	[illegible]	M18) [illegible]	LIVE	
		M19) [illegible]	LIVE	PIANO
10	[illegible]	M20) [illegible]	LIVE	
		[illegible]	BG	
		M21) [illegible]	MR	
11	[illegible]	CLOSING	TR	

1995년 유열의 음악앨범 특집 큐시트

영국정부 초청여행(1996. 3)

영국정부의 '영향력 있는 프로그램'에 선정되어 프로듀서와 DJ가 12일 동안 영국의 음악, 문화현장을 방문하게 되었다.

KBS는 유열의 음악앨범, MBC는 가수 김현철이 진행하는 프로그램이 선정되어 그 기간에 우리가 원하는 모든 것 즉, 뮤지컬과 음악공연 등을 무제한으로 볼 수 있도록 해주었다. 영국항공의 비즈니스 클래스, 최고급 호텔과 레스토랑, 열차 1등석, 스코트랜드 세인트 앤드루스의 올드코스 골프리조트 견학과 숙박, 하이랜드 위스키 공장 견학과 시음, 뮤지컬 〈미스 사이공〉 〈Sunset Blvd〉 〈레 미제라블〉 〈레니 크라비츠〉 공연 등을 꼽을 수 있겠다.

보통 해외 취재를 다녀오면 밤 새워 녹음하고 편집하는 걸 당연하게 받아들이는데 이번 방송은 DJ가 '영국정부 초청으로 영국 가서 뮤지컬 관람했는데 좋더라' 하며 음악을 틀어주기만 하면 되었다. 이런 초청 여행에 비하면 다른 취재여행은 한마디로 인간의 인내심을 극한으로 시험하는 고통의 시간이었다고 할 수 있다.

#에피소드 1

런던에서 묵은 곳은 하이드 파크 바로 앞에 있는 'Park Court Hotel'이라는 고풍스러운 고급 호텔이었다. 김현철은 룸의 천장이 너무 높아 무서워 잠을 설쳤다고 했다. 어느 날 저녁을 먹고 택시(Black Cap)을 타고 Park Court Hotel 로 가자고 하니까 운전기사가 "그 호텔 조금 전에 화재가 일어났다고 방금 뉴스에서 들었다"고 하는 것이다. 순간 김현철의 얼굴이 파랗게 질리면서 그동안 쇼핑한 물건 즉, 매니저에게 선물할 까르티에 시계와 본인의 까르티에 시계, 그리고 수많은 명품 들이 불에 타는 상상을 하기 시작했다. 과연 호텔에 도착하니 투숙객들을 옆 건물로 안내하는 것이었다. 들어가자 소방관과 투숙객이 모두 차분하게 차를 마시고 케익을 먹으며 담소하고 있고 흥분하거나 날뛰는 사람은 한 명도 없었다. 사람들이 흥분하지 않도록 대처하는 영국 소방관들의 대처법을 그때 처음 볼 수 있었다. 불은 주방에서 시작하여 2층과 3층 일부를 태웠지만 너무 걱정하지 말라고 하는데도 차 마실 여유가 없는 김현철은 룸에 귀중품이 있는데 당장 확인하고 싶다고 해서 소방관이 자기가 안내할 테니 따라오라고 하여 둘만 화재현장으로 갔다.

김현철 팀(MBC)과 유열 팀(KBS)

모두가 궁금해하며 기다리는데 환한 얼굴로 나타나는 김현철. 런던의 명품 백화점 '헤로즈'의 까르티에 매장에 갔을 때 김현철이 사고 싶어 하는 시계를 가리키며 하던 판매원의 말이 생각났다. "(우리 돈으로 환산해서)800만 원입니다."

#에피소드 2

런던에 있을 때는 오후엔 거의 매일 헤로즈 백화점에 들러 쇼핑하고 고급 레스토랑에서 식사하고 호텔로 돌아왔다. 그러면 밤 9시 정도가 된다. 룸에 오면 TV부터 켜놓고 샤워하고 나오는데 뉴스 톱에 거의 매일 소머리가 나오는 것이다. 그저 영국에도 소고기 값 파동이 났나 보다 하고 대수롭지 않게 여겼다. 시내를 다닐 때 유명 스테이크 하우스에 우리 말고는 손님이 한 명도 없는 것을 보고도 별 의문을 품지 않았다. 관광청 서울 지사장도 자세한 사정은 모르는 것 같았다. 일정을 모두 끝내고 집에 도착했을 때 아내가 걱정스럽게 물었다. "영국에서 광우병이 난리라는데 소고기 먹었어요?" 신문을 보자 광우병 기사가 신

스코틀랜드, 골프의 발상지 올드코스 호텔에서

문 1면에 여러 날 도배하고 있었다. 지금쯤 머리에 구멍이 송송 뚫렸어야 하는데 아직 살아 있으니 다행이지.

스코틀랜드에서 저녁 식사 전에 이런 대화를 나눈 기억이 난다. "현철아. 나는 한국에서 소고기 많이 먹었으니 여기서는 양고기 많이 먹을란다. 니는 소고기 많이 먹어라."

"예. 저는 소고기 스테이크 좋아합니다."

미국공연 여행(1998. 10)

IMF구제금융으로 나라 안이 온통 뒤숭숭하던 시절에 그래도 월급 제때 받으며 가족들 생계 걱정 없이 보낼 수 있었던 것에 감사한다.

대우자동차가 경영에 어려움을 겪으면서 당시 대우자동차 김우중 회장이 신차 누비라의 미국 프로모션을 하게 되었고 그때 공연단도 같이 움직이게 되었다. MC는 손범수에 가수 박미경, 최진희, 김광진, 유열이 함께했다. 가수든 매니저든 예외 없이 델타항공 퍼스트클래스로 뉴욕–애틀랜타–시카고–LA 순으로 순회하는데 회사 일

샌프란시스코에서 유열과

정상 나는 시카고에서 합류하게 되었다.

김포공항 퍼스트클래스 라운지에 들어가니 고급 와인과 음식들이 즐비했다. 비행기에 탑승해서도 최상의 서비스를 받았는데 제공되는 음료 리스트만 책 한 권 분량이었다. 난생 처음이자 마지막으로 귀족 대접을 받은 경험이 되었다. 포틀랜드 공항에서 신시내티 공항을 거쳐 시카고 공항으로의 긴 여정이었는데도 하나도 피곤하지 않았다. 미국 국내선은 퍼스트클래스가 없기에 비즈니스석으로 이동했으며 주최측이 호텔의 로드쇼 준비를 하는 동안에 코오롱 여행사의 직원이 관광시켜 주었다. 시카고 이틀째 밤에 블루스의 전설적인 명소 'Blue Chicago'에서 거장들의 연주와 술에 취해 밤이 새도록 놀았던 것이 가장 기억에 남았다.

호텔에서는 지역교민을 부부동반으로 초대하여 저녁 식사 후 김우중 회장의 인사말이 끝나면 가수들이 공연하는 순서로 짜여졌는데 이것이 그야말로 엉망으로 진행되는 것이었다.

시카고에서의 첫 번째 공연이 있는 날이었다. 8시 조금 지나 식사가 끝나고 김회장의 인사말이 한 시간 넘게 주절주절 이어진 뒤엔 같은 연세대 출신인 임택근 전 아나운서와 누군지 이름을

Dave Brubeck Quartet
Jazz Impressions of Eurasia

이 앨범에서는 〈Calcutta Blues〉가 압권이다. 브루벡쿼텟이 유라시아를 석달간 연주여행 뒤 발표한 곡으로 단순미 넘치는 피아노와 데스몬드의 알토 색스폰의 나른하면서도 열정적인 연주, 베이스와 드럼 솔로의 절제된 연주가 여백(餘白)의 아름다움의 극치를 들려준다.

기억 못하지만 연세대 출신의 정치인 한 명의 말도 안 되는 찬조 연설이 있었다. 이것이 끝나면 10시가 훌쩍 넘어가는 것이다. 가수 대기실은 물론이거니와 초청받은 교민들이 공연도 하기 전에 자리를 뜨면서 '밥 한 그릇 먹이고 몇 시간을 고문하는 거야' 하는 표정으로 나가버리는 것이었다. 뉴욕에서는 김회장의 인사말이 두 시간이나 걸려 공연이 11시에 시작되었는데 교민 대부분이 나가버려서 줄인 것이 이 정도라는 박미경의 말에 할 말이 없었다.

"교민 여러분, 우리나라와 대우자동차가 어려움에 처했습니다. 누비라 자동차 많이 사주시고 격려 부탁드립니다." 이 말만 하고 공연을 일찍 끝내주면 교민들도 애국심으로 대우자동차 사줄 것인데 쓸데없는 사설 푸는 데 두 시간이나 잡아먹었다면 누가 믿을까? 대우자동차와 김우중 회장에 대해 문외한이지만 그 회사와 회장의 문제점을 나름대로 인식하게 된 계기가 되었다. 가수들도 불평하면서 이렇게 말했다. "삼성에 공연 가면 절대 이런 일이 없었다."

어쨌든 우리 일행은 호화 여행 잘하고 델타 퍼스트클래스로 한국으로 돌아왔고 얼마 후 대우자동차는 사라졌다.

석남사와 인연 맺은 부산 시절

1999. 4~2000. 11

녹음실에서의 한때

1980년 언론 통폐합 당시 직급 사정에서 한 단계 낮은 직급을 받아 동료들보다 승진이 7년이나 뒤쳐졌다. 인고의 세월이었지만 참고 또 참아 드디어 KBS 입사 18년 만에 차장시험(지방은 부장)에 합격했다. 내 나이 51세 그것도 12월이었다. 일반적으로는 사십대 초·중반에 승진하는 것이 보통이다.

승진하면 지방에 부장으로 2년간 의무적으로 근무하게 되어 있었고, 나는 부산방송총국 편성부장으로 발령이 나서 황령산 초입의 24평 아파트(시설관리단 사택)에서 2002년 10월까지 입사 후 처음으로 가족과 떨어져 생활하게 되었다.

편성부장은 제작부장과 더불어 보도 외의 방송을 담당하는 부서의 장으로 라디오제작과 아나운서, 미술직도 관리하며 이른바 총국장 수행 등 술상무도 겸한다. 총국장은 부산지역의 중요 기관장으로 저녁식사를 비롯해 일요일엔 기관장들과 골프회동도 많은데 대부분 나도 참석하기 마련이다.

이모 총국장은 거의 초인적인 주량을 가진 사람으로 거의 낮술 밤술을 가리지 않았고 나도 술을 좋아하지만 눈치껏 마시면서 끝까지 버티었다. 이때 이대로 지내다가는 건강을 해칠 수 있다고 보고 몸 관리를 결심했다. 2년간 헬스클럽에 등록하고 거의 하루도 빠지지 않고 출석했다. 어떤 날은 집 뒷산을 오르기도 하며 끊임없이 몸을 관리하여 광안대교 개통기념 10킬로미터 마라톤에 도전하여 52분을 기록하기도 했다. 주말엔 한 주는 서울로, 한 주는 골프 아니면 근교 바닷가를 구경하거나 등산 등으로 그동안 못 가본 부산 경남의 여러 곳을 다녔다. 고리 원자력발전소가 있는 임랑 해변엔 가수 정훈희가 운영하는 '꽃밭에서'라는 카페가 있어 남편인 김태화와도 친분을 쌓으며 자주 어울렸다. 수영 요트장엔 부산영화제 개막극장인 '시네마테크 부산'이라는 극장이 있어 주말에 〈타인의 취향〉 〈안개 속의 풍경〉 같은 예술영화를 보러 다녔다. 또 경성대학 앞 부산의 의사 재즈 동호인이 운영하는 재즈클럽 '몽크', 청사포 해안가의 추황줄 영감님이 경영하는 '갈매기 횟집'도 잊을 수 없다.

석남사(石南寺)와 영운(靈雲)스님

2001년 1월 말 어느 주말 1박 2일의 산행을 가게 되었는데, 성철(成徹) 스님의 속세 따님인 불필(不必)스님이 계시다는 석남사에 가고 싶었다. 그 전에 다큐멘터리의 거장 정수웅 PD가 '석남사'라는 이름의 다큐를 제작한 것도 생각났다.

산행 후 산문(山門) 앞에 도착한 시간이 6시경이었다. 저녁 예불을 알리는 종소리를 들으며 산문 앞 식당에서 저녁을 먹는데 젊은 주인과 이런저런 얘기 중에 주인이 "내일 주지스님 한번 친견(親見)하시겠습니까? 영운(靈雲)스님이라고 굉장히 유명한 스님이신데 제가 내일 아침 뵐 수 있도록 말씀드려 놓겠습니다." 하는 것이다. 절 밑

석남사 산사 음악회 후
임태경, 영운(靈雲)스님

모텔에서 자고 다음 날 아침, 스님을 뵈러 석남사로 올라갔다.

주지실에서 삼배하고 부산KBS에 근무한다고 여쭙고 차를 마시는데 마땅히 할 말이 없어서 "스님, 저는 잘 때 악몽을 자주 꿉니다." 하니 스님이 "처사님이 왜 악몽을 꾸실꼬?" 하시더니 "백일기도 한번 하실랍니까?"라고 하시는 것이다. 백일기도는 말만 들었지 잘 몰랐지만 스님 권하는데 안한다고 할 수도 없어 하겠다고 했다.

스님은 서랍에서 예불대참회문(禮佛大懺悔文)이라는 책을 한 권 꺼내주시면서 "댁에 가면 이 책에 있는 문장 한 줄 읽고 절 한번 하고 하루에 108배 100일을 하루도 쉬지 않아야 된다"고 당부하셨다. 내일부터 석달 열흘! 스님은 백일기도 끝나는 날 석남사에서 돌아가신 조상을 위한 천도재를 지내야 한다고 날짜까지 지정해주시는 것이었다.

이제 내일 아침부터다. 경전 읽고 108배를 끝내는 데에 빨리 하면 25분에서 30분이 소요된다. 나의 인생에서 108배 미션이 처음 시작되는 날이다. 아침 출근이 이른 날은 저녁에 퇴근해서 해야 하는데 술 취한 날은 정말 힘들었다. 그런데 진실로 이 100일 동안 하루도 꿈을 꾼 날이 없었다. 이후 박명숙의 암 투병 때와 아버지 돌아가시고 계모가 속을 썩일 때 두 번 더 100일 기도했다. 스님들은 매일 일상으로 108배를 하신다는데 인간의 게으름으로 필요할 때만 기도한다는 사실이 부끄러울 뿐이다. 하루도 빠뜨리지 않고 100일이 되는 날 석남사로 아내와 박도덕 부부를 불러 천도재에 동참하도록 했다. 천도재는 나의 조상뿐 아니라 다른 사람의 조상을 위해서도 해야 한다는 불교의 가르침 때문이었다.

석남사 대웅전에 들어선 나는 눈을 의심했다. 내 부모님과 처가를 위한 천도재에 석남사 수행스님 사오십 명이 대웅전에 도열해 있는 그 거룩한 모습은 일생을 두고 잊지 못할 것이다. 그저 영운스님께 감사드릴 뿐이다. 그해 여름, 영운스님이 석남사 산사음악회가 매년 하안거(夏安居)가 끝나는 백중(伯仲)날 있는데 나에게 프로그램을 검토해달라 하셨다. 경남 언양군의 시골 산사음악회라. 내 전공이 공연 아닌가?

2001년 8월 첫해부터 스님이 계시는 동안 4회에 걸쳐 공연을 준비해드렸고 서울로 올라온 다음에도 스님에 대한 의리를 지켰다. 바이올리니스트 김영준 , 기타리스트 장승호, 테너 임산과 소프라노 이은숙 듀엣, 뮤지컬 가수 임태경 등을 초청하였다. 산사음악회가 무슨 유행같이 퍼져 트로트 가수들을 초청해서 흥청대는 것이 싫어 나는 비구니 수행처인 석남사에 걸맞는 수준 있는 음악을 공양하고 싶었다. 어느 해는 관광버스가 스님을 잔뜩 태우고 왔기에 영운스님께 어디 스님들이냐고 여쭈었더니 산 너머 운문사(雲門寺) 승가대학 학승들이 석남사 산사음악회가 수준 있다고 대거 버스 전세 내어 왔다는 것이다. 석남사의 본사인 통도사 주지가 영운스님에게 "산사음악회 예산이 얼마로 이렇게 성대하게 하느냐"고 묻기에 "KBS 부장님이 다 해주시는데 공짜"라고 자랑스럽게 말씀하셨다고.

영운스님이 원래 계셨던 은해사 백흥암(百興庵) 선원장(禪院長)으로 복귀하신 뒤 석남사의 산사음악회는 막을 내렸다. 백일기도 후 4년간 산사음악회로 공양한 것은 지금 생각해도 가슴 떨리는 경험이었다. 그후 일 년에 한번은 은해사 백흥암으로 영운스님을 뵈러

가고 있다. 스님과 한두 시간 차 마시고 산문을 나서면 마음속에 수많은 걱정거리가 언제 고민했냐는 듯이 말끔히 씻어지는 것을 경험하기도 한다. 석남사와의 이런 인연으로 일 년에 두 번 백중과 초파일 외에는 산문을 열지 않는 백흥암에 아무 때나 출입할 수 있도록 해주신 스님께 감사할 뿐이다.

2002 상하이 국제영화제 (2002.4)

부산KBS는 지리적인 여건상 일본의 오사카NHK, 후쿠오카NHK와 중국 상하이TV와 자매결연을 맺고 있었다. 말하자면 한 해는 책임자와 실무자 세 명을 초청하고 다음해는 초청받아 나가는 구조였는데, 지방 근무 여건상 초청해서 대접만 하다 본사로 가는 간부가 있는가 하면 있는 동안 일본과 중국으로 초청되어 호화스런 대접을 받고 오는 경우도 생기기 마련이다. 프로그램과 뉴스 교류 등을 협의한다는 명목인데 협의는 도착하는 날 30분 만에 끝나고 삼사 일 동안 관광하는 이른바 '황제관광'이었다.

2001년엔 일본과 중국의 실무진이 협의차 부산으로 왔는데 롯데호텔에서 회의 후 만찬이 있었다. 통역도 제대로 없고 막무가내로 한·중·일이 둘러앉으니 서로 서먹서먹하여 자기들끼리만 대화하는 상황이었다. 이에 천하의 술 총국장이 명하시길 "김 부장, 빨리 폭탄주 만들어 두 잔을 쌍끌이로 돌려봐~" 하는 것이다. 고급 양주에다 맥주를 섞어 좌우로 한잔씩 돌리니 순식간에 분위기가 일변하여 서로 말도 통하지 않는 사람들이 화기애애하게 술 권하고 받아 마시다 완전히 꼭지가 돌아버린 사건이 있기도 했다.

2002년 4월 상하이TV의 초청을 받아 총국장, 제작국장, 보도카메라 부장, 그리고 나 네 명이 상하이로 가게 되었다. 도착하고 시청인구 1억 2천의 거대한 상하이TV 회의실에서 주영뢰(朱咏雷) 사장과의 간단한 협의를 끝내고 관광이 시작되었다. 주영뢰 사장은 40대 중반의 젊은 사람인데, 이 야심찬 젊은이가 몇 년 전 부산으로 초청받아 왔을 때 당시 현대자동차를 견학하고는 충격을 받는 모습을 부산KBS 직원들은 기억하고 있었다. 그는 얼마 후 상하이TV와 동방명주(東方明珠) 회장을 겸하게 되었는데 지금은 그의 정치적인 활동은 알 수 없다. 가이드 겸 통역을 담당한 홍보과장은 김일성대학을 나온 중국인인데 회사 돈으로 나흘간 최고의 음식을 먹는다는 기대감에 부풀어 있었다.

상하이 시내를 두루 관광하고 저녁식사 후 금강(金剛)호텔에 투숙하였는데 룸의 천장이 무척 높은 고풍스런 최고급 호텔이었다. 다음 날 항주(杭州)로 열차를 타고가 서호(西湖) 호숫가에 위치한 호화 리조트에 머물렀다. 과거 공산당 최고위 간부들 만이 사용했던 초대소(招待所)였던 곳을 호텔 겸 리조트로 바꾼 것이라 했다.

항주에서는 항주TV에서 안내자가 한명 합류하여 항주 곳곳을 안내해주었다. 서호 뱃놀이 후 호숫가의 고급식당에서 이른바 원조 동파육(東坡肉)과 고량주로 점심을 대접받았다. 이변은 그날 저녁부터 시작되었다. 안내를 맡은 상하이TV 홍보과장, 항주TV 편성담당을 비롯해 나 또한 리조트의 고급 코스요리에 잔뜩 기대를 하고 있는데, 두 번째 요리가 나오자 총국장이 도저히 못 참겠다는 듯이 한국의 중국집 우동을 설명하며 그걸 먹고 싶다고 요구한 것이다. 모든 요리가 스톱되고 귀빈이 요구하는 우동을 어떻게 만들었는지 가져온 것이다. 그런데 이게 끝이 아니었다. 상하이로 돌아오는 날, 준비된 식당이 있다고 말하는데도 총국장이 또 한국식당을 원하는 것이다. 한국식으로 반찬부터 식탁에 놓이자 홍보과장은 젓가락을 김치에 한 번 나물에 한 번 대고는 먹지를 않았다. 그 엉터리 같은 한식 저녁을 마치고 나서 내가 홍보과장에게 살짝 미안하다고 말하자 그는 그저 웃기만 했다. 이제 최종적으로 부끄러운 장면은 부산으로 오기 전 날 저녁이었다. 상하이TV사장이며 차기 동방명주(東方明珠)의 회장까지 겸하는 주영뢰 사장이 직접 동방명주를 VIP코스로 안내하며 설명까지 끝내고 동방명주가 보이는 호텔에서 만찬을 주재했다. 홍보과장은 오늘은 고급식사를 하겠구나 기대하며 내게 처음부터 너무 많이 드시지 말고 조금씩 드시라며 오늘 코스는 열 서너 가지가 넘을 것 같다고 귀띔했다. 그런데 아니나 다를까 총국장이 여기서도 세 번째 코스요리가 끝나자 또 우동 비슷한 면 요리를 설명하며 요구한 것이었다. 면 요리가 나중에 나올 예정이니 원하시는 분만 면 요리를 먼저 들게 하고 나머지 사람들은 코스요리를 원래 준비한 대로 먹는 것으로 가까스로 수습했다.

그 전날 항주에서 돌아온 저녁에 제5회 상하이 국제영화제에 참석하게 되었는데 이미 상하이TV측과 협의된 사항이어서 우리 일행은 VIP로 중앙 4번째 줄에 앉게 되었다. 귀빈들이 속속 자리를 잡는데 우리 줄 앞에는 공리(鞏俐), 소피 마르소, 장국영(張國榮), 양조위(梁朝偉) 등이 앉아 있어 눈이 더욱 즐거웠다. 한 가지 불만은 각 부문의 상을 발표할 때 상하이시 공산당 서기라는 중늙은이가 처음부터 끝까지 혼자서 모두를 호명하는 것이었다. 공산당 체제라는 게 이렇구나 실감할 뿐. 심사위원으로는 한국의 이창동 감독, 영국의 앨런 파커 감독, 폴란드의 안드레이 줄라프스키 감독 등이 있었다. 어쨌든 우동 비슷한 것 빼고는 호화 여행의 모든 것을 누렸다. Gracias a la vida! 내 인생에 감사해!

상하이 TV 방문 – 2002년

클래식FM으로 돌아오다

프랑스 칸 MIDEM(2003.1)

부산 근무 2년을 끝내고 서울로 돌아온 후 석 달이 되자 MIDEM에 참가하라는 명령(특혜)이 내려왔다. 미뎀은 전 세계 레코드 제작자들이 자신의 레코드를 소개하고 정보를 교환하는 일종의 견본시장으로 매년 1월 남프랑스의 칸에서 2주 정도 칸 영화제가 열리는 그랑 팔레에서 열린다.

KBS미디어 직원 두 명과 취재할 후배 PD 한 명 그리고 내가 갔는데 내가 할 일은 미디어 직원이 각 부스를 돌아다니며 상담할 때 이 레코드를 수입하면 앞으로 수익성이 있는지 없는지 판단하는 것이었다. 말하자면 일종의 포상여행이라고 보면 되는, 책임질 일 없는 해피한 임무로, 칸 영화제가 열리는 아름다운 해변에서 다른 나라 부스를 구경하고 칸 해변의 레스토랑에서 멋진 식사를 하며 꿈같은

▲ 프랑스 칸 MIDEM 참가 스탭 (2003.1.20)
▼ 니스의 샤갈 미술관

일주일을 보내는 것이다. 가끔은 메이저 레코드사가 주최하는 디너파티에 참석하여 샴페인과 와인을 마시는 일이 업무가 되기도 한다. 주말에는 한인 가이드를 고용하여 니스와 모나코를 관광했다. 가이드가 "니스에 가시면 샤갈 미술관이 있는데 한국 사람들은 대부분 니스 해변만 가고 패스하는데 어떻게 하실래요?"라고 했다.

만년의 샤갈이 니스시에 "내가 원하는 규모의 미술관을

지어주면 작품을 모두 기증하겠다"고 하여 니스시장이 그 요구를 들어주어 만들어졌다는 바로 그 미술관이다. 샤갈은 그림 규모에 맞도록 건축한 미술관에 만년의 성서(聖書) 시리즈를 완성하고 모두 기증한 것이다. 이보다 남는 장사가 어디 있겠나?

니스를 거쳐 모나코에서는 왕비 그레이스 켈리의 무덤 등을 보고 카지노의 대명사 고풍스런 모나코 카지노에 50달러를 기부했다.

귀국 시 니스공항에서의 해프닝 하나. 미뎀에서 각국 부스를 돌아다니면 자기들 견본 레코드를 주는데 한국의 레코드회사 직원들은 매일 밤늦게까지 커버를 버리고 알맹이만 빼는 작업을 하느라 잠도 제대로 못 자는 실정이었다.

난 경험이 없어 그냥 가지고 갔는데 수화물 체크에서 엄청난 중량 초과로 약 100만 원의 오버 요금을 내라는 것이다. KBS미디어 직원이 난감한 표정으로 도움을 청하기에 이렇게 말했다. "이렇게 얘기 한번 해봐라. 얘네들도 칸에서 미뎀 열리는 거 알고 있다. 프랑스의 레코드회사에서 받은 홍보용 CD인데 우리는 방송사 직원이어서 100만 원을 지불할 수가 없다고. 안 된다면 저기 쓰레기통에 전부 버릴 수밖에 없다. 그러면서 감성에 호소해 봐라." 이것이 통해서 우리는 그 많은 CD를 케이스 하나 빼놓지 않고 모두 실을 수 있었다. 옆 테이블에서는 잘 아는 레코드사 직원들이 CD 빼느라 땀을 뻘뻘 흘리고 있었다. 이 모든 대처는 남미 취재 시 터득한 원칙 덕분이다. '잘 풀린다고 방심 말고 안 된다고 포기하지 말 것.' 길은 항상 있기 마련이다.

일본 쿠사츠(草津) 음악페스티벌(2006. 8)

서울신포니에타의 김영준 교수와는 오랜 친분으로 신포니에타의 이사직(理事職)을 지금까지 맡아오고 있다. 신포니에타가 쿠사츠 페스티벌

▲ 쿠사츠 페스티벌—김영준
▼ 폐회식에서 에디트 마티스 여사와 함께

초청으로 일본으로 가게 되어서 이사인 나도 동행하는 기회를 얻게 되었다. 일본 군마현 쿠사츠는 일본 최고(最古)의 온천으로 유명한 지역으로 27년 전 이 산골에 홀을 건축하고 지금까지 국제음악페스티벌을 열어오고 있다. 이곳에서는 세계적인 음악가들을 만날 수 있고 매일 음악을 듣고 온천하고 잘 먹는 그야말로 호사를 다 누린 여행이었다.

이 페스티벌의 특징 중 하나는 일본 왕가의 미치코 황후가 매년 참석한다는 것이다. 그녀는 평민 시절에 피아노를 전공해 페스티벌 기간 동안 초청된 음악가들과 함께하며 오로지 자신만의 시간을 며칠 보내는 것이다. 일 년에 한 번 신에서 인간으로 해방되는 셈인 것이다. 당시는 특히 내가 좋아하는 소프라노 에디트 마티스(Edith Mathis)가 왔었는데 그녀는 모차르트에 정통한 세계적인 성악가로 그녀의 마스터클래스 교실 옆에서 노래하는 것을 들을 수 있었다. 잠깐 동안이었지만 천상의 목소리를 듣는 기쁨을 누렸다.

불가리아 바르나 (Varna) 음악 페스티벌 (2010. 7)

서울신포니에타가 이번에는 불가리아의 흑해 휴양지인 바르나에서 매년 열리는 음악 페스티벌에 초청을 받았다. 이사인 노진상 형과 나 둘이서 동행했는데 바르나 페스티벌에서의 연주가 끝나면 비엔나로 옮겨 또 한 차례의 연주를 하는 바쁜 일정이었지만 진상 형과 나는 매일 놀러 다니는 일밖에 없었다. 신포니에타가 연습하는 동안 둘은 바르나 해변에서 토플리스 차림의 불가리아 여성들을 보며 시간 보내다가 식당에서 맛있는 돼지고기 요리와 맥주로 하루를 보내는, 그야말로 최고의 휴가였다.

바르나 오페라극장에서의 신포니에타 연주회. 아담한 홀에 정장 차림의 교양 있는 불가리아 할아버지와 할머니들이 한국음악인의 연주를 처음 접한다는 기대로 살짝 웅성거리는데 이윽고 무대 위로 입장하는 한국의 젊은 여성들의 빛나는 모습에 와! 하는 탄성이 홀 전체에 울려퍼졌다. 정말 그 모습만 바라보아도 감탄사가 나올 정도의 아우라가 연주를 더욱 돋보이게 하지 않았나 싶다.

비엔나에서는 월요일에 연주도 없으니 다뉴브 강가로 놀러가자고 노진상 형이 제안해서 악장 전후국(베트남인)과 세 명이 지하철로 다뉴브 강으로 갔다. 한산한 월요일이어서 물놀이 하는 사람도

신포니에타의 비엔나 연주

보이지 않아 진상 형은 강으로 뛰어들고 난 수영복이 없어 강가를 산책하며 편의시설까지 가게 되었다. 건물 입구에서 비엔나 아줌마들과 딱 마주쳤는데 모두 토플리스 차림이어서 우리도 놀라고 그들도 놀라서 서로 소리를 질렀다. 한가한 월요일에 토플리스 차림으로 물놀이를 즐기는데 동양인 남자 세 명을 월요일 다뉴브 강가에서 만나리라고는 꿈에도 생각 못한 것이다. 서로 큰 소리로 "아엠 쏘리"를 연발하며 도망치듯 빠져나왔다.

비엔나 슈베르트홀에서의 연주가 끝나고 몇이서 부다페스트로 하루 동안의 투어를 떠났다. 잠깐이지만 하이든의 생가도 방문했다. 이때 부다페스트의 아름다움에 반해 2019년에 아내와 다시 부다페스트를 찾아 오페라도 보고 헝가리 요리 속에 빠지기도 했다.

때가 되면 몸이 근질근질, 세계를 달린다

해외 취재의 기억들

남미 6개국 취재 (1990년1월 30일~3월초)

KBS 제1라디오의 프로그램 '세계를 달린다'는 해외여행 자유화 후 라디오 PD들에게 해외 취재 경험을 쌓게 하자는 취지로 시작된 것으로 자기가 취재하고 싶은 나라와 주제를 마음대로 정할 수 있다. 기획안이 통과되면 예산을 줘 내보낸다. 공영방송 KBS다운 발상이고 그 영향력은 생각보다 컸다.

우선 생각나는 것이 남미. 상상할 수 없을 정도의 돈이 드는데 취재로 가게 되면 내 몸 아끼지 않고 열심히 하겠다는 한 가지 생각으로 '안데스의 영광과 좌절'이라고 거창하게 이름 붙인 기획안을 냈다. 아무나 갈 수 없었던 남미에 간다는 설렘뿐 해외 취재 경험이 없다보니 마음만 앞서서 준비도 엉성하였지만 고교 후배인 홍상익 부산외대 스페인어과 교수를 데리고 직접 몸으로 부딪치기로 했다. 남미여행에 필수인 미국비자도 받지 않고 칠레 비자도 빠뜨린 채 볼리비아, 에콰도르, 베네수엘라 비자만 받아 출발했다. 페루와 콜롬비아는 6·25 참전국이어서 무비자.

아침 8시, 뉴욕공항에 도착하여 트랜짓하는 공항까지 가는데 비자가 없으니 이민국 요원이 따라 붙었다. 이런 희한한 경험을 하며 오후 2시 지나 고물 이스턴항공편으로 페루의 리마로 출발하였다. 마이애미 공항에서 한 시간 대기 후 리마공항에 도착한 게 밤 10시. 서울에서 도대체 몇 시간이나 날아왔는지 감이 잡히지 않았다. 호텔에 짐 풀고 바로 호텔 나이트클럽으로 올라가 두 시간 정도 마시고 다음날 아침 일어나 바로 인터뷰하러 나섰다. 페루 상류층이라고 할 수 있는 인터뷰어에게 점심은 회사가 사야 된다고 하며 바닷가의 고급 레스토랑으로 데리고 갔다. 페루의 명물 '세비체'(조개류와 생선을 초절임 비슷하게 섞은)와 '삐스코 사와'(사탕수수액을 베이스로 한 독한 술)는 내가 지금까지 맛본 것 중에서 가장 인상에 남는 요리였다. 지금도 그 맛을 잊을 수가 없다.

우리 호텔은 'Gran Castile' 즉 '큰 성'이란 뜻으로 1930년대 페루로 이민 온 일본인 호텔사장 '오오시로' 씨의 성(姓)인 '大城'을

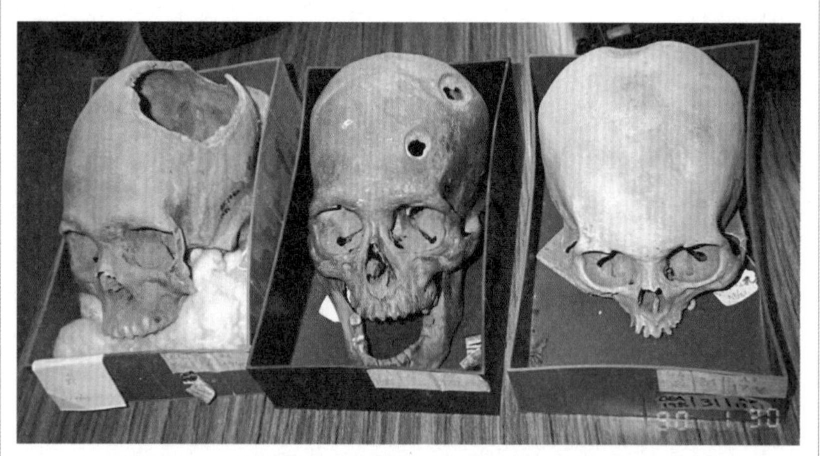

페루 국립 고고학박물관의 두개골—두개의 두개골은 뇌수술의 실패,
오른쪽은 구멍이 없는 것으로 성공 추측. 잉카인들이 당시 뇌수술을 했다는 증거임.

그리운 오오시로상(大城 氏)과 마추픽추

스페인어로 적은 것이다. 오오시로씨는 당시 예순 살 정도였는데, 호텔은 직원에게 맡기고 본인은 이민 와서 연 첫 가게인 서민용 식당에서 일하고 있었다. 내가 일본어를 조금 하니까 귀여웠던지 매일 밤 전화해서는 "김상 춋또 깃테 구레루?"(잠깐만 와볼래) 하고 불러냈다. 어떤 날은 한국 떠난 지 오래된 나를 위해 매콤한 도미 지리에다 수십 가지 술 중에서 "이거 마실래? 이거는? 아님 이걸로?" 하며 매일 저녁 불러서 술을 먹이는 것이었다. 페루에 다시 간다면 꼭 만나고 싶은 사람이지만 30년이 지난 지금, 살아 계실까?

당시 페루는 대통령선거가 절정이었는데 보수파의 '마리오 바르가스 요사' 후보(2010년 노벨 문학상 수상)와 좌파후보 1인이 유력했는데 일본 이민자인 후지모리는 제3후보로 별로 두각을 나타내지 못하고 있었다. 우리는 유력한 후보자인 바르가스를 취재하러 선거본부로 갔다. 선대위원장과 한 시간 정도의 인터뷰가 끝나갈 무렵 마지막으로 한국 국민에게 인사 말씀을 부탁하자 "이번 선거에서 우리 우파가 승리해도 정부는 당신들 북한과의 관계를 전과 같이 유지할 겁니다."라는 것이다.

홍교수가 작은 소리로 "형님, 좀 이상한데요? 우리가 북한에서 취재 온 걸로 알고 있는데요. 우짤까요?"라고 물었다. 인터뷰는 다 끝났는데 다시 처음부터 하자고 할 수도 없고 마지막 부분의 인사만 빼면 선거공약 내용은 대동소이하며, 나중에 더빙할 때 5~6초 지나면 성우 목소리가 덮으니까 무슨 말인지 모를 테니 끝내자고 하여 넘

페루 해방신학의 창시자 구띠에레스 신부님

어간 웃지 못할 사건도 있었다. 북한에 대한 인사말은 방송에서 당연히 빼버렸다.

귀국한 뒤 좌파 후보와 후지모리가 연합하여 결선투표에서 후지모리가 당선되었다는 소식을 뉴스를 통해 듣고는 좀 아쉬웠지만 후지모리는 내가 갔을 때만 해도 전혀 존재감이 없었으니.

한편 2010년, 바르가스는 노벨문학상을 수상했다.

해방신학의 창시자인 '구띠에레스 신부'를 자택으로 찾아가 인터뷰하고 문화부 소속의 '안데스 음악 그룹'을 호텔로 초청해 연주를 녹음했다. 잉카의 옛 도시 쿠스코를 비롯해 마추픽추를 완행열차와 트럭에 올라타는 등 즐거운 경험과 함께 보름간의 페루 취재를 마쳤다.

후배 홍상익이 해준 말은 지금도 잊지 않고 있다. "남미에서는 마음먹은 대로 안 되었다고 낙심하지 말며 잘되었다고 안심해도 안 됩니다." 말하자면 모든 일은 궁하면 통한다는 얘기다. 일례로, 페루 TV방송국 취재 후 국장에게 '칠레에 가야 되는데 비자가 없다'고 하자 바로 전화기를 들고 칠레대사관의 영사와 통화하더니 내일 11시까지 대사관으로 가라고 했다. 상대의 문제를 해결해주며 인맥을 과시하는 것을 좋아하는 사람들이다.

칠레

칠레대사관에 가서 영사를 만났는데 칠레 방문 목적을 묻기에 칠레의 문화와 안데스 음악을 취재한다고 둘러대 바로 비자를 받았다. 당시 칠레는 독재자 피노체트가 물러나고 문민정부가 들어섰지만 피노체트의 영향력이 살아 있어서 정치적인 취재는 금물이었다. 하지만 칠레의 산티아고에 도착하자마자 실종자 센터로 가서 피노체트 치하에서 실종·처형된 가족 등과 인터뷰를 했다. 이후 홍교수의 동창인 삼성물

칠레 산티아고 실종자센터

산 지사장과 멋진 저녁을 함께했다.

볼리비아

볼리비아 라파스공항은 해발 4,000미터 가까운 높이에 위치해 있다. 트랩을 내려올 때도 천천히 조심조심 내려와야 되는 위험한 동네다. 그런 곳에 수많은 사람이 저녁에 나와 몰려다니기에 뭔가 했더니 3,400미터에 위치한 축구경기장에서 라파스팀과 산타클로스팀의 프로축구 게임이 있다는 것이다.

워낙 고산지대이니 여기 머무는 동안 잉카시대부터 고산증세를 완화해주는 식물로 알려져 있는 코카나무의 잎을 틈틈이 뜨거운 물에 타서 마셨다. 그래서인지 한 번도 고산증세를 느끼지 않았다. 나중 히말라야에 갔을 때도 이때 몸에 익힌 차 마시는 습관 덕을 보았던 것 같다. 이 코카 잎에 화학처리를 한 것이 바로 코카인이다.

볼리비아 티티카카 호수—해발 4,000m

저녁에 대사관 주최로 라파스의 룸살롱(?)에 갔다가 만취하고 말았다. 한국 사람은 세계 어디를 가도 한국식 술집으로 개조하는 데 천재적인 솜씨를 발휘한다는 걸 처음 알았다. 국립박물관장을 인터뷰하고 티티카카 호수를 관광했다.

에콰도르

키토공항에 내리자마자 홍교수가 국회의사당으로 가자고 했다. 의원 사무실에 들어가니 의원과 그의 친구인 경찰간부 그리고 여자 둘, 넷이서 술 마시고 있었다. 정치 어지러운 나라의 모습이 이러하다는 것을 보여주는 장면

에콰도르 키토 근교 4,000m 산정의 호수에서 낚시

이었다. 어울려서 만취한 다음 교민들과 4,000미터 높이의 산상호수로 1박 낚시를 갔다. 그다음은 40인승 프로펠러기로 아마존 마을 코카로 향했다. 페루에서도 아마존 마을인 이키토스를 다녀왔지만 거의 모든 나라는 아마존과 연결되어 있다. 20달러에 배를 태워준 청년에게 맥주를 사 주자 저녁은 자기가 사겠다고 했다. 맥주는 동네 식당에서도 마실 수 있지만 제대로 된 술집은 차로 30분 떨어진 정글에만 있다고 했다. 타이탄 비슷한 트럭을 타고 정글로 들어가 비행기 격납고 같은 술집에서 제대로 음주할 수가 있었다.

콜롬비아

마약 코카인으로 이름 난 나라 콜롬비아의 보고타. 마약왕 파블로 에스코바르(Pablo Escobar)가 건재하던 시절이었고, 매일 총격전하다 날이 새는 나라로 알려져 매사에 조심하기로 했다. 마약퇴치 운동본부장과 인터뷰 후 저녁식사에서 술이 좀 들어가자 본부장 왈 "우리 콜롬비아

콜롬비아 보고타의 그림처럼 예쁜 대학생들

코카인으로 얻는 수입이 국민소득의 절반이 넘는데 이거 없으면 콜롬비아는 뭘로 먹고 사나?" 하는 것이다.

보고타 시내에 나가면 길거리에서 수백 명의 사람들이 봉지에 뭘 싸 와서는 하늘에다 비춰보는 광경이 인상 깊었는데 그게 에메랄드를 감정하며 현장에서 거래하는 풍경이라고.

콜롬비아의 에메랄드 생산량은 전 세계 생산량의 35% 정도의 비중이라고 한다. 이제 취재도 막바지고 남은 돈도 꽤 있어서 아내를 위해 에메랄드를 사려고 그 본부장이 추천한 보석 가공공장으로 갔는데 뭘 알아야 감정을 하지. 그냥 나와 보석가게로 가서 반지·목걸이·팔찌 세트를 1,200달러에 사고 홍교수 부인을 위해 200달러짜리 반지를 선물했다. 보석상의 디자인 룸을 잠시 견학했는데 잉카시대의 고문양(古紋樣)을 모델로 해서 작업하는 것이 인상 깊었다. 아내에게 선물한 세트도 당시로서는 고가였고, 모르긴 해도 잉카제국 시대의 디자인이 틀림없을 것이다.

베네수엘라

이제 취재의 마지막 도시 카라카스로 갈 차례다. 카리브 해의 아름다운 나라 베네수엘라는 당시의 남미에서 가장 잘사는 나라로 활기가 넘치는 국민들과 아름다움을 뽐내는 미인들의 천국이었다. 시내에서 만난 서점 주인은 친구가 방문했다는 이유로 서점 셔터를 내리고 카리브해안으로 우리를 데리고 갔다. 그가 안내한 프라이빗 비치엔 어린이 미스 유니버스 대회가 열리는 등 풍요로움이 넘치는 분위기였다. 점심을 먹고 저녁은 내가 사겠다고 하자 그 친구는 아무 말 없이 대쉬보드에서 권총을 꺼내 내 발을 향해 쏘는 시늉을 하는 것이다. "아미고(친구)가 멀리서 찾아왔는데 돈을 쓰게 하다니! 빵빵!" 인정 넘치고 유쾌한 베네수엘라의 잊지 못할 친구들이었다. 저녁을 함께한 곳은 식사를 마친 자리에서 살사를 출 수 있는 식당이었는데, 살사 스텝을 몰라서 그

베네수엘라 카라카스의 Amigos, 권총 뽑은 친구들.
망해버린 나라에서 어떻게 버티고 있을지.

분위기를 느끼지 못한 것은 지금도 아쉬움으로 남아 있다.

어느 날 저녁 홍교수의 옛 여자 친구가 40대 중반의 치과의사인 이모를 데리고 왔다. 네 명이 식사 후 살사(나는 막춤)를 추며 즐겁게 놀았다. 내 파트너인 이모가 말이 잘 통하지 않으니까 손가락의 반지를 빼서 던지는 시늉을 하는 것이었다. "홍교수, 이모가 반지 빼는 시늉을 하는데 왜 이러는지 조카에게 물어봐라." 홍교수가 슬며시 친구에게 물어보고는 내게 와서 "형님이 맘에 드는데 자기는 이혼녀니 부담 갖지 말라는 뜻이랍니다."라고 했다. 당시 인기 미국드라마 '제시카의 추리극장'의 인기 주인공 제시카 할머니를 닮은 이모의 프러포즈는 도저히 받아들일 수가 없었고 헤어질 때 이모의 아쉬운 표정은 잊을 수가 없다.

Jessica, Lo siento~ (제시카, 미안하게 되었습니다~)

카리브해 해변에서 해수욕을 하며 한 달 간 쌓인 피로를 풀고 이제 뉴욕을 거쳐 서울로 가는 일만 남았다. 카라카스 공항에서 티켓팅을 마치고 탑승했는데 이륙하기 위해 움직이던 비행기가 원래 자리로 돌아오는 것이 아닌가? 바퀴에 문제가 있어 두 시간 정도 수리해야 된다는 것이다. 잠시 후 공항관계자가 기내에 들어와 우리 두 사람만 내리라고 했다. 두 시간을 지체하면 뉴욕공항에서 대한항공을 제 시간에 탈 수 없는 데다 미국비자 없는 우리는 공항에서 밤을 새며 기다릴 수도 없다는 것이다. 짐을 찾아 카운터로 가니 3일 후 떠나는 비행기가 있으니 호텔로 돌아가라며 호텔 비용은 미국비자 없는 너희 탓이니 지불할 수 없다고 했다. 홍교수의 능력이 이럴 때 발휘되었다. '너희 비행기 고장으로 뉴욕으로 가지 못한 사유를 티켓 뒷면에 적어달라. 한국 가면 대한항공에게 호텔비를 청구하겠다.' 유창한 스페인어로 항변하자 담당자들이 한참 의논하더니 자기들 부담으로 호텔을 예약해주었다. 평소 같으면 카리브해에서 사흘을 더 놀다니 얼마나 좋은 일이냐 했겠지마는 사원이, 사민이, 사중이 세 놈이 눈에 어른거려 견딜 수가 없었다. 다음 날 아침에 일어나서 바로 홍교수에게 미국 대사관으로 가서 부딪쳐보자고 했다. 남미여행에는 미국비자가 필수라는 걸 몰랐던 내 탓도 있지만 회사의 취재 협조를 당부하는 영문 서류도 있으니 뭔가 되지 않겠는가? 9시, 대사관이 열리자 바로 영사에게 서류를 보이고 홍교수의 달변이 빛을 발하여 단기 미국비자가 나왔다. 단 한 시간도 더 있기 싫어 바로 카라카스공항으로 달려가니 어제 그 담당자가 "너희가 갈 비행기는 이틀 후에 있잖아."란다. 내가 여권에 찍힌 미국비자를 펼쳐 보이며 "짠!" 하고 소리치자 공항내의 직원들이 박수를 치며 어떻게 미국비자를 받았는지 궁금해 못 견디겠다는 표정들이었다. 88올림픽이 끝나고 국력이 나날이 올라가던 시절이니까 가능했던 일로, 못사는 나라의 국민은 외국에서 사람 대접을 제대로 못 받는다는 걸 실감한 경험이었다.

드디어 한 달 이상의 기나긴 남미취재를 끝내고 서울로 향했다. 둔촌아파트 현관문을 열리자 네 식구가 '축 귀국'이라는 플래카드를 걸어 두고 나를 맞아주었다.

스페인 포르투갈 취재(1992.2)

죽을 고생으로 해외 취재해서 밤을 새며 편집하여 2주일분을 방송하고 나면 몸의 기(氣)가 다 빠져 기진맥진 상태가 되어 해외 취재라면 넌더리가 난다고 하기 마련이다. 그런데 1년이 지나면 단조로운 일상이 지겨워지고 또 슬슬 몸이 근질근질해진다. 또 기획안을 올려 나가고 싶은 마음이 꿈틀대는 것이다. 공영방송의 장점이 바로 이런 것으로 방송에 대한 책임감을 동반한 혜택이기도 했다.

1992년, 스페인에서 올림픽과 엑스포가 동시에 열리게 되었다. 내 기획안은 'EC 가입 후 스페인과 포르투갈의 변화'로 제목부터 거창했다. (지금은 EU지만 당시는 경제공동체로 EC라 칭했다.) 2년 전 남미에 갔을 때 스페인어를 하나도 몰라 답답했기 때문에 파라과이 교민인 젊은 청년을 회사로 불러 회사 후배 셋과 6개월간 'DOS MUNDOS'라는 교재로 열심히 공부했다. 간단한 인사말과 의사 표시 정도는 가능할 정도의 실력으로 마드리드로 날아갔다.

남미 취재에 동행했던 홍교수가 마침 에콰도르에 교환교수로 있어서 마드리드에서 만나 같이 3주를 취재하기로 결정했다. 이번 취재는 경제 문제와 올림픽, 엑스포에 관한 것으로 전문적인 교수그룹과 인터뷰를 하게 되었고 테크닉도 늘어 방송도 무난하게 잘했다고 본다.

마드리드에서 홍교수의 마드리드 대학 동기인 크리스티나 공주를 통해 카를로스 국왕과의 인터뷰를 요청하게 되었다. 크리스티나 공주는 88올림픽에 스페인 승마선수로 출전해 한국에 왔을 때 통역으로 홍교수를 지명하기도 했다. 우리는 싼 Hostal(오스탈)에 묵었는데 어느 날 저녁에 들어오니 여주인이 "오늘 낮에 공주님의 전화를 받았는데 이런 영광이 없다"며 "지금 당장 방을 최고 좋은 방으로 옮겨드리겠다"고 하여 비싸고 전망 좋은 방을 안내받았다. 공주와 직접 통화했다는 사실이 그녀로서는 영광이었던 것이다.

어느 날 홍교수가 마드리드대학 동기 아가씨 두 명을

홍교수의 마드리드 대학 동기생, 밤새 춤추고 마시고

불러내 저녁을 사고 나이트클럽에 가게 되었다. 홍교수 파트너는 유부녀인 싱크로나이즈 강사, 내 파트너는 마드리드 시청 공무원으로 활달한 아가씨였다. 드디어 내 형편없는 스페인어를 써먹을 수 있는 기회가 온 것이다.

동양인이 스페인 아가씨와 나이트클럽에 왔으니 주변에 있던 놈들이 우리를 우습게 봤는지 홍교수 파트너에게 춤추자고 수작을 걸어왔고 홍 교수는 마지못해 승낙을 하고 말았다. 그런데 또 다른 놈이 내 파트너에게 접근하더니 춤추자고 하며 날 무시하는 것이었다. "Mi Esposa!"(내 마누라야)라고 낮지만 단호한 표정으로 째려보자 그 놈이 미안하다는 듯이 도망가버렸다. 나의 무식한 태도에 파트너 아가씨가 놀라면서도 우스워 죽겠다는 표정을 지으며 날 껴안아 주는 것이다. 그런데 사건은 그때부터 시작이었다. 홍교수 파트너는 저녁부터 술을 많이 마셔서 새벽이 되자 몸을 제대로 가누지 못할 정도가 되었는데 아까 같이 춤춘 놈이 끈덕지게 달라붙어 떨어지지 않는 것이었다. 동양인을 얼마나 깔봤으면 같이 온 파트너를 무시하며 데려가려고 할까? 술 취한 애를 부축해서 클럽을 나오니 아침 6시인데 집에 데려다주려고 택시를 타자 그놈이 자기 차로 우리를 계속 따라오는 것이 아닌가! 내가 "저놈 패버릴까?" 하자 지금까지 용감하게 남미를 종횡무진 활보했던 홍교수는 이상하게 꼬리를 내리는 것이었다. 마드리드 시내를 계속 쫓아오던 그놈도 날이 밝아오는 7시가 되자 포기한 듯 사라져버렸다. '하여간 스페인 놈들 끈기 하나는 알아줘야 해.'

세비야 엑스포 조직위원회를 취재하던 날이었는데 홍교수가 동네 술집에서 와인 한 잔하고 들어가자고 해서 10시 지나 술집 카운터에 앉으니 내 옆에 까만 머릿결에 카르멘 비슷하게 생긴 안달루시아 아가씨가 혼자 앉아 있었다. 홍교수가 "형님, 스페인어도 써먹을 겸 말 좀 걸어보세요." 하기에 용기를 내어 "안녕하세요? 우리는 한국에서 왔는데 세비야 사세요?" 하고 말을 걸었다. 내 말이 끝나기도 전에 "Mi Esposa!"라는 말이 바로 앞 카운터에서 튀어나왔다. 우리 시중 들던 조그마한 청년이 조용하지만 단호한 목소리로 자기 마누라라고 주의를 주는 것이었다. 식당 일 마무리하면 같이 귀가하려고 기다리는 부인에게 내가 말을 걸었던 것이다. 며칠 전에 잘 써먹었던 '미 에스뽀사'가 되돌아와 날 한방 먹인 셈이다. 몰랐다고 사과하고서 홍교수에게 스페인

세비야의 그 아가씨

남자들의 성격을 물어보았다. 세계에서 질투심 강한 남자 베스트가 스페인 남자인데 이유는 자기 한 짓을 다른 놈들도 똑같이 하니 여자에게 잠시도 눈을 뗄 수 없는 거라고.

세고비아·아빌라·살라망카·그라나다와 올림픽 조직위원회가 있는 바르셀로나를 거쳐 3주간의 스페인 취재를 끝내고 포르투갈 리스본으로 갔다. 포르투갈 일정은 월요일부터 금요일까지 5일이지만 국경일이 이틀이나 끼어서 단 3일 만에 취재를 끝내야 했다. 오랜 침체에서 겨우 벗어나고 있던 포르투갈의 낙후되고 을씨년스러운 분위기를 리스본 곳곳에서 느낄 수 있었다. 대사관 영사와 하루를 골프로 보내고 저녁엔 파두(Fado) 공연장에서 즐거운 시간을 보낸 것이 추억의 하나로 기억된다.

그렇게 무사히 사흘의 취재를 끝내고 당시 부산외대에서 사직한 홍교수 사정이 어려운 것 같아 남은 2,000달러를 모두 그에게 쥐여주었다. 홍교수는 에콰도르의 끼토로 돌아갔다.

홍상익 교수

홍교수는 계성고등 6년 후배다. 한국외국어대 스페인어과를 졸업하고 마드리드대학에서 중남미 경제와 정치를 전공했다. 부산외국어대 교수로 재직 중 에콰도르 키토대학 교환교수도 역임하였다. 학생들의 총장 퇴임 데모에 동조하다 재임 중 낭인이 되어 에콰도르 등지를 전전했다. 그는 미국 사는 부인과 이혼하고 혼자 대구에 살다 2016년 경 사망했다. 인생을 보는 시각이 독특한 친구로 하고 싶은 것은 어느 누가 말려도 그 자리에서 결정하고, 무모하다고 할 만큼 위험한 일도 마다하지 않는 성격이었다. 남미 에콰도르 정계에 발이 넓었던 그는 에콰도르 대통령 출마자에게 돈 몇천만 원만 투자하면 그 기업은 에콰도르에서 성공한다고 주장했는데, 귀담아 듣는 기업인이 없었다. 신뢰감 없는 건달의 공허한 자기과시 정도로 취급당한 것이 안타깝다.

살라망카 대학의 Martha 교수와 홍교수

대구에서 무일푼으로 살았지만 모친 돌아가시고 받은 유산을 전부 에콰도르의 여인과 사생아를 위해 집을 사줬다는 얘기를 나중 듣게 되어 또 한 번 놀랐다.

1990년과 1992년, 두 번의 해외 취재에 도움을 준 데 감사하고 그의 명복을 빈다.

영국 프랑스 취재(1994. 1)

이번엔 내가 기획한 것이 아니라 본부에서 서울 정도(定都) 600년을 기념해 PD들을 해외 유명 도시로 보내 그 도시의 장단점과 기능 등을 취재시키는 기획이 떨어졌다. 부장이 내게 런던과 파리에 가지 않겠냐고 제안해왔다. 스페인과 포르투갈을 다녀오고 2년이 되자 또 몸이 근질거리던 참이었다. 전문가의 도움을 받아 주제를 런던과 파리의 교통문제, 공원녹지, 사이언스 파크, 도시건축, 신도시 정책으로 세분하여 각 대사관에 협조를 요청하고 3주간에 걸쳐 지치지도 않고 돌아다녔다.

'런던의 신도시 밀튼 케인즈' 편이 방송되던 날이었다. 건설교통부 사무관이 사무실로 찾아왔다. 장관님이 오늘 아침 KBS 제1라디오 '세계를 달린다'를 들으시고 당장 피디를 찾아가 얘기도 듣고 영국의 신도시 자료를 빌려오라고 했다는 것이다. 취재담을 들려주고 밀튼 케인즈와 영국의 공원정책 등 자료를 모두 넘겨주었다. 얼마 후 사무관이 자료를 반환하러 사무실로 왔기에 활용가치가 있었냐고 하니 이번 양산 신도시 건설에 세세한 부분까지 모두 적용하기로 했다며 고마워했다. 자전거 도로와 차도가 겹쳐지지 않게 설계하는 방법과 Green Chain Walk라는 런던 시내 녹지도보길이 끊어지지 않도록 연결시키는 시스템 등도 도움이 되었다고 했다. 취재 여행 후 이번만큼 자랑스러운 때가 없었다. 이것이 시청료를 받는 공영방송의 역할이다.

놀라운 것은 신도시 기획단의 사무관조차 해외의 신도시를 한 번도 가본 적이 없었다는 사실이다. 그럼에도 불구하고 피디를 찾아가게 시키는 공직자의 자세가 놀라울 따름이었다. 난 아직 양산 신도시를 가 본 적이 없지만 조만간 찾아가 정말로 적용되어 있는지 확인해볼 참이다. 그것이 확인된다면 피디로서 내 인생도 그만큼

케임브릿지 트리니티 칼리지 학장과 함께

보람되었다고 생각한다. 사이언스 파크의 대표격인 케임브리지의 트리니티 대학 학장과의 인터뷰와 런던 시장 인터뷰도 잊을 수 없는 경험이었다.

파리에서는 에브리 신도시, 파리의 지하철, 라 데팡스 등을 취재했다. 주말엔 고성(古城) 순례하고 음악회 가고 파리의 공동묘지 '페르 라세즈'를 찾아 쇼팽의 묘소와 비행기 사고로 세상을 떠난 바이올리니스트 '지네트 느뵈'와 반주자였던 오빠 '쟝 폴 느뵈'의 무덤 앞에 헌화했다.

지넷트 느뵈의 묘에 헌화하다

마리아 칼라스의 무덤도 그곳에 있었는데, 아쉽지만 지나치기로.

터키 그리스 취재(1996. 5.)

1라디오에서 2FM으로 돌아와 '유열의 음악앨범'을 제작하는데 또다시 해외 취재에 대한 열의가 타올랐다. 이번엔 다큐멘터리 제작을 위한 취재기획안을 제출했고 '동서양 음악의 만남'이라는 타이틀로 터키 편 '오스만의 영광과 좌절', 그리스 편 '에게해의 슬픈 노래들'이라는 멋진 제목을 달았다.

터키와 그리스의 유명 가수와 음악인을 모두 만나겠다는 생각이었는데, 그리스는 세계적으로 알려진 음악인이 많은 반면, 터키 음악에 대해서는 거의 알지 못했다. 그래서 당시 앙카라대학에서 한국인 최초로 터키문학을 전공하고 있던 이난아 씨를 대사관의 추천으로 통역으로 정했다. 이난아 씨는 후일 귀국하여 세계적인 터키문학을 번역하여 터키문학 붐을 불러 일으켰고 현재는 대구 계명대학의 교

터키의 국민가수 바리시 만쵸

수로 재직하고 있다.

일주일간의 터키 취재는 이난아 씨의 완벽한 섭외로 대표적인 가수 8~9명을 모두 인터뷰했고 나 자신도 터키음악에 빠져드는 계기가 되었다. 이때 기념으로 촬영한 사진을 스마트폰에 저장해서 가지고 다녔는데, 2015년 아내와 터키여행 중에 식당에서 이 사진을 꺼내 보이자 종업원이 "사장님 이리 와서 이 사진 좀 보세요." 하며 경악하기도. '도대체 뭐 하는 사람인데 터키의 국민가수 전원과 1:1 사진을 찍었나?' 하는 놀라움과 부러움을 나타내는데, 한국 사람을 형제와 같다고 생각하는 터키 사람들과 유대 관계를 확인하는 재미가 있었다.

그리스 취재는 서울에서 준비하는 과정에서부터 어긋나기 시작했다. 출발하기 석 달 전에 이러이러한 사람들을 만나고 싶다고 그리스 대사관으로 찾아가 영사에게 섭외를 부탁했는데, 출발일이 임박해도 답이 없어서 출발 사흘 전 다시 한화빌딩의 대사관에 가니 그리스어로 된 두툼한 서류를 주며 여기에 모든 게 다 있으니 걱정 말고 출발하라는 것이다. 서류를 아테네의 통역에게 팩스로 보내주고 이스탄불의 호텔로 전화하라고 하고는 출발했다. 걸려온 전화를 받고

그리스의 국민가수 요르고스 달라라스와

졸도하지 않은 게 다행일 정도였다. 인터뷰할 사람이 단 한 명도 적혀 있지 않고 어떤 여자의 경력과 전화번호만 있다는 것이었다. 그 여자는 문화교류협회의 회장인데 아테네에 도착해서 이 여자를 만나 섭외할 사람을 정하라는 내용이었다. 국제적인 약속을 당일 전화해서 해결해야 하는 비상시국을 맞은 셈인데, 회사 돈으로 취재 와서 그냥 갈 수도 없는 노릇이고 무슨 수를 써서라도 5일 안에 해결해야만 했다. 그 여자의 사무실로 가 화를 누르고 이러이러한 음악가를 만나고 싶다고 하자 내일 호텔로 전화를 주겠다고 했다. 아침에 일어나 호텔방에서 꼼짝없이 전화기만 바라보며 기다리다 운이 좋으면 오후 2시, 좀 나쁘면 오후 5시에 전화가 와서 약속이 잡혔다고 했다. 화가 나기도 하지만 인내심을 갖고 만나러 나갔다. 그래도 세계적인 스타 요르고스 달라라스, 마리아 화란두리, 하리스 알렉시우를 만난 것은 기적이었다.

특히 하리스 알렉시우는 한국에서도 잘 알려진 그리스의 이른바 '디바'로, 귀국하기 하루 전 마침 아테네 공연장으로 가서 공연을 볼 수 있었다. 그 한 가지만으로도 행복했다. 〈기차는 여덟시에 떠나네〉 〈희랍인 조르바〉 〈페드라〉의 작곡가 '미키스 테오도라키스'는 분

저항가수 마리아 화란두리

명 아테네에 있었는데 집으로 밀고 들어가도 없다는 말만 듣고 돌아서야 했다.

국제적인 인물을 전날 전화 한통으로 섭외하는 그리스 사람들의 방식에 절망감을 느꼈다. 그리스가 국가 파탄의 지경까지 간 이유를 그때 내가 미리 경험하고 있었는지도 모른다. 그들은 제대로 약속시간을 정하지 않는다. '내일 오전 11시 어디어디에서 만나요?' 하면 그들은 '오케이'라는 확답을 하지 않고 '알았어, 내일 아침에 전화할게'라고 한다. 다음날 아침이 되어 아무리 기다려도 전화는 오지 않고 다시 전화하면 '미안해. 일이 생겨서. 내일 다시 전화할게.'라고 하고는 다음날 전화는 또 오지 않고…. 이런 식이 그리스 스타일의 약속 방법이다.

한화그룹의 김승현 회장이 그리스와 경제협력 문제로 아테네로 가서 대사관을 통해 총리와의 면담을 요청했는데 그 관계자가 또 그런 식으로 대응했다. 내일 전화드리겠다고 하고는 하루 종일 전화가 없어 연락하니 내일 다시 전화드리겠다는 식이었던 것이다. 또 하루가 지나도 똑같이 반복하자 김회장은 부장 한 명과 현지 직원 두 명만 남기고 한화 팀을 모두 철수시켜 버렸다고 한다. 내 통역 김요한의 그리스인 부인이 그 현지 직원이었다. 호텔로 돌아올 때마다 스트레스를 이길 수 없어 호텔의 루프탑 바에서 데낄라 한 병 시켜놓고 새벽 두세 시까지 밤의 파르테논 신전을 바라보았다. 어떻게 신화시대 인간들보다 퇴보한 인간들이 나라를 유지하는가 하는 실망감에 젖었다.

이후 박서연과 그리스 여행을 가서 망해버린 나라 그리스의 속을 더 깊숙이 보게 되었다. 밤 10시에 저녁식사 하러 나와 새벽 두세 시까지 밥 먹고 다음날 오전 8시에 출근해 점심식사 없이 오후 2시까지 근무하고는 퇴근해 점심 먹고 낮잠 자고 6시 즈음에 다른 일을 하러 출근하는 투잡족들을 보았다. 은퇴한 이들은 공무원 연금을 현직 때 받던 월급의 90%까지 받으며 나라의 곳간을 텅 비워버렸고, 젊은이들은 유럽 각국으로 떠나버렸다. 이 나라 사람들은 도무지 내일을 생각하지 않는 것 같았다. 지금 우리나라의 실정이 이들을 닮아가는 것이 아닌가 하여 걱정이 된다.

작은 외삼촌 박웅(朴熊) 기장(機長)

존경하는 내 외삼촌은 어린 시절부터 나의 영웅이었다. 집 마당 소나무에 까치가 와서 울면 엄마는 "오늘은 반가운 손님이 오겠네." 하며 기뻐하셨다. 그러자 정말 외삼촌이 멋진 전투비행복을 입고 대문을 들어서는 것이다. 엄마와 외삼촌이 부둥켜안고 한동안 서로 눈물을 흘리는데 어린 마음에도 외삼촌은 시집살이로 힘든 누님의 사정을 다 아시는 것 같았다. 지금도 이 기억은 사라지지 않고 내 추억의 한 장면으로 남아 있다.

외삼촌은 내 큰누님과 동갑이다. 외할머니가 젖이 나오지 않아 엄마가 친정 가면 누님은 놔두고 동생에게 젖을 먹인 일화를 가끔 말씀하시곤 했다. 외삼촌은 1937년 생으로 경북고등학교를 졸업하고 6·25 직후 조종간부 후보로 들어가 전투기 조종사가 되셨다. 초

할머니 회갑 날 동갑인 외삼촌과 큰누님의 경북고, 경북여고 시절

등학교 4학년 때 소위인 외삼촌이 대구공군기지인 11전투비행단에 데리고 가서 본인의 F86 전투기에 나를 태워 조종석에 앉게 해준 그날의 감동은 잊을 수가 없다. 그로부터 1년 후로 기억하는데 한강변에서 이승만 대통령이 참관하는 가운데 외삼촌이 에어쇼를 하던 중 기체의 화재로 비상 탈출했으나 전신 화상으로 목숨이 위태로울 지경에 이른 일이 있었다. 엄마와 외할머니가 서울에 있는 병원으로 가시던 모습이 어렴풋이 기억에 남아 있다. 외삼촌이 입은 전신 화상이 얼마나 심했으면 당시 오키나와에 있는 미군병원으로 후송되어 당시로서는 최첨단의 의술인 피부이식을 받았다. 다행히 큰 후유증 없이 중령으로 예편하여 대한항공으로 옮기셨다. 나는 해외 취재 갈 때마다 염치없이 전화를 해서 귀찮게 했는데 외삼촌은 오히려 반기고 자랑스러워하셨다. "네가 놀러가는 게 아니고 KBS 취재로 가는데 당일 비행 가는 기장에게 비즈니스석으로 옮겨주라고 얘기할 수 있다." 유럽으로 취재 다닐 때마다 비즈니스석으로 편하게 다녀올 수 있었던 것만으로도 내게 외삼촌의 존재감은 매우 컸다.

1996년, 그리스와 터키 취재를 갈 때는 외삼촌께서 이미 현역에서 물러나 비행교관으로 계실 때이기도 했고, 그때 이미 기장

권한으로 좌석 업그레이드를 금하고 있다는 것을 알아서 그냥 연락만 드리고 지금까지 정말 고마웠다고 말씀드리고 떠났다. 그리스에서 마지막 취재를 끝내고 아테네에서 프랑크푸르트로 가서 대한항공으로 갈아타고 귀국하게 되었는데 밤 9시였던가 탑승해서 좌석에 앉아 있는데 기내 방송으로 "오늘 서울까지 여러분을 모시고 갈 기장은 박웅 기장 외 누구누구…." 하며 외삼촌 이름이 들려오는 것이다. 순간 '외삼촌은 비행교관만 하신다고 했는데 이상하네'라고 생각하고 있는데 사무장이 내게 다가와 일등석으로 안내하는 것이었다.

아니, 이게 어찌된 일인가? 외삼촌이 일등석에 계시는 것이 아닌가?

외삼촌은 일등석 스튜어디스에게 "내 생질인데 KBS 취재하고 귀국하는 중"이라며 자랑스러워하셨다. 어떻게 된 일이냐고 여쭈니 비행 스케줄 담당자에게 나를 부탁했는데 "기장님, 비행기 오래 안 타셨는데 바람도 쏘일 겸 직접 한번 다녀오시지요." 하고 제안하여 외삼촌이 직접 프랑크푸르트로 뜻밖의 비행을 하신 것이었다. 출발 전 일등석에서 숙질간에 샴페인을 마주치며 짧은 만남을 즐겼다. 이내 기장인 외삼촌은 일등석으로, 조카인 나는 비즈니스석으로 가야 했지만 그렇게 둘이 함께 처음이자 마지막 비행을 했던 것이다.

내가 다니는 부암동 일본어 중급반에 비행단장을 지낸 공군소장 출신인 김현 씨가 들어왔다. 저녁 술자리에서 내 외삼촌도 전투기 조종사였으며 박웅이라고 하자, 딱 한마디로 이렇게 말했다.
"우리 공군의 전설이십니다."

나의 영원한 영웅 작은 아재. 자랑스럽고 고마웠습니다.

방송대상을 안겨준 고마운 프로그램

김미숙의 세상의 모든 음악2003. 4~2004. 9

2005년 방송의 날 축하연에서
나, 김미숙, 김혜선 PD

부산에서의 2년 근무가 끝나고 서울로 복귀하게 되어 1FM의 '재즈수첩' 프로를 맡다가 2003년 봄 '김미숙의 세상의 모든 음악'을 시작하게 되었다. 드라마에 바쁜 김미숙과 시간 조정하는 것이 너무 힘들었지만 지금까지 맡은 프로그램 중에서 생애 처음으로 '방송대상'을 안겨주어 내 방송 인생의 대미(大尾)를 장식해준 자랑스러운 프로그램이다. 아르헨티나 대사관으로부터 감사의 편지도 받았고 이스라엘 대사관의 파티에도 초청받는 등 KBS 1FM의 위상을 높인 대표적인 프로그램으로 자리매김했다는 것에 자부심을 느끼고 있다.

세월이 흘러 어느덧 퇴직할 시간이 다가오고 있었다. 퇴직을 1년 반 정도를 남겨 두었을 무렵인 2006년, 본부장이 잠깐 면담하자고 하더니 나에게 제2라디오 책임을 맡아달라는 것이었다. 제2라디오는 과거 그 유명했던 TBC동양방송인데 늦게나마 책임자로 배려해줘서 고맙다고 인사하고 흥분된 마음으로 퇴근하였다. 이모 본부장은 동

방송의 날 축하연 — 서연과 함께

세상의 모든 음악, 김미숙입니다
두 번째 컴필레이션 음반 보도자료

제 작 진 행 표

프로그램: 세상의 모든 음악,김미숙입니다.
¡ Viva la Musica!
일 시 : 2003년 7월 19일 (토) 19:00
장 소 : 호암아트홀
M C : 김미숙 P D : 김선우,이동우

과 장	부 장

순 서	내 용	출 연	음악	비고
1	opencing	MC	CD	
2 정승호	알함브라 궁전의 추억 + [illegible]	정승호 (기타)	Live	
	안달루시아 아스투리아스	정승호 (기타) 김주현 (바이올린)		
	인터뷰	MC		
	[illegible]	정승호, 이주석 김진원, 김선태 (기타)		
3	이태원, 임태경 소개	MC		
4 이태원 임태경	Gira con me	임태경 (테너)	MR & Live	
	Brave Heart You're Daddy's Son	이태원 (메조 소프라노)		
	인터뷰	MC		
	All I Ask of You	이태원, 임태경		
5	김영준과 탱고 프로젝트 소개	MC		
6 김영준과 탱고 프로젝트	Por una Cabeza Oblivion	김영준 (바이올린) 김시훈 (첼로) 주은영 (피아노)	Live	
	인터뷰 (앨범 유도)	MC + 김영준		
	Verano Porteno	MC + 김영준		

순 서	내 용	출 연	음악	비고
7 김광민	Over the rainbow 外 1곡	김광민 (피아노)	Live	연주자 mic
8 유성활	베네치아의 탄식 별은 빛나건만	유성활 (테너) 김관실 (피아노)	Live	
	인터뷰 (앨범 유도)	MC + 유성활		
	Non ti scordar di me	유성활 김관실		
9	코바니 소개	MC		
10 코바니	Get away Sealed with a kiss I still believe	코바니 (노래:김국진) (노래:박경미)	Live	살사댄스
	인터뷰	MC + 정성백		
	How deep is your love Como fue Mambo de la luz	(노래:김국진, 서원우) (노래:이영선)		살사댄스
11	앨범 유도 + closing	MC		
12 앨범 (코바니)	Santana medley	코바니	Live	

세상의 모든 음악, 김미숙입니다 제작 진행표

아방송 출신으로 나보다 두 살 아래인 젠틀한 사람인데 승진이 늦은 나를 마지막으로 배려해준 것이다. 다음날 아침 출근하려고 주차장에 내려가는데 전화가 왔다. “김선배, 대단히 죄송한데 저는 선배가 나와 나이가 비슷한 줄로 알았는데 두 살이나 많군요. 인사부에 인사발령을 의뢰했는데 퇴직이 2년 이상 남아야 승진 발령이 난다는데 1년 반 밖에 남질 않아서… 죄송합니다.”

오히려 내가 정말 고마웠다고, 그 마음만은 언제까지나 간직하겠다고 본부장을 위로했고 퇴직 후 둘레길도 같이 다니고 정식으로 식사에 초대해 정말 감사했다는 말을 전했다. 윤의와 김서방과 구미에서 저녁 먹으며 이 얘기로 이렇게 농담을 했다. “너희들, 아재가 비록 발령장은 못 받았지만 명예만큼은 KBS 국장이다. 알았지?” 2008년 6월, 정식으로 퇴임식을 치르는데 아내가 항암치료 하느라 가발을 쓰고 참석한 그 모습이 안쓰러웠다. 퇴직과 동시에 재계약을 체결하고 한민족 방송 뉴스편집을 맡아 2년간 유유자적 지냈다. 그러면서도 백수시대에 대비하여 KBS 헬스장과 침뜸 봉사실을 오가며 바쁘게 지냈다.

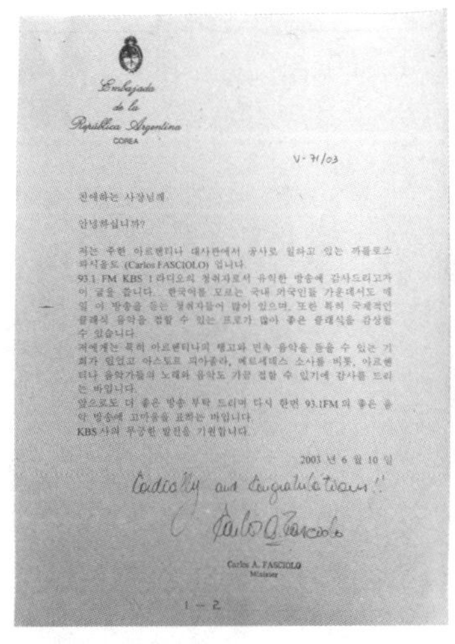

Embajada de la República Argentina
COREA

V-71/03

친애하는 사장님께

안녕하십니까?

저는 주한 아르헨티나 대사관에서 공사로 일하고 있는 까를로스 파시올로 (Carlos FASCIOLO) 입니다.
93.1 FM KBS 1 라디오의 청취자로서 유익한 방송에 감사드리고자 이 글을 씁니다. 한국어를 모르는 국내 외국인들 가운데서도 매일 이 방송을 듣는 청취자들이 많이 있으며, 또한 특히 국제적인 클래식 음악을 접할 수 있는 프로가 많아 좋은 클래식을 감상할 수 있습니다.
저에게는 특히 아르헨티나의 탱고와 민속 음악을 들을 수 있는 기회가 있었고 아스토르 피아졸라, 메르세데스 소사를 비롯, 아르헨티나 음악가들의 노래와 음악도 가끔 접할 수 있기에 감사를 드리는 바입니다.
앞으로도 더 좋은 방송 부탁 드리며 다시 한번 93.1FM 의 좋은 음악 방송에 고마움을 표하는 바입니다.
KBS 사의 무궁한 발전을 기원합니다.

2003 년 6 월 10 일

Cordially our congratulations!!

Carlos A. FASCIOLO
Minister

1 — 2

아르헨티나 대사관의 감사편지

방송대상 우수 작품상 상패

인생은 라이브

이 책의 제목을 '내 인생의 플레이리스트'로 정하고 보니 사실 내 음악 인생은 음반이 아닌 공연에 있다는 것을 새삼 깨닫게 되었다. 내가 관람한 공연과 전시회의 팜플렛은 거의 다 보관하고 있어서 공연과 함께한 세월을 돌아보는 데 도움이 되었다. 그중 기억에 남은 공연만을 추려보았다.

로린 마젤Lorin Maazel 지휘
클리블랜드 오케스트라
세종문화회관 1978.9.14.

1970년대 음악회는 레코드로만 접했던 세계적인 거장을 직접 볼 수 있다는 설렘이 있었다. 그러나 유명 음악회는 서울에서만

열렸다. 가끔 부산에서 열리기도 했는데, 음악 자부심이 강했던 하이마트 친구들은 밤기차로 서울과 부산을 오가기도 했다.

이날 공연은 내 청춘의 음악이라 할 수 있는 브람스의 교향곡 1번이 연주되기에 서울로 갔던 것이다. 클리블랜드 오케스트라는 조지 셀(George Szell)의 지휘로 명성을 얻은 후 로린 마젤로 인해 세계적인 반열에 서게 되었다.

프로그램

베토벤Beethoven/ 오페라 〈레오노레〉 서곡 3번, 4번, 교향곡 7번

브람스Brahms/ 교향곡 1번

28세 청년 김진우가 서울 원정으로 세계적인 오케스트라의 사운드를 첫 경험한 감동의 연주회였다.

세르쥬 보도Serge Baudo 지휘

리용 오케스트라Orchestre de Lyon

부산시민회관 1979.3.2.

프로그램

베를리오즈Berlioz/ 환상교향곡

스트라빈스키Stravinsky/ 불새

포레Faure/ 오페라 〈펠레아스와 멜리장드〉

앙코르: 비제Bizet/ 오페라 〈카르멘Carmen〉 과 〈아를르의 여인〉 중에서 몇 곡

프렌치 사운드(French Sound)에 대한 호기심으로 혼자 부산에 가서 감상했다. 화려하고 세련된 이 날의 연주에 가슴 벅찼던 기억이 남아 있다.

콜린 데이비스Colin Davis 지휘
영국 로열 오페라단 & 코벤트가든
오케스트라 & 합창단 세종문화회관
1979.9.10.~15.

프로그램

푸치니Puccini/ 오페라 〈토스카Tosca〉
모차르트Mozart/ 오페라 〈요술피리Die Zauberflote〉
벤자민 브리튼Benjamin Britten/ 오페라 〈피터 그라임스Peter Grimes〉

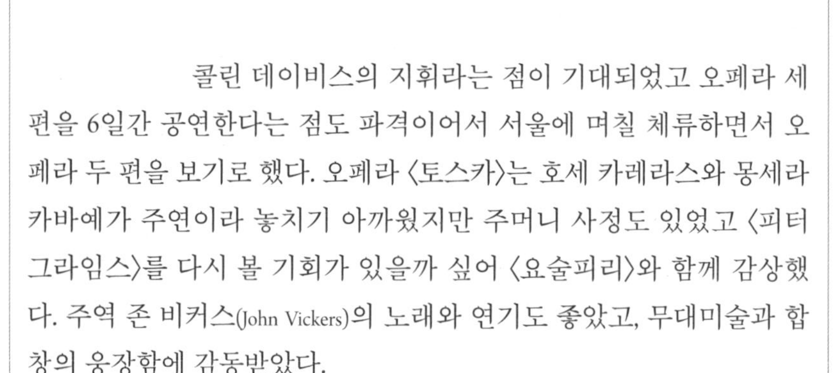

콜린 데이비스의 지휘라는 점이 기대되었고 오페라 세 편을 6일간 공연한다는 점도 파격이어서 서울에 며칠 체류하면서 오페라 두 편을 보기로 했다. 오페라 〈토스카〉는 호세 카레라스와 몽세라 카바예가 주연이라 놓치기 아까웠지만 주머니 사정도 있었고 〈피터 그라임스〉를 다시 볼 기회가 있을까 싶어 〈요술피리〉와 함께 감상했다. 주역 존 비커스(John Vickers)의 노래와 연기도 좋았고, 무대미술과 합창의 웅장함에 감동받았다.

박성연 Jazz의 밤
문예회관 대극장 1982.11.9.

1982년 KBS FM으로 전출 후 한동안 퇴근길에 신촌에 있는 재즈클럽 야누스(Janus)에 들렀다. 박성연, 신관웅 등이 연주하는 재즈를 들으며 술에 취하고 음악에 취했다. 담배연기, 흐릿한 조명 속에 세기말적인 분위기가 흐르는 그곳에서 윤범, 황인우 아나운서와 자주 어울렸다. 이곳에서 한국 재즈 1세대인 강대관(트럼펫), 김수열(색소폰), 이판근(베이스) 씨 등과 교류하여 이후 내가 연출한 공개방송이나 재즈페스티벌의 단골 연주자로 섭외되기도 했다.

이 공연의 무대미술을 맡은 이가 요절한 화가 최욱경이었다는 사실을 이번에 처음 발견하고 놀랐다.

영화 소림사(少林寺)
이연걸 주연
중앙극장, 1983년.

나와 비슷한 연배라면 한때는 중국 무협소설과 무협영화에 빠졌던 기억이 있을 것이다. 영화는 홍콩이나 대만에서 촬영했기 때문에 모두 세트로 꾸몄을 것이고 그에 대해 우리 무협파(?)들은 항상 아쉬움을 토로했다.

영화 소림사가 명동성당 옆 중앙극장에서 개봉했을 때 장병화, 김종철 등 모두는 본토 소림사의 웅장함과 리얼한 수련과정 등을 접하고는 벌어진 입을 다물지 못했다. 그 감동을 근처 주점에서 다시 되새기며 흥분했던 기억이 새롭다.

리카르도 무티 Riccardo Muti **지휘**
필라델피아 오케스트라
세종문화회관 1985. 6. 4.~5.

프로그램(6.5.)
베르디Verdi/ 〈시칠리아의 저녁기도〉 서곡
쇼팽Chopin/ 피아노 협주곡 1번(협연 서혜경)
차이코프스키Tchaikovsky/ 교향곡 4번

말로만 들어왔던 필라델피아 사운드를 처음 느낀 연주회로, 현악기의 부드러움과 풍만함을 젊은 무티의 멋진 지휘가 더욱 빛나게 하였다.

원경수 지휘, KBS교향악단

피아노 협연, 클라우디오 아라우

Claudio Arrau

세종문화회관 1987. 5. 21.

KBS에 근무하는 30여 년간 KBS 교향악단 연주를 언제나 들을 수 있었던 것은 무한한 혜택이었다. 좌석은 항상 KBS홀 2층 앞자리에 친구들도 자주 불러 함께 감상하기도 했다. 이 세상에서 아무리 좋고 비싼 오디오 시스템이라 해도 교향악단 연주를 2층에서 듣는 사운드 보다 나은 것은 없다. 그날 베토벤의 황제협주곡을 칠레 출신의 세계적인 거장 클라우디오 아라우의 협연으로 들을 수 있었던 것도 큰 행운이었다.

알리시아 데 라로차Alicia de Larrocha

피아노 연주회

세종문화회관 1986.6.13.

1990년대 어느 날 저녁 음악광인 주한 스페인대사 관저에 초대받아 간적이 있었다. 거실에는 스페인 풍의 피아노 음악이 흐르고 있었다. 그라나도스의 〈고예스카스〉라고 대사가 소개했다. 고야의 그림에서 받은 감동을 그라나도스가 피아노곡으로 표현한 이 곡은 방송으로는 잘 나가지 않았던 곡이지만 밤이 늦도록 와인을 마시면서 이 음악에 젖었던 기억에 은퇴 후 알리시아 데 라로차의 두 장 CD를 구입하여 지금까지도 자주 듣고 있다.

연주회 당일 마지막 곡인 고예스카스 1번, 4번, 7번 연주가 끝나자 열광한 청중들이 무대 앞까지 몰려나가 붉은 장미꽃 한 송이씩을 힘껏 던지기 시작했다.

자그마한 키에 수줍은 듯한 표정으로 무대 위의 장미꽃을 하나하나 집어들던 그 모습을 잊을 수 없다. 그때까지만 해도 나는 관계자가 무대 위로 올라가 꽃다발을 전달하는 촌스런 장면만 봐왔던 터라 장미꽃을 무대 위로 던지는 서울 청중들의 세련된 매너에 놀랐던 기억이 있다.

서울국제연극제
국립극장 1988.8월~10월

<u>프로그램</u>

그리스 국립극장의 오이디푸스 왕 (8.27~28)
카나데혼 추신구라의 일본 가부키 (9.3~6)

대학 시절 을유문화사의 그리스 로마 신화와 현암사의 그리스 비극 희극 전집에 흠뻑 빠졌던 때가 있었다. 이 책들을 통해 비로소 서양문명에 대한 이해를 넓히게 되었다. 88올림픽 문화예술축전의 일환으로 펼쳐진 연극제를 통해 글로만 읽고 상상했던 무대를 본 감동은 잊을 수가 없다.

아직 문화교류가 없었던 일본의 가부키는 내 어릴 적의 미하시 미치야의 〈안녕 도쿄〉 이래 두 번째 경험이었다. 사실적 표현은 억제하고 소리, 동작에서의 형식적 아름다운 표현에 중점을 둔 일본문화에 대한 이해력을 높이는 계기가 되었다.

드미트리 키타옌코Dmitri Kitaenko 지휘, 모스크바 필하모니 오케스트라
세종문화회관, 예술의전당, 부산문화회관 1988.9.14.~21.

공산국가의 종주국 소련의 대표격 오케스트라를 듣는다는 사실만으로 흥분하기에 충분했고 역시 올림픽은 위대하다는 느낌을 준 연주회였다. 키타옌코는 KBS교향악단 상임지휘자를 했으니 이때의 인연이 연결된 것이다.

이날 연주를 함께 감상한 KBS교향악단 플루트 수석은 '나라가 가난해 악기 수준이 너무 떨어진다. 우리나라 고등학생이 연습하는 플루트보다 못하니 악기만 좋았다면 더 훌륭한 연주를 들을 수 있었는데 안타깝다'는 의견을 들려주었다.

88서울국제음악제 도쿄앙상블 실내악의 밤
예술의전당 1988. 9. 23.

88서울올림픽 문화예술축전을 통해 그동안 접할 수 없었던 동구권, 소련, 일본 등지의 클래식 음악을 들을 수 있었다. 도쿄앙상블은 재일교포 플루티스트 김창국이 창설한 단체다. 일본 최고 플루티스트인 김창국의 연주를 듣는다는 기대감이 컸던 음악회였다.

스메타나 현악사중주단
세종문화회관 1988. 11. 3.

20세기 최고의 앙상블인 스메타나 현악사중주단은 체

코의 작곡가 스메타나, 드보르작, 야나체크의 본질을 꿰뚫는 연주로 감명을 주었다.

2019년, 아내 서연과 프라하를 여행하면서 '프라하의 봄 음악제' 기간에 프라하 시민회관의 스메타나 홀과 드보르작 홀에서 연주를 듣고 비쉐흐라트 묘지를 찾아 스메타나와 드보르작의 묘지에 헌화하고 또 두 분의 박물관을 찾았다.

스메타나Smetana/ 현악 4중주곡 2번

야나체크Janacek/ 현악 4중주곡 1번(크로이체르)

드보르작Dvorak/ 현악 4중주곡 12번(아메리카)

볼쇼이 오페라

세종문화회관 1989. 7. 18.~ 20.

88올림픽 문화예술축전으로 소련의 예술단체의 내한 물꼬가 트이자 공산권의 연주단체가 자주 공연을 왔지만 볼쇼이 오페라의 무소르그스키의 〈보리스 고두노프〉는 오페라 자체만으로 기대감이 컸다.

이탈리아 오페라와는 전혀 다른, 러시아의 광활한 대지와 같은 웅장하고 압도적인 스케일로 감동을 안겨준 공연이었다.

팔리아먼트 슈퍼밴드Parliament Super Band & 레이 찰스Ray Charles & 비비킹B.B.King 공연

예술의전당, 1990.

팔리아먼트는 담배회사 필립 모리스의 주력 담배 이름

이자 그들이 후원하는 재즈 빅밴드의 이름이다. 이날 공연은 빅밴드 공연을 처음 접한다는 기대도 있었지만 수퍼스타 레이 찰스와 블루스 기타의 전설 비비킹(B.B.King)이 한 무대에 선다는 것은 다시 보기 힘든 조합이었다. 공연이 끝난 후 우리 일행은 담배 가게로 가서 비싼 팔리아먼트 담배를 샀다. "오늘만은 미제 담배 팔리아먼트를 피우지 않으면 안 돼."

현대미술과 에로티시즘 展

엠아트 갤러리 1991. 6. 21.~ 27.

1970년대 어느 날 한국일보 1면에 권옥연 화백의 누드화 대춘(待春)이 실렸다.

신문사가 봄이 오는 느낌을 전하려는 의도로 권옥연 화백에게 의뢰한 것으로 소녀를 모델로 한 누드화다. 내 눈에는 이 세상 가장 아름다운 누드화라고 지금도 단정하고 있다. 이 그림을 누가 소장하고 있는지 각종 자료를 다 뒤져도 도록에 나오지 않아 안타까운 심정이다. 한국의 이름난 화가 20명이 출품한 이 전시회에 권화백의 이름이 보여 화랑을 찾아 갔지만 내가 기다리던 그림은 아니었다. 내 인생의 누드화 〈待春〉은 어디에서 봄을 기다리고 있나요?

바스티유 오페라 & 오케스트라 공연

예술의전당, 세종문화회관 1994. 4. 12.~ 19.

당시만 해도 우리나라 사람이 외국 굴지의 악단을 지휘하는 일은 드물었다. 그런

데 정명훈이 파리 바스티유 오페라단과 오케스트라를 이끌고 온 것이다. 오페라는 리하르트 슈트라우스의 〈살로메〉를, 오케스트라는 모차르트의 피아노협주곡 6번과 9번을 스비아토슬라프 리히터와의 협연으로 들려주었다. 당대 최고의 피아니스트인 리히터를 만난다는 것만으로 가슴 벅찬 하루였다.

스팅Sting 공연

88잔디마당 1996.10.4.~ 5.

소개할 필요도 없는 대 스타 스팅의 공연으로 노래는 물론이고 장르 파괴와 창조적인 의식의 그를 직접 만난다는 설렘이 있었다. 특히 그의 밴드의 도미닉 밀러(Dominic Miller)의 기타 연주는 감동을 원 플러스 원으로 안겨주었다.

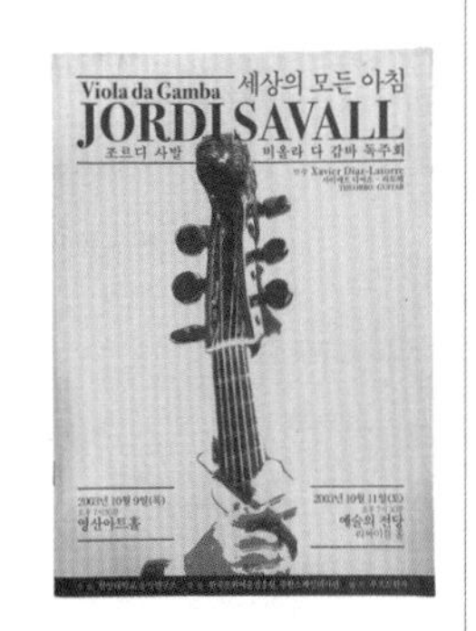

조르디 사발Jordi Savall의

비올라 다 감바 연주회

영산아트홀 2003. 10. 11.

언제부터인가 르네상스 바로크 시대의 고음악(古音樂)에 대한 갈증이 일어나고 악기도 당시의 악기로 연주하는 이른바 원전악기 연주가 확산되던 시기였다.

비올라 다 감바(Viola da Gamba)는 그 시대에 '인간의 목소리'에 가장 가까운 악기, 귀족의 악기로서 최고의 인기를 누린 악기다. 그 선두 주자인 조르디 사발은 바르셀로나 출신으로 영화 〈세상의 모든 아침〉의 음악을 맡아 고음악 유행의 선두주자가 되었다.

J. S. Bach 마태수난곡

라이프치히 게반트하우스 오케스트라

& 성 토마스교회 합창단

세종문화회관 2004. 3. 16. ~ 17.

바흐 이후 잊혀졌던 마태수난곡을 부활 시킨 게반트하우스오케스트라와 마태수난곡을 초연했던 성토마스콰이어의 이른바 오리지널 연주로 전곡을 들을 수 있는 흔치 않은 기회였다.

마침 세종문화회관이 리모델링하여 앞좌석 등받이에 모니터가 설치되어 가사 전부를 보면서 감상하게 되어 감동이 잘 전달되어 왔다. 그해 집안에 금전적인 사고가 다발로 일어나 수습하느라 우울한 시기였는데 소프라노가 독창으로 십자가에 못 박힌 예수를 보며 눈물 흘리는 성모 마리아의 심정을 노래하는 부분에 이르자 나도 눈물이 흐르는 걸 참을 수가 없었다. 음악회에서 울기는 처음이었다.

앙겔로풀로스 감독 특별전

시네큐브 2004. 10. 16. ~ 22.

영화 〈안개 속의 풍경〉으로 알려진 그리스의 감독 테오 앙겔로풀로스(Theo Angelopoulos)의 특별전으로 〈안개 속의 풍경〉, 〈영원과 하루〉, 〈시테라 섬으로의 여행〉, 〈비키퍼〉를 관람했다. 난해한 내용도 있지만 나는 앙겔로풀로스 감독의 모든 영화에 음악을 작곡한 엘레니 카라인드루(Eleni Karaindrou)의 음악에 더 빠졌다.

영화〈그녀에게〉& 〈나쁜 교육〉
시네큐브 2003, 2004.

페드로 알모도바르 감독의 모든 영화를 사랑한다. 비평적으로나 대중적으로 극찬 받은 〈그녀에게Abla con Ella〉는 아름다움에 대한 찬미, 고독과 열정의 불협화음, 감각적인 영상으로 관객을 사로잡았다. 내게는 영화음악과 엔딩 크레딧의 피나 바우쉬 무용의 아름다운 동작으로 기억된다.

〈나쁜 교육La Mala Educacion〉은 과거 스페인의 신학교에서의 아동에 대한 성 학대와 그 신부에 대한 증오와 복수가 내용이다. 교장신부는 어린 학생을 불러 세우고 '문 리버', '돌아오라 소렌트로'를 부르게 하고는 노래 부르는 동안 성적인 쾌감을 느낀다. 그 보이 소프라노의 청순한 노래와 폭력적인 그 장면에 눈시울 뜨거워졌다. 알모도바르의 다음 영화는 언제?

레온 플라이셔Leon Fleisher
피아노 연주회
예술의전당 2005. 6. 1.

1965년 37세의 나이에 급작스런 오른손 마비로 연주를 접었던 그가 40년 만에 재기하여 왔다. 마지막 곡으로 선택한 슈베르트의 피아노소나타 D.960은 슈베르트가 죽기 전 마지막으로 작곡한 것이다. 슈베르트의 순수한 영혼의 울림을 레온 플라이셔는 독백하듯이 풀어냈다.

고란 브레고비치 Goran Bregovic

& WEDDING AND FUNERAL BAND

LG아트센터 2005. 6. 11.

옛 유고슬라비아 출신의 고란 브레고비치의 음악은 영화음악에서 두드러진다. 첫 작품 〈집시의 시간〉으로 칸영화제 그랑프리를 차지했고 그 외도 많은 영화음악을 작곡했다. 1995년 50여명의 뮤지션으로 구성된 웨딩 & 퓨너럴 밴드를 결성하여 발칸반도의 정통리듬과 집시의 애잔한 선율로 월드뮤직계에 선풍을 일으켰다.

이날 나는 발칸지역 브라스밴드 느낌의 신나고 유쾌한 음악 속으로 무한히 빠져들었다. 세상에! 브레고비치는 연주하는 동안 내내 좋아서 미치겠다는 표정을 짓고 있었다.

피나 바우쉬 Pina Bausch

& TANZTHEATER WUPPERTAL

LG아트센터 2005. 6. 21. ~ 26.

한국을 소재로 한 그녀의 독특한 감성과 통찰력을 볼 수 있었던 공연으로 생전의 그녀의 모습을 직접 볼 수 있었던 것을 감사하게 생각한다.

나의 감성은 전체보다 디테일에 빠지는 경우가 많다. 피나 바우쉬의 사상, 표현 등 전반적인 것에 대한 인식보다는 영화 〈그녀에게Abla con Ella〉의 마지막 장면에 그녀의 무용단이 추는 '볼레로'에서 나만이 느끼는 깊은 예술적 감동이 있다.

팸플릿으로 남은 순간들

1970년대부터 최근까지 음악회와 여러 공연 전시회 등의 팸플릿을 대부분 보관하고 있다. 현장의 소소한 기념물이 휘발되기 쉬운 기억을 되살려준다. 소장할 가치가 있다고 생각하는 것을 지금까지 보관해왔는데 그 양이 만만치 않다.

그날의 감동을 모두 다 기억하지는 못하지만 그래도 아직 간직하고 있는 팸플릿들은 내 음악 인생 그 자체나 마찬가지다. 그중에서도 특별히 기억할 만한 것은 앞에서 간략히 소개했고 나머지는 목록으로나마 정리해둔다.

20대의 감수성 넘치는 청년시절부터 50여년 간의 음악회를 통하여 우리 사회와 음악계의 변천상도 함께 볼 수 있지 않을까?

번호	아티스트	프로그램	장소	일시
1	필립 앙뜨르몽 Philippe Entremont	피아노 독주회	부산시민회관	1974(?)
2	루치아노 파바로티 Luciano Pavarotti	리사이틀 피아노_존 우스트만 John Wustman	이화여대강당	1977. 11.30
3	로린 마젤Lorin Maazel 지휘 클리블랜드 오케스트라	브람스/ 교향곡 1번 베토벤/ 교향곡 7번, 레오노레 서곡 3번	세종문화회관	1978. 9.14
4	세르쥬 보도Serge Baudo 지휘 리용 오케스트라	베를리오즈/ 환상교향곡 스트라빈스키/ 불새 포레/ 펠레아스와 멜리장드	부산시민회관	1979. 5.2
5	콜린 데이비스 경Sir Colin Davis 지휘 영국로열오페라단, 코벤트가든 오케스트라와 합창단 몽세라 카바예, 호세 카레라스, 존 비커스	모차르트/ 요술피리 브리튼/ 피터 그라임스 푸치니/ 토스카	세종문화회관	1979. 9.10.~15
6	레너드 번스타인Leonard Bernstein 지휘 뉴욕필하모닉오케스트라	쇼스타코비치/ 교향곡 5번	세종문화회관	1979. 6.29
7	리카르도 무티Riccardo Muti 지휘 필라델피아 오케스트라	베르디/ 시칠리아의 저녁기도 서곡 차이코프스키/ 교향곡 4번	세종문화회관	1985. 6.4.~5
8	조통달	판소리 완창 수궁가	국립극장	1985. 8.31
9	잘츠부르크 모차르테움	모차르트/ 교향곡 40번, 41번	세종문화회관	1985. 11.27
10	KBS 교향악단	베토벤/ 피아노협주곡 1번 피아노_스티븐 비숍 코와세비치	세종문화회관	1986. 5.27
11	알리시아 데 라로차Alicia de Larrocha	피아노 리사이틀 그라나도스/ 고예스카스 1번, 4번, 7번	세종문화회관	1986. 6.13
12	KBS 교향악단 슈미트-게르텐바흐Schmidt-Gertenbach 지휘	바이올린_보리스 벨킨	세종문화회관	1986. 6.18
13	KBS 교향악단	라흐마니노프/ 피아노협주곡 3번 피아노_조르주 볼레Jorge Bolet	세종문화회관	1987. 3.14
14	영국로열발레단	차이코프스키/ 잠자는 미녀	세종문화회관	1987. 4.22
15	야노스 슈타커Janos Starker 첼로 독주회	바흐/ 무반주 첼로 모음곡 베토벤/ 첼로소나타	호암아트홀	1987. 5.17

번호	아티스트	프로그램	장소	일시
16	KBS 교향악단 원경수 지휘	베토벤/ 피아노협주곡 5번 '황제' 피아노_클라우디오 아라우Claudio Arrau	세종문화회관	1987. 5. 21.
17	KBS 교향악단	바이올린_김영욱	세종문화회관	1987. 5.28
18	나르시소 예페스 Narciso Yepes	기타 독주회	세종문화회관	1987. 10.18
19	KBS 교향악단 플루트_장 피에르 랑팔 Jean-Pierre Rampal		세종문화회관	1987. 10.27.
20	이 무지치 합주단	비발디/ 4계 전곡	세종문화회관	1987. 11.2.
21	KBS 교향악단 하프_니카노르 자발레타Nicanor Zabaleta		세종문화회관	1987. 12.9
22	드미트리 야브론스키 Dmitry Yablonsky	첼로 연주회	호암아트홀	1988. 3.4
23	미샤 마이스키 Mischa Maisky	첼로 연주회 바흐, 쇼스타코비치, 드뷔시	호암아트홀	1988. 3.9
24	미도리	바이올린 리사이틀	호암아트홀	1988. 7.1
25	AX KIM MA 트리오 김영욱, 요요마, 엠마누엘 액스	베토벤/ 트리오 Op.11	예술의전당	1988. 8.31
26	볼쇼이 발레단 & 소련 발레스타		세종문화호관	1988. 9.3.~5
27	모스크바 방송합창단 & 루드밀라 남, 넬리 리	88 서울 국제음악제	세종문화호관	1988. 9.18.~19
28	드미트리 키타엔코, 모스크바 필하모닉	88 서울 국제음악제	세종문화호관	1988. 9.20
29	로잔느 챔버 오케스트라	88 서울 국제음악제	세종문화호관	1988. 9.22
30	도쿄 앙상블 플루트_김창국	88 서울 국제음악제	예술의전당	1988. 9.23.
31	아르방 금관5중주의 밤	88 서울 국제음악제	예술의전당	1988. 9.24.
32	조수미 독창회	88 서울 국제음악제	예술의전당	1988. 9.26.
33	로스 포플Ross Pople 지휘 런던 페스티벌 오케스트라	88 서울 국제음악제	예술의전당	1988. 9.27.
34	보자르 트리오 Beaux Arts Trio	서울 국제음악제 멘델스존/ 피아노 트리오 D단조 88	예술의전당	1988. 10.1.

번호	아티스트	프로그램	장소	일시
35	강동석	바이올린 독주회	세종문화회관	1988. 10.5.
36	프랑스 클리다France Clidat	피아노 연주회 리스트 작품	국립현대미술관	1988. 11.10.
37	스트라빈스키	병사의 이야기	문예회관	1988. 12.18.
38	스메타나 현악4중주단	스메타나 현악4중주곡 2번 야나체크 현악4중주곡 1번(크로이체르) 드보르작 현악4중주곡 12번(아메리카)	세종문화회관	1988. 11.3.
39	스타니슬라브 부닌 Stanislav Bunin	피아노 연주회 쇼팽 외	호암아트홀	1989. 2.2~4.
40	Joan Miro	전시회	예성화랑	1989. 3.16
41	전 소련 발레스타 공연		세종문화회관	1989. 4.3.~7
42	알렉산더 드미트리에프 Alexander Dmitriyev 지휘 레닌그라드 심포니	라흐마니노프/ 파가니니 주제에 의한 환상곡 피아노_미하일 플레트네프Mikhail Pletnev	세종문화회관	1989. 4.24
43	볼쇼이 오페라	무소르그스키/ 보리스 고두노프	세종문화회관	1989. 7.18
44	팔리아먼트 슈퍼밴드 & Ray Charles, B.B.King		예술의전당	1990.
45	현대미술과 에로티시즘	권옥연 외	엠아트	1991. 6.21.
46	도야마 유조Toyama Yuzo 지휘 NHK 교향악단		예술의전당	1991. 7.25.
47	김종복 전		정송갤러리	1991. 10.22.
48	당 타이손	피아노 독주회	예술의전당	1992. 11.28
49	Theatre Royal Drury Lane	뮤지컬 미스사이공 & 선셋대로	London	1993.3.
50	마르크 샤갈Marc Chagal 전		호암아트홀	1993. 8.21.
51	세르쥬 보도Serge Baudo 지휘 파리음악원 관현악단	모차르트 레퀴엠 Mozart Requiem	살 플레옐Salle Pleyel, Paris	1993. 12.11
52	한국영화 특별상영	벙어리 삼룡, 퐁피두센터	Paris	1994.1
53	정명훈 지휘, 바스티유 오페라	리하르트 슈트라우스/ 오페라 살로메	오페라극장	1994. 4.12.~19.

번호	아티스트	프로그램	장소	일시
54	정명훈 지휘, 바스티유 오페라	모차르트/ 피아노협주곡 6번 9번 피아노_스비아토슬라브 리히테르	예술의전당	1994. 4.12.
55	린 쵸량	바이올린 독주회 베토벤, 생상스 소나타	예술의전당	1994. 5.23.
56	드미트리 시트코베츠키 Dmitry Sotkovetsky	바이올린 연주회 베토벤/ 크로이체르 소나타	국민문화센터	1994. 5.25.
57	키로프 오페라Kirov Opera	보로딘/ 오페라 이고르 공	세종문화회관	1995.
58	네빌 마리너Neville Marriner	아카데미 오브 세인트 마틴 인 더 필즈Academy of St. Martin In The Fields 피아노_백건우	예술의전당	1995.
59	정명훈 지휘 필하모니아 오케스트라	피아노_피터 아블론스키Peter Jablonski	예술의전당	1995. 9.6
60	회화의 풍요로움	이강소 오경환 김태호 이기봉	인데코	1996. 4.22.
61	스팅Sting 공연	with 도미닉 밀러Dominic Miller	88잔디마당	1996. 10.4.
62	마이클 잭슨 내한 공연		잠실 올림픽경기장	1996. 10. 11.
63	보자르 트리오	97 국제실내악 페스티벌	예술의전당	1997. 10.14.
64	하겐Hagen 현악4중주단	97 국제실내악 페스티벌	예술의전당	1997. 10.15.
65		이중섭 특별전	갤러리현대	1999. 1.21.
66	주세페 시노폴리Giuseppe Sinopoli 지휘, 드레스덴 슈타츠카펠레	구스타프 말러/ 교향곡 5번	예술의전당	2000. 1.26.
67	KBS 교향악단 조선국립교향악단	남북교향악단 합동연주회	KBS홀	2000. 8.20.
68	척 맨지오니 Chuck Mangione	Live	KBS부산	2001. 9.9.
69	휴고 볼프 콰르텟 Hugo Wolf Quartet	통영 국제음악제	통영시민회관	2003. 3.29.
70	랑랑	피아노 리사이틀	예술의전당	2003. 4.20.
71	유리 테미르카노프Yuri Temirkanov 지휘 상트 페테르부르크 필하모닉	차이코프스키/ 피아노 협주곡 드미트리 시트코베츠키 Dmitry Sitkovetsky	예술의전당	2003. 9.30.
72	Misia	파두Fado 공연	LG아트센터	2003. 10.17.

번호	아티스트	프로그램	장소	일시
73	유리 바쉬메트Yuri Bashmet 지휘 & 비올라	모스크바 솔로이스츠 & 세르게이 나카리아코프 쇼스타코비치, 파가니니	예술의전당	2003. 10.27
74	제인 버킨Jane Birkin	아라베스크	LG아트센터	2004. 2.17.
75	발레리 폴리얀스키 Valery Polyansky 지휘 러시아 국립 카펠라 오케스트라		세종문화회관	2004. 3.22
76	머스 커닝엄 무용단Merce Cunningham Dance Company		세종문화회관	2004. 4.15
77	이탈리아 볼로냐 오페라단 바리톤_레오 누치Leo Nucci	베르디/ 오페라 리골레토	세종문화회관	2004. 7.23
78		World Ballet Star Gala Performance	예술의전당	2004. 8.7.~8.
79	리카르도 무티Riccardo Muti 지휘, 라 스칼라 필하모닉	브람스/ 교향곡 2번	예술의전당	2004. 9.5.
80	로마 오페라극장 야외공연	모차르트/ 오페라 피가로의 결혼	88 잔디마당	2004. 10.15.
81	Red Star Red Army Chorus	러시아 민요 등	예술의전당	2004. 10.22
82	미하일 아그레스트 지휘	키로프 발레단 차이코프스키/ 백조의 호수Swan Lake	세종문화회관	2004. 10.29
83	존 엘리엇 가디너 지휘	몬테베르디 합창단, 잉글리쉬 바로크 솔로이스츠 헨리 퍼셀/ 디도와 에네아스 외	예술의전당	2004. 12.11
84	조르디 사발Jordi Savall	비올라 다 감바 연주회	영산아트홀	2003. 10.11
85	라이프치히 게반트하우스 오케스트라 성 토마스 교회 합창단	J.S.Bach/ 마태수난곡	세종문화회관	2004. 3.16
86	앙겔로풀로스 감독 특별전	안개속의 풍경, 비키퍼, 영원과 하루, 시테라섬으로의 여행	시네큐브	2004. 10.16
87	영화 <나쁜 교육La Mala Educacion>	2004 칸영화제 개막작	시네큐브	2004.
88	김진우 김미숙 박상원	광주비엔날레 개막 축하콘서트	중외공원	2004. 9.10.
89	플라멩코 댄스 뮤지컬	Fuego	예술의 전당 오페라극장	2005. 1.4.
90	밥 제임스Bob James, 래리 칼튼Larry Carton, 나단 이스트Nathan East, 하비 메이슨Harvey Mason	An Evening of Four Play	세종문화회관	2005. 1.16.

번호	아티스트	프로그램	장소	일시
91	존 맥래플린John McLaghlin, 리멤버 샥티Remember Shakti		LG아트센터	2005. 2.1.
92	외란 쇨셔Göran Söllscher	기타 리사이틀	LG아트센터	2005. 2.18.
93	노트르담 드 파리Notre Dame de Paris 프랑스 오리지널 팀	첫 내한 공연	세종문화회관	2005. 2.25.
94	국립오페라단	베버Weber/ 마탄의 사수	예술의전당 오페라극장	2005. 3.22.
95	레이프 오베 안스네스Lief Ove Andsnes 지휘, 노르웨이 체임버 오케스트라	LG아트센터 개관 5주년 기념 페스티벌 #1	LG아트센터	2005. 2.20.
96	베이스 전승현 리사이틀	LG아트센터 개관 5주년 기념 페스티벌 #2	LG아트센터	2005. 3.17.
97	조르디 사발Jordi Savall, Hesperion 21	LG아트센터 개관 5주년 기념 페스티벌 #3	LG아트센터	2005. 3.19.
98	펫 매스니 그룹Pet Metheny Group, The Way Up	LG아트센터 개관 5주년 기념 페스티벌 #4	LG아트센터	2005. 4.26.
99	고란 그레고비치Goran Bregovic, Wedding and Funeral Band	LG아트센터 개관 5주년 기념 페스티벌 #5	LG아트센터	2005. 6.11.
100	매튜 본의 댄스 뮤지컬 <백조의 호수>	LG아트센터 개관 5주년 기념 페스티벌 #6	LG아트센터	2005. 5.10.
101	피나 바우쉬Pina Bausch, 부퍼탈 탄즈테아터Wuppertal Tanztheater	LG아트센터 개관 5주년 기념 페스티벌 #7	LG아트센터	2005. 6.22.
102	고음악과 현대앙상블의 조화 (김진우)	무지카 글로리피카 & 서울신포니에타	KBS홀	2005. 4.2.
103	쿠이켄 앙상블	인터내셔널 바흐 페스티벌	영산아트홀	2005. 5.19.
104	레온 플라이셔Leon Fleisher	슈베르트/ 피아노소나타 D.960	예술의전당	2005. 6.1.
105	덴마크 국립교향악단	브람스/ 교향곡 2번	세종문화회관	2005. 6.3.
106	크리스토프 에센바흐Christoph Eschenbach 지휘 필라델피아 오케스트라	말러/ 아다지에토	예술의전당	2005. 6.6.
107	미하일 플레트네프 Mikhail Pletnev	피아노 독주회 쇼팽/ 24개의 전주곡	예술의전당	2005. 6.14.
108	살타첼로Saltacello 공연		세종문화회관	2005. 6.19.
109	블라디미르 펠츠만Vladimir Feltsman 외	2005 대관령 음악제 In Seoul	호암아트홀	2005. 8.11.
110	장한나와 베를린 필하모닉 신포니에타		예술의전당	2005. 8.18.

번호	아티스트	프로그램	장소	일시
111	발레리 게르기에프Valery Gergiev 지휘 마린스키극장 오케스트라	바그너Wagner/ 신들의 황혼	세종문화회관	2005. 9.29.
112	보로딘 현악4중주단	쇼스타코비치/ 현악4중주곡 15번	예술의전당	2005. 10.11.
113	시크릿 가든Secret Garden	녹턴Nocturne 외	세종문화회관	2005. 10.16.
114	국립 오페라단 & 도쿄 필하모닉 오케스트라	베르디/ 오페라 나부코	예술의전당 오페라극장	2005. 5~9.
115	클라츠 브라더스 & 쿠바 퍼커션		세종문화회관	2005. 10.25.
116	요요마	Plays Bach 무반주 첼로모음곡 3, 4, 6번	예술의전당	2005. 11.17.
117	로스 로메로스Los Romeros	기타 콰르텟	예술의전당	2005. 10.22.
118	안젤라 게오르규 Angela Ghorghiu	소프라노 독창회	예술의전당	2005. 11.26.
119	르네 카퓌송Renaud Capuçon	바이올린 독주회	호암아트홀	2005. 12.6.
120	이반 피셔Ivan Fischer 지휘 부다페스트 페스티벌 오케스트라Budapest Festival Orchestra	베토벤/ 교향곡 7번 라흐마니노프/ 피아노협주곡 1번 피아노_백건우	예술의전당	2005. 1018.
121	쿠르트 마주어Kurt Masur 지휘 런던 필하모니 오케스트라	쇼스타코비치/ 바이올린 협주곡 1번 바이올린_사라 장	세종문화회관	2005. 10.20.
122	예브게니 키신Evgeny Kissin	피아노 리사이틀 베토벤 소나타, 쇼팽 스케르쪼 전곡	예술의전당	2006. 4.8.
123	세르게이 하차투리안 Sergey Khachatryan	바이올린 독주회	호암아트홀	2006. 4.18.
124	Grandiva	발레리노	LG아트센터	2006. 4.22.
125	바이에른 챔버 오케스트라	피아노_스타니슬라브 부닌Stanislav Bunin	예술의전당	2006. 5.17.
126	블라디미르 아슈케나지Vladinir Ashkenazy 지휘 NHK 교향악단	피아노_레온 플라이셔	예술의전당	2006. 6.20.
127	라이프치히 게반트하우스 바흐 오케스트라	바흐/ 브란덴부르크 협주곡 전곡	예술의전당	2006. 7.19.
128	세종솔로이스츠	세종체임버홀 개관 기념 페스티벌 #1 바이올린_김지연	세종체임버홀	2006. 8.14.

번호	아티스트	프로그램	장소	일시
129	마티아스 괴르네 Matthias Goerne	세종체임버홀 개관 기념 페스티벌 #1 슈베르트/ 겨울나그네	세종체임버홀	2006. 9.11.
130	다니엘 하딩Daniel Harding 지휘 Mahler Chamber Orchestra	Lag Vogt	예술의전당	2006. 10.1.
131	잘츠부르크 모차르테움 오케스트라	모차르트 갈라 콘서트	예술의전당	2006. 10.10.
132	정명훈 지휘 드레스덴 슈타츠카펠레	<브람스의 밤> 브람스/ 교향곡 1번, 4번	세종문화회관	2006. 11.17.
133	니콜라스 아르농쿠르Nikolaus Harnoncourt 지휘 콘첸투스 무지쿠스 빈 쇤베르크 코이어	모차르트 탄생 200주년 기념 레퀴엠	예술의전당	2006. 11.25.
134	에릭 클랩튼Eric Clapton		올림픽 펜싱경기장	2007. 1.23.
135	조르디 사발Jordi Savall, 르 콩세르 드 나시옹		예술의전당	2007. 4.18.
136	유러피안 브란덴부르크 앙상블European Brandenburg Ensemble	헨델/ 수상음악 협주곡 F단조 바흐/ 브란덴부르크 협주곡 5번, 1번 등 피아노_트레버 피녹Trevor Pinnock	LG아트센터	2007. 4.18.
137	정명훈	라디오 프랑스 필하모닉 베를리오즈 환상교향곡, 베토벤 협주곡 4번 피아노 김선욱	예술의전당	2007. 5.2.
138	나이젤 케네디 퀸텟 Nigel Kennedy Quintet	나이젤 케네디 내한공연	세종문화회관	2007. 5.10.
139	라 스칼라 프러덕션	헨델/ 오페라 <Rinaldo>	예술의전당 오페라극장	2007. 5.12.
140	미하일 플레트네프Mikhail Pletnev 지휘 러시아내셔널오케스트라 Russian National Orchestra	차이코프스키/ 교향곡 5번	예술의전당	2007. 5.23.
141	레오스 스바로프스키Leos Svarovsky 지휘 슬로박필하모닉오케스트라 The Slovak Philharmonic	스메타나/ 몰다우 베토벤/ 피아노협주곡 1번 드보르작/ 교향곡 9번	예술의전당	2007. 11.1.
142	정명훈 지휘 서울시립교향악단	두 거장의 만남 프로코피에프/ 피아노 협주곡 3번 피아노_마르타 아르헤리치	예술의전당	2008. 5.7.
143	미샤Misia	포르투갈 FADO 공연	LG아트센터	2008. 9.8.

번호	아티스트	프로그램	장소	일시
144	정명훈 지휘 라 스칼라 오케스트라	라흐마니노프/ 피아노협주곡 3번 차이코프스키/ 교향곡 4번 피아노_랑랑	성남아트센터 오페라하우스	2008. 9.10.
145	마티아스 괴르네Mattias Goerne	슈베르트 가곡	세종챔버홀	2009. 3.14.
146	드레스덴 슈타츠카펠레	리하르트 슈트라우스/ 피아노와 오케스트라를 위한 부를레스케	세종문화회관 대극장	2009. 5.10.
147		한일 전통 가무악 축제	우면당	2011. 2.22.
148	지기스발트 쿠이켄 Sigiswald Kuijken	바흐로 가는 길	금호아트홀	2011. 9.9.
149	블라디미르 아시케나지 Vladimir Ashkenazy	피아노 듀오 리사이틀	예술의전당	2011. 10.12.
150	이안 보스트리지Ian Bostridge & 에우로파 갈란테Europa Galante	바로크 시대 아리아와 연주음악	LG아트센터	2011. 11.4.
151	바호 폰도 탱고	일렉트릭 락 탱고 그룹	연세대학교 백주년 기념관	2012. 6.2.
152	파슨스 댄스Parsons Dance	Remember me/ Caught	LG아트센터	2012. 11.21.
153	박대성 전	Infinite, Interpenetration	가나아트센터	2013. 8.31.
154	배병우 전		가나아트센터	2013. 10.1.
155	해리 크리스토퍼스 Harry Christophers	The Sixteen	LG아트센터	2015. 3.13.
156	이강소 작품전	날마다 깨달음을 얻다	일우 스페이스	2015. 4.30.
157	안네 소피 폰 오토 & 카밀라 틸링	듀엣 콘서트 피아노_줄리어스 드레이크	LG아트센터	2015. 10.1.
158	미야자와 리에 후지키 나오히토	연극 <해변의 카프카>	LG아트센터	2015. 11.24.
159	르네 야콥스René Jacobs 지휘 프라이부르크 바로크 오케스트라	콘서트 오페라 돈 조반니 체를리나_임선혜	롯데콘서트홀	2019. 3.19.
160	비엔나 폴크스오퍼	모차르트/ 오페라 <마술피리>	비엔나	2019. 5. 16.~
161	헝가리 국립오페라단	푸치니/ 오페라 <토스카>	부다페스트	2019. 5. 19.
162	프라하 심포니 오케스트라	프라하의 봄 음악제 1	프라하 스메타나홀	2019. 5. 20.
163	오르페우스 체임버 오케스트라	프라하의 봄 음악제 2	프라하 드보르작홀	2019. 5. 21.

3장

간직하고픈 기억 조각들

내가 살고 싶은 집을 짓다

부암동 주택 건축2006 ~ 2007

부암동 주택 신축현장(2007년)

들성에 아파트가 들어서게 되어 건설사가 칠암재를 30억 원에 보상하겠다며 계약금 1억5천만 원을 보내왔다. 계약금을 받은 나는 틀림없다고 믿고 30억이면 그동안 꿈꿨던 주택을 부암동에 지을 수 있다고 판단하고 일산 아파트를 매각한 대금으로 김재진의 땅 188평을 매입하였다. 내 외가 조카인 국민대학 건축과의 최왕돈 교수에게 설계를 의뢰하여 사랑채가 부속된 두 동의 노출 콘크리트 주택을 짓게 되었다. 그러나 끝까지 큰 돈을 요구한 주민들 때문에 건설회사는 칠암재를 포함하여 반대하는 주민 땅을 빼고 공사를 시작해버렸다. 이제 나는 어디서 공사비를 마련할 것인가 하는 문제로 잠도 오지 않는 나날을 보내고 있었다. 거기다 공사를 시작하면서 인부가 추락하여 식물인간 상태로 삼성병원에 기약도 없이 누워 있어 수시로 면회 가지 않으면 안 되었다. 어쩔 수 없이 4억5천만 원을 대출받아 공사비로 충당하게 되었다. 2년여 동안 한 달 이자만 무려 2백만 원 이상 들어가고 퇴직도 가까워 그 고통이 이루 말할 수가 없었다. 그러나 이래저래 해결하고 2007년 5월 부암동 집으로 이사하던 날의 기쁨은 그때까지의 고통을 모두 날려버릴 만큼 뿌듯했다. 나는 돈 장만하고 추락인부 관리하느라 집 짓는 데 관심을 많이 쏟지 못한 반면 집사람과 큰놈이 신경을 많이 써주었다. 이사 다음 날 새 지저귀는 소리에 잠이 깨어버린 그 아침의 기분을 지금도 잊을 수 없다.

부암동이 주거지로 인기를 모을 무렵부터 서울의 한복판에 전원주택을 마련하겠다는 꿈을 꾼 것은 교외에 전원주택을 마련한 사람들의 후회를 많이 들어왔기 때문이다. 오히려 나이 들수록 도시 중심에 살아야 하고 자연환경이 좋으면 더더욱 좋을 거라는 확신이 있었다. 우리 집은 화제를 불러 모았고 많은 사람들이 부러워하는 명소가 되었다. 나만의 공간인 별채의 존재와 부속된 황토방이 인기가 높았다.

그런데 여름이 되고 가을이 오자 이 집의 문제점이 드러나기 시작했다. 첫째, 습기가 너무 많아 집안의 모든 옷에 곰팡이가 문제를 일으켰다. 그러나 산 속에 지어진 주택에 곰팡이 문제는 그다지 큰 결점은 아니라고 보고 날씨 좋은 날 마당 데크에 털어 말리는 수밖에 별다른 수단은 없었다. 둘째, 9월이 되자 생각지도 않았던 일조량이 마음에 걸렸다. 처음 땅을 볼 때가 1월 중순이었는데, 겨울 해가 어느 방향으로 넘어가는지부터 확인했었다. 대지의 위치가 동동남향인데 남쪽이 높아 겨울에 해가 빨리 가리지 않을까 걱정이 되어서였다. 오후 1시에 마당에 볕이 들어오고 있는 것을 확인하고 서너 시까지는 들어오겠지 짐작하고 이 정도면 괜찮다 생각했던 것인데, 막상 그 집에서 겨울을 맞아보고서야 오후 1시까지만 손바닥 만 한 해가 비치고 이후에는 남쪽 산에 가려져버린다는 걸 알게 되었다. 9월이 되면 벌써 오후에 해가 가려지기 시작했다. 가을이 깊어지면서 햇볕이 들지 않아 우울한 감정이 생겨나기 시작했다. 1월엔 집안 온도를 18도로 맞춰놓아도 가스료가 100만 원을 넘겼다. 하지만 어서 4월이 오기만을 기다릴 뿐이었다. 겨울에도 햇볕을 받아야 유실수가 꽃도 피고 열매를 맺는다는 사실을 처음 알게 되었다. 석류나무와 모과, 살구나무가 첫해에만 열매를 맺고 이듬해부터 이사할 때까지 단 하나의 열매도 맺지 않았다. 석류는 아예 꽃조차 피우지 않았다. 막대한 돈을 투자하여 지은 집이었지만 5년만 살고 처분하자는 마음이 일어났다. 또 걱정이 밀려왔다. 당시 미국 금융위기로 촉발된 전 세계의 경제공황 상태에서 누가 집을 사려 할 것인가? 또 식물인간으로 누워 있는 인부를 생각하면 암담하기만 했다.

금융위기에서 겨우 회복된 2011년 4월, 종로의 부동산에 우연히 들렀는데 중개사가 힘써보겠다고 말은 했으나 긴가민가 하며 기다리고 있는데 5월 초에 미국 사는 젊은 부부가 집을 보러 왔다. 햇살도 잘 드는 5월이어서 부부는 우리 집에 아주 만족한 느낌이었다. 게다가 아내분이 건축 전공이어서 이 집이 얼마나 공들여 지은 집인지 알아 보는 것 같았다. 집값은 없이 대지 180평×1,000만원으로 제시한 18억원의 매매가가 마음에 들었던지 며칠 후 계약하자고 해서 원하는 대로 2천만 원 깎아 17억 8천만 원에 계약을 했다. 12억 정도에 지은 집을 그래도 6억여 원 남기고 판 것에 감사할 뿐이다. 이사하기 전 이 주택에 대한 문제점을 A4용지 한 장에 요약해서 건네주었다. 남쪽이 높아서 겨울에 햇볕이 잘 들지 않으니 남쪽 높은 곳의 나무를 제거하라는 것부터 이건창호로 전부 마감했으나 겨울에 성에가 심하니 이중으로 다시 마감하고 습기 제거에 힘을 기울이라는 등. 그 젊은 친구는 이 각박한 세상에서 집 판 사람이 집의 문제점을 적시하여 넘겨주는 사실에 무척 감동받은 듯했다. 식물인간으로 누워 있던 인부는 그즈음 사망했다. 5년여 간 수차례 돈을 주었지만 다시 부인을 위로하며 천만 원을 건네 그 건은 마무리되었다.

부암동은 도심 속 전원이지만 풍수로 보면 음지(陰地)에 속한다. 공사 한 달 만에 인부 추락, 칠암재 매각 불발, 아내와의 트러블 등의 일을 볼 때 과히 좋은 터는 아니라고 본다. 이후 우리 부부가 남향 집터를 고집하게 된 것도 부암동 건축에서 받은 영향이라고 할 수 있다.

一事一言

서울 한복판 '시크릿 가든' 부암동

"데쓰다이 마스카?" 하면 돌아오는 대답은 "삼순이노…" 아니면 "커피 프린스노…" 둘 중 하나다. 부암동 사무소 버스정류장에서 지도를 펼치고 있는 여자에게 뭘 도와드릴까 물으면 드라마 촬영했던 집을 찾는 경우가 대부분이다.

서울 한복판의 비밀정원이라는 부암동의 안평대군 정자 옆에 집 짓고 산 지 4년이다. 꿈에 본 도원경을 잊지 못해 안견으로 하여금 무릉도원도를 그리게 한 대군께서 이곳이 거기라며 정자를 세우고 무계정사(武溪精舍)라 하셨다 한다. 주변에는 현진건 선생의 집터, 도롱뇽이 살고 있는 백사실 계곡, 대원군 별장 석파정도 있다.

우리 집 골목 입구에 있는 파스타집 '오월'은 내가 애용하는 밥집(?)이다. '꼬르동 블루' 출신 여성 혼자서 식탁 서너 개를 놓고 요리를 선보이는 작은 레스토랑이다. 나는 이 레스토랑 개업식 날 초대받아 가서 이 식당에 재즈와 클래식 음반을 제공하겠다고 했다. 대신 나는 집에 있는 와인을 가져와 편히 마시도록 배려받고 있다.

며칠 전 귀가하면서 "정명화 선생님 요즘도 오세요?" 했더니 "그럼요, 그저께는 정경화씨와 정명훈씨도 같이 오셨는데요" 하고 대답한다. 정트리오와 이준익 감독을 동네 밥집에서 만날 수 있는 곳, 인정 많고 예스러운 이곳 부암동도 조금씩 변하고 있긴 하다. 버스 정류장 앞 철물점이 액세서리 가게로 바뀌고 이발소 자리엔 만두가게가 들어서서 빗자루는 효자동에 가서 사야 하고 이발은 미장원에서 해야 한다. 하지만 부암동은 언제나 카메라를 들고 골목길 탐방에 나선 젊은이들을 만날 수 있는 서울의 허파다.

김진우 칠포 재즈 페스티벌 총감독(전 KBS FM PD)

一事一言

칠포에서는 '재즈 선율'과 "아이고~"가 들린다

"아이고~"

일본의 세계적 재즈싱어 케이코 리(李京子)가 작년 칠포재즈페스티벌에서 스태프들을 만날 때마다 손을 잡으며 했던 경상도식 인사다. 경상도 출신 아버지가 집안에서 자주 했던 "아이고"가 하도 정겨워 아버지 고향에서 공연하는 감격을 이렇게 표현하곤 했다. 칠포는 포항시 흥해읍에 있는 조그만 어촌으로 빽빽이 늘어선 해송(海松)과 절벽, 바다가 조화를 이루고 있는 해수욕장이 있어 여름이면 피서객들로 붐비는 곳이다.

칠포재즈페스티벌은 포항지역을 기반으로 성장한 한 기업인이 고향 사람들에게 보답하는 뜻으로 사재(私財)를 털어 2007년부터 무료로 시작한 공연 축제다. 그 기업가는 세계적인 재즈페스티벌로 자리매김하는 데 초석을 놓은 것만으로도 만족하고 부디 품격 있는 페스티벌로 발전했으면 하는 뜻을 밝혔다. 2005년 내한한 크리스토프 에센바흐의 필라델피아 오케스트라는 본 프로그램을 연주하기 며칠 전 타계한 박성용 금호아시아나 회장을 추모하는 뜻으로 말러의 교향곡 5번 4악장 '아다지에토'를 연주한 적이 있다. 기업과 예술의 상생인 메세나 운동을 실천하고 정착시킨 고인의 고귀한 정신을 '필라델피아 사운드'로 보답한 것이다.

칠포재즈페스티벌도 한 기업인의 예술과 고향 사랑이라는 아름다운 메세나 정신을 자양분 삼아 세계적 페스티벌로 성장하기를 바란다. 나아가 포철로만 알려진 포항의 도시 이미지에 '재즈'가 결합돼 새로운 도시 이미지가 형성되고, "아이고~"뿐 아니라 세계 각국 재즈 뮤지션들의 또 다른 감탄사를 매년 들을 수 있기를 기대해 본다.

김진우·칠포재즈페스티벌 총감독(前 KBS FM PD)

一事一言

광주에서 발칸까지, 현철에서 바흐까지

신입 프로듀서 환영회의 식순을 보며 한 후배가 불만스럽게 투덜거렸다. "현철씨가 왜 여기 나오냐고. 어이가 없어." "그럼 트로트 프로그램은 누가 만드는데? 네가 평생 클래식 프로만 한다는 보장 있어?"

인디오 음악의 원류를 찾아 안데스산맥과 아마존, 리스본 뒷골목의 파두 카페와 이스탄불, 아테네 등 지구촌 곳곳을 헤매며 체득한 진실은 하나다. PD는 열린 가슴으로 세상의 모든 음악을 받아들여야 한다는 것이다.

이제는 힘들게 두 발로 다니지 않아도 울산과 광주에서 월드뮤직 페스티벌이 열리고 서울의 공연장에서 아프리카, 카리브, 발칸의 음악까지 들을 수 있는 세상이다. 제인 버킨이 앨범 반주를 알제리의 전통 악기와 뮤지션으로 구성하는 등 타민족의 음악을 수용하고 연구하여 자신의 음악적 한계를 극복하고자 하는 시도는 오래전부터 있어왔다. 하물며 모든 장르를 다 경험하고 받아들여 프로그램에 자신만의 정신을 담아 내보내야 할 음악PD임에랴.

'김미숙의 세상의 모든 음악' 생방송 중에 후배가 전화를 걸어왔다. 해질녘 가로등이 하나 둘 켜지는 자유로에서 길가에 차를 세워놓고 방송 중인 음악 한 곡을 다 듣고 전화한다고 했다. 세상에 태어나 음악PD 하길 잘했다고 느낀 순간이다. "한 30년 음악PD 했습니다." "주로 어떤 음악을 했는데요?" "남인수부터 바흐까지요."

김진우 칠포재즈페스티벌 총감독(전 KBS-FM PD)

▲2011. 2. 10. 조선일보 A22면

▼2011. 2. 17. 조선일보 A23면

▼▼2011. 2. 24. 조선일보 A25면

은퇴 후 직장생활

연합뉴스TV2010~2012

2008년 6월, 퇴직하자마자 바로 계약직으로 KBS한민족방송 뉴스편집으로 2년을 마치고 별다른 일 없이 KBS 침뜸봉사실에서 소일할 무렵인 2010년 11월이었다. 고교 후배인 연합뉴스 박사장이 전화를 걸어와 오늘 오후에 정장하고 연합뉴스로 좀 나와달라고 했다. 급히 집으로 돌아와 옷을 갈아입고 종로 연합뉴스로 가서 면담하고 바로 개국 준비 중인 연합뉴스TV에 입사한 것이다.

박사장이 날 부른 것은 12월 개국 준비 중인 TV에 보도와 영상만 있으면 될 줄 알았는데 막상 홍보영상이나 모든 영상자료에 음악이 필요한 것을 뒤늦게 알았기 때문이었다. 음악자료는 아무것이나 쓸 수 있는 것이 아니라 저작권 문제가 있기 때문에 음원(音源)을 가진 회사와 계약을 하고 그 회사의 음원을 끌어다 써야 되는 것이다. '연합뉴스TV 음악전문위원'이라는 직책으로 전 사원 조회 시 사장으로부터 사령장을 받게 되었다. 나 외의 퇴직자는 MBC 출신의 카메라 기자와 조명감독, 동아일보 기자 출신의 교정전문위원 두 명 이렇게 다섯 명뿐이었다. 당장 여의도에 있는 음원회사 사장과 만나 앞으로 이 회사 음원을 계속 쓸 테니 아주 싸게 해달라고 하여 첫해 1년을 1백만 원에 계약했다. 나도 경험이 없었지만 터무니없는 가격이라 지금도 그 사장에게 미안함을 느낀다. 수천만 원이 들 거라고 예상한 편성국장은 나에게 감사하다는 말을 몇 번인가 하곤 했다. 이후 일본의 음원회사와도 적당한 가격으로 계약하여 연합뉴스TV는 좋은 음원으로 앞으로도 잘해나갈 거라 본다.

음향실에는 나와 음향기사 둘이서 근무했는데 음악 더빙 등 기술적인 일은 기사가 다 하고 나는 일 년에 두 회사와의 계약 외에는 할 일이 없는 것이 문제라면 문제였다. 30여 년을 눈 코 뜰 새 없이 바쁘게 살아온 터라 일이 없는 것도 고통이었다. 점심은 특별한 약속이 없는 한 MBC 두 분과 종로 곳곳을 다니며 그동안 잘 알지 못했던 종로를 두루 둘러보게 되었다. 청계천 산책을 하루도 빠트리지 않았음은 물론이다.

2011년 12월, 박근혜가 대통령에 당선되자 박사장은 연임 3년이 남았는데도 사표를 내고 깨끗이 그만두었다. 정권이 바뀌었는데 그대로 눌러앉는 것은 자존심이 허락하지 않는다는 것이 박사장의 생각인 것 같았다. 후배 편집국장에게 사장직을 물려주고 퇴임하였는데 우리 퇴직자 다섯 명도 5월 경 모두 해고당해 1년 6개월간 근무한 연합뉴스TV와 작별하게 되어 진짜 백수생활이 시작되었다.

경북 칠포 해변의 추억

칠포 재즈 페스티벌 총감독2007~2011

칠포스탭
故 손영수 조명감독, 나,
이하영 작가, 윤범 감독

퇴직을 일 년 앞둔 2007년, 1FM에서 '재즈수첩' 프로그램을 담당하고 있던 무렵, KBS 선배이자 경북일보 사장인 정정화 씨가 연락을 해와 여름 포항의 칠포 바닷가에서 재즈 공연을 해달라고 했다. 보통 지자체나 큰 기업에서 자체적으로 공연을 계획하기엔 예산이나 가수 섭외 등은 불가능하므로 방송국에 일정액을 지불하고 공연을 의뢰하곤 한다. 이렇게 시작한 칠포재즈페스티벌이 전국적인 명성을 얻게 되고 매년 예산을 올려 5년간을 국제적인 행사로 발전시켰다. 특히 일본의 재즈 뮤지션과 블루스밴드의 초청은 페스티벌의 격을 높여주었고 국내의 재즈인들도 참여하고 싶어 하는 무대가 되어갔다.

칠포 재즈 페스티벌 홍보자료로 본 칠포의 역사

〈2011.8.19. ~ 20. 5th〉 여덟 가지 재즈 이틀간의 열정

세계를 무대로 활약해온 일본 출신의 히노 테루마사, 미국 전통음악을 스토리텔링해 팝과 재즈로 풀어내는 캐서린 그레이스, 칠포국제 재즈페스티벌의 분위기 메이커 역할을 해온 재즈계 최고의 거장 웅산 & 밴드, 교통사고 후 칠포 무대에서 첫 활동을 펼치게 된 소울(Soul)의 대부 바비 킴이 재즈의 다이나믹함과 즉흥적인 연주로 팬들을 매료시켰다. 정중화와 JHG밴드, 브라질 음악의 매력에 빠진 재즈 보컬리스트 신예원 등 명성을 지켜온 뮤지션들이 대거 포항 칠포해수욕장을 찾아 각기 다른 팔색조의 연주를 선보였다.

출연진: 히노 테루마사(일본) Katherine Grace(미국) 레미 파노시앙 트리오(프랑스) 발치뇨 아나시타시오(브라질) International Jazz Band, 바비 킴, 웅산, 신예원, Los Amigos, 정중화 & JHG밴드

〈2010.9.24. 4th〉 여성 재즈 보컬리스트의 축제

일본의 세계적인 재즈싱어 케이코 리Keiko Lee를 비롯하여 일본 최고의 트럼페터 이가라시 잇세이, 레프티 & 리 블루스밴드, 한국의 대표적인 재즈 싱어 웅산과 20대의 우상 윈터 플레이, 피아니스트 박종훈과 비올리스트 가영의 탱고재즈 그룹 Flor de Tango가 지적이고도 폭발적인 무대를 선보여 한가위의 여유로운 휴식의 장을 마련하였다.

출연진: 케이코 리, 이가라시 잇세이, 레프트&리블루스밴드, 웅산, 윈터플레이, 박종훈, 가영, Flor de Tango

유열, 히라도 유스케(피아노,) 케이코 리(보컬), 이가라시 잇세이(트럼펫)

〈2009.8.14. 3rd〉 재즈의 자유로움이 한여름 밤의 여유로움으로

재즈보컬리스트 말로, 크로스오버테너 임태경, 웅산 등 국내 정상급 재즈아티스트들의 수준 높은 노래와 전제덕 밴드, 블루스 뮤지션 김목경 밴드, 뉴도우 밴드, 재즈파크 빅밴드 등 재즈계를 대표하는 유명 재즈밴드들의 연주가 한여름 밤을 재즈의 낭만과 열기로 가득 채웠다. 세 번째 맞이하는 2009 칠포재즈페스티벌은 보다 성숙한 모습으로 축제로서의 가능성을 또 한번 증명하는 황홀한 시간이 되었다.

출연진: 말로, 임태경, 웅산, 전제덕밴드, 김목경밴드, 뉴도우밴드(일본), 재즈파크빅밴드

〈2008.7.26. 2nd〉 재즈의 바다에 빠져보자

25, 26 양일간 예정되었던 행사가 우천으로 26일 하루동안 개최된 2회차 페스티벌은 재즈파크 빅밴드, 캐나다·미국·한국 출신의 재즈 3인방 C2K트리오와 재즈 콰르텟의 선두주자 이정식 콰르텟이 재즈의 진수를 보여주었다.

또 뉴도우(Nyudow), 모리나가 세이지, 시바토 코이치로 등 일본 블루스 뮤지션 3인과 국내 대표 블루스 밴드인 김목경밴드가 다채로운 연주를 들려주고, 그룹 클래지 콰이로 활동하고 있는 가수 호란이 이정식 콰르텟의 게스트 보컬로 출연해 특유의 감미로운 음색을 전했다.

출연진: 재즈파크 빅밴드 C2K트리오, 이정식과 콰르텟 뉴도우, 모리나가 세이지, 시바토 코이치로, 김목경밴드, 클래지콰이의 호란

〈2007.7.22. 1st〉 젊음과 낭만, 그리고 열광

라틴재즈와 살사 전문 22인조 라틴밴드 코바나, 이주한과 솔 볼륨, 신관웅과 재즈 1세대, 재즈보컬리스트 BMK, 김목경밴드 그리고 경북포항을 중심으로 활동하는 재즈그룹 재즈하트밴드가 장르의 경계를 넘나들며 팝에서부터 재즈, 락 등 모든 음악이 소통하는 자유의 소리들을 들려주는 가운데 어른과 청소년, 기성세대와 신세대가 한데 어우러져 재즈 명곡에 젖어들어 잊지 못할 추억을 새겼다.

출연진: 라틴밴드 '코바나' 이주한과 솔 볼륨, 신관웅과 재즈1세대, BMK, 재즈하트밴드, 김목경밴드

영감의 원천이 되어준 사람들

'97 10 26

공개방송 리허설 중
정원영, 나, 김진성

내 30여년 PD 활동의 원천은 무엇이었던가? 그것은 나의 정체성의 문제와 귀결되는 것으로 이번 코로나 바이러스 사태로 지나온 날의 비망록을 작성하면서 끊임없이 스스로에게 던진 질문이었다. 나의 삶의 영감은 한마디로 '음악'과 '신바람 공연(公演)'이라고 감히 결론지어 보았다.

크고 작은 공개방송을 비롯해 수도 없이 공연을 기획하고 섭외하고 마침내 무대설치와 조명점검, 리허설이 끝나고 암전(暗轉 Dark change) 상태에 있을 때의 긴장과 설렘은 언제나 행복한 것이었다. 설렘, 이윽고 조명이 켜지고 오프닝 음악이 울릴 때의 그 황홀감! 이것이 바로 나를 나답게 해주는 삶의 원천이라고 결론지었다.

스텝이 많은 것도 아니고 혼자서 모든 것을 책임져야 하며 돌발상황에 재빨리 대처하고 수정하고 한 치의 어긋남이 없도록 출연자와 진행상황의 동선(動線)을 머리에 입력하는 일이 즐겁지만은 않았다. 그러나 공연이 환호 속에 끝나고 관객이 떠나고 순식간에 해체되는 무대를 보며 공연 인생의 보람을 느낀다면 지나친 표현일까?

칠포재즈페스티벌의 무대는 열린음악회 수준의 1억2천만 원의 가치가 있는 무대로 KBS의 오랜 친구 미술부의 윤범과 조명감독 故손영수는 거의 실비로 예산에 맞춰주었다. 클럽의 몇 평 안되는 좁은 무대에만 서왔던 각국의 재즈 뮤지션들은 칠포의 100평 무대와 최첨단 조명을 보고는 감탄하지 않을 수가 없다고 실토했다.

어느 해 10월 과천 서울랜드 공개방송 때가 떠오른다. 낮에 따뜻했던 날씨가 밤이 되자 손이 시릴 정도의 추위로 변했다. 가수 대기실에 빨리 난로를 피우게 하여 연주자들의 손이 얼지 않도록 한 후 매니저 한명에게 양주 한 병을 사오게 하여 한 병은 대기실에 두고 내가 준비한 테킬라 한 병은 무대 앞에 작은 잔 하나와 함께 두게 하였다. 그리고 직접 마이크를 잡고 날씨가 갑자기 추워진 상황에 대해 양해해달라는 말과 함께 몸이 떨리면 무대 앞에 놓인 테킬라를 누구나 한잔씩 해도 좋다고 했다. 수많은 관객이 줄서서 즐겁게 그 술을 한 잔씩 마시는 것을 보며 내 PD 인생 헛되지 않았다고 자부심을 가졌다.

나의 라디오 공개방송은 기존 틀에 얽매이지 않는 파격적인 형식을 자주 시도했다. 두 시간 공연을 단 세 팀으로 구성하여 팀당 연주시간을 충분하게 주어 그들의 음악성을 마음껏 발산시키기도 했다. 서태지와 아이들, 신해철과 넥스트, 이승환과 오태호의 이오공감 이렇게 세 팀으로 두 시간을 구성하였다. 이것은 공연계의 불가사의한 일로 TV공개방송에서는 절대로 볼 수 없는 획기적인 기획으로 그들 세 팀은 TV출연은 절대로 하지 않기 때문이다.

라디오의 힘이 살아 있을 시절이기도 했지만 세 팀의 회사는 그들의 이미지를 제대로 살려주지 못할 TV는 절대 사절이라고 했다. 하지만 라디오는 위험 부담도 없고 방청객의 수준도 높기 때문에 응했다고. KBS 라디오 공개홀은 음향 조명이 그야말로 엉망이라 외부의 음향 조명업체에 의뢰했는데 라디오 공개홀이 생기고 처음 있는 일이었다. 삼사백 명 정도 수용할 수 있는 라디오 공개홀의 그날 열기

칠포재즈페스티벌 현장

는 상상 이상이었다. 당시 신드롬이라고 할 수 있는 극히 이질적인 세 팀이 한 곳에서 연주한다는 사실만으로 공연을 보는 나까지 흥분할 정도였으니. 원래 세 팀으로 끝내려고 하는데 친분 있던 김건모의 매니저가 사정사정하여 막 신인 티를 벗은 김건모를 노래는 안 하고 중간에 콩트 10분만 하는 조건으로 출연시킬 정도였다. 이 또한 내 방송 인생에 있어서 잊지 못할 공연이었다.

가수, MC 유 열

나와 가장 인연이 깊고 오랜 기간 프로그램을 함께한 친구로 세련된 매너와 매끄러운 진행으로 '유열의 음악앨범'을 KBS의 독보적인 프로그램으로 자리매김하는 데 가장 큰 공헌을 한 친구다. 프로그램의 위상이 높아지면 곳곳에서 프로모션이 오기 마련이고 각종 음악회는 물론이고 무주 재즈페스티벌, 사이판 여행, 미국 전역 순회공연과 영국정부 초청 여행 등 손 꼽을 수 없을 정도의 파격적인 대우를 받으면서 같이 참가했다. 프로그램의 인기가 높아야 그런 제안이 들어오며 그만큼 우리는 전성기를 누린 것이다. 싱글로 오랜 세월을 보내고 늦게 좋은 부인 만나 준구와 비슷한 또래의 아들도 낳고 행복한 가정을 꾸린 것을 진심으로 축하한다.

가왕 조용필(歌王 趙容弼)

동갑인 조용필과 그리 특별한 관계는 아니었지만 그에 대한 단상(斷想) 몇 가지는 남기고 싶다. 그의 초대로 기흥골프장과 안양컨트리클럽에서 자주 라운딩 하였는데, 초보였던 날 잘 배려해줘 한겨울에도 몇 번 라운딩한 기억이 있다.

한번은 장마철에 라운딩을 하게 되었는데 첫 홀부터 비가 그치고 기분이 좋았던지 "내가 오면 아무리 장마철이라도 비가 갠다." 하고 큰소리를 치는 것이었다.

그런데 두 번째 홀부터 내리기 시작하더니 18홀 끝날 때 까지 폭우가 쏟아져 중간에 스톱하고 클럽하우스에서 술만 마시고 온 적도 있었다. 골프장에서 작별하고 집으로 오는 도중엔 틀림없이 2차를 하자는 전화가 왔다. 그런데 그 권유가 그냥 무뚝뚝하게 한잔 더 마시자는 게 아니라 "김형, 우리 집에 가서 딱 한잔 더 하면 안 되겠어요?"라고 애절한 목소리로 권하는 거다. 애절함이 마음을 흔들고 천하의 조용필이 한잔 더 하자는데 뿌리칠 수 있을까? 여의도 근처에서 차를 돌려 방배동 서래마을 그의 빌라로 가면 같이 라운딩했던 멤버들도 거의 다 모여 있고, 부인 故안진현 씨는 술상만 봐 오고 조용히 방으로 들어가는 것이다. 몇 시간을 다시 술을 마시고 만취한 조용필을 안고 들어갈 때 보면 아기 같은 체구의 그가 왠지 쓸쓸해 보였다. 그러나 사실은 그 반대여서 부인 안진현 씨가 몇 년 후인 2003년 미국에서 갑자기 세상을 떠나고 말았다. 강남성모병원에 조문을 갔을 때 조용필과 죽은 부인은 미국에서 도착하기 전이어서 방명록에 서명만 하고 왔다. 두 번의 결혼이 모두 불행하게 끝나게 되었음을 안타깝게 생각한다.

안진현 씨가 플로리다의 골프 리조트의 오너여서 매년 12월 말부터 1월 말까지 '위대한 탄생' 멤버들과 같이 플로리다에서 골프치며 보낸다고 하며 나보고도 꼭 같이 가자고 약속했는데 이제 지난 일이 되어버렸다.

조용필은 천성이 착한 사람으로 항상 외로워 보였다.

방송 출연 후

그것이 그의 불행한 결혼생활의 답이 될 수는 없지만 얼굴의 어두운 그림자는 좀처럼 잊을 수가 없다.

조용필은 어떤 사람인가? 〈그 겨울의 찻집〉 〈돌아와요 부산항에〉 〈창밖의 여자〉 등 불멸의 트로트 곡을 남긴 가수로만 기억되어야 할까? 믿기지 않는 얘기일지도 모르지만 조용필과의 술자리에서의 대화 대부분은 그가 흥분하며 토로하는 뮤지컬에 대한 꿈에 관한 것이었다. 조용필과 뮤지컬? 도저히 부합되지 않는 이야기다. 그러나 그와 만나 술 마시는 날의 대화의 대부분은 뮤지컬에 대한 열정과 미련으로 가득했다.

1980년대에 번 돈으로 뮤지컬을 제작하여 망한 얘기부터 뉴욕 브로드웨이에서 〈오페라의 유령〉을 십여 차례 이상 관람하며 자신의 뮤지컬은 어떤 모습이어야 하는가를 그려보며 고민하는 사람이 조용필이라면 믿겠는가? 74세 조용필의 최종의 꿈을 기대하며 응원한다.

탤런트 김미숙

2003년 나와 처음으로 '세상의 모든 음악'을 같이 하게 되었지만 훨씬 전 이미 라디오에서 명성을 날렸던 톱 탤런트였다. 우리나라 탤런트 중에서 얼굴에 칼을 안 댄 유일한 탤런트라고 할 만큼 깨끗한 얼굴의 소유자로 타고난 라디오 진행자였다. 콧대 높은 KBS 아나운서실에서도 신입 아나운서들에게 낭독은 김미숙 방송을 들으라고 까지 할 정도로 독보적이었다. 그녀를 라디오에 처음 데뷔시킨 PD는 TBC 출신의 김정일 PD로 제2FM의 '김미숙의 인기가요'를 통해 그녀의 재능을 꽃피운 것이다. 제2FM에서 'OOO의 인기가요' 프로그램이 김미숙, 김희애, 신혜수, 박중훈, 고현정으로 이어졌지만 이미 김미숙으로 인해 프로그램의 인지도는 높아져 있었는데 이제 내가 그녀와 1FM에서 최고 인기 있는 '세상의 모든 음악'을 같이 진행하게 된 것이다. 그녀는 중앙여중과 숭의여고를 졸업하였는데 중학시절 배구선수로 활약하였으며 외모와는 달리 성격이 강하고 거침없었다. 김포컨트리클럽에 어느 날 초대했는데 동반인으로 나는 아내 박명숙을, 그녀는 자기를 라디오에

녹음실에서

데뷔시킨 김정일 PD를 초대했다. 그녀는 자신의 드라이브 거리가 상당히 많이 나간다고 자부하고 있었는데 박명숙의 드라이브 거리가 자기만큼 나가자 놀란 듯했다. 그러면서 자기는 중학교 시절 배구선수여서 팔 힘이 좋지만 박명숙은 어떻게 비거리가 그렇게 많이 날 수 있느냐고 했다. 그때 박명숙이 '나도 대학교 시절 배구 좀 했다'고 하며 웃은 적이 있었다.

그녀는 자신의 유치원을 경영하기도 했으나 보기와는 달리 현실적인 어려움이 많은 사업체여서 얼마 후 사업을 접었는데 별별 소문이 다 떠돌았지만 나는 그녀를 옹호하며 루머를 믿지 않았다. 여성스러우면서 강직한 성격의 소유자로 영광을 같이 나눈 고마운 친구다. 2004년 세상의 모든 음악이 방송대상을 수상했을 때 내가 받은 트로피와 같은 것을 두 개 더 제작하여 김미숙과 작가 이숙연과도 영광을 나누었다. 2020년, 다시 1FM으로 복귀하여 '가정음악'을 3년간 진행하기도 했다. 라디오 진행자로서 계속 활동하기를 진심으로 바란다.

블루스 기타리스트 김목경

1990년 '박중훈의 인기가요' 때 누군가의 추천으로 프로에 출연시켰는데 우리나라에서는 드물게 블루스 음악을 영국에서 연주했다고 했다. 20대 중반의 그가 영국에서 만든 곡이 〈60대 노부부의 이야기〉다. 옆집에 사는 부부의 모습에 영향을 받아 만든 잔잔한 느낌의 곡으로 당시엔 60대가 노부부로 생각되어질 나이였을 터. 20여 년을 친동생처럼 생각하며 연주회에도 많이 갔고, 내가 연출하는 공개방송이나 칠포재즈페스티벌에 빠지지 않고 출연시켰다.

블루스 음악의 진정한 맛을 느끼게 하는 현란한 기타 연주와 보컬로 매니아 층이 두터웠고 도쿄 공연 때는 함께 가서 일본 친구들과의 교류도 함께했다. 그는 노르웨이와 멤피스 등 세계적인 블루스 페스티벌에 초청받는 등 한국보다는 외국에서 더 알아주는 음

김목경 앨범

악인이다. 대부분의 사람들이 〈60대 노부부의 이야기〉가 김광석의 노래인 줄 알았다가 최근 나훈아도 부르고 임영웅도 불러 더욱 알려지게 되었다. 사람들은 잘 모르지만 엄연한 원작자인 김목경이 어느 날 저작권료가 제법 많이 들어왔다며 비싼 한우갈비를 푸짐하게 사기도 했다. 내가 건강을 챙기라고 잔소리해도 듣지 않다가 최근 고혈압·고지혈증으로 진단받고는 조심한다고. 부디 우리나라 최고의 블루스뮤지션으로 오래오래 연주하기를 바란다.

언더그라운드 뮤지션 박경

김목경과 친한 언더그라운드 뮤지션으로 나와 인연을 꽤 오래 유지했지만 2000년 간경화 암으로 생을 마감했다. 내가 조건 없이 도와주고 출연시키고 했던 두 명의 뮤지션이 김목경과 박경이다. 맑고 순수한 영혼을 가진 이런 인간에게는 음악이 필요했지만 그의 천재성은 단 한 장의 앨범만을 남기고 사라져버렸다. 〈울면 안돼〉라는 앨범은 1990년에 나왔는데 공중파 방송에서는 거들떠보지도 않을, 이른바 언더그라운드 음악이었다. 사귐을 반대하는 부모에게서 도망친 두 사람이 겨울의 동해안으로 사랑의 도피 중에 작사 작곡한 앨범으로, 깊고 순수한 가사와 멜로디가 가슴에 와닿는 명작이다.

다만 노래를 순 경상도 사투리로 부르는 것이 귀에 거슬렸는데, 지금에 와서 생각해보면 오히려 그것이 박경다운 음악이 아닌가 생각하게 된다.

박경 〈울면 안돼〉 앨범

박경이 그린 우리가족 캐리커처

일산 입구에 480이라는 라이브 카페를 오픈했고 일주일에 두세 번은 출입하면서 마시고 음악을 듣기도 했다. 일산에서 딸 둘을 가진 여자와 동거하면서 늦게까지 카페에서 일하고 나서도 아침이면 두 딸의 도시락까지 챙겨주는 자상한 남자이기도 했다. 2000년경 카페 경영상 술을 많이 마신 탓인지 간경화로 입원했고 목경이와 둘이 병원으로 문병 가서 마지막으로 작별했다. 목경이가 그의 작품 중 〈한 개피 푸~〉라는 곡의 가사가 좋아 리메이크하려고 저작권협회에 알아보니 등록도 되어 있지 않았다고 했다. 가족을 찾아보니 형도 죽고 여동생만 살아 있어 연락하여 등록시킨다고 하니 그의 아름다운 곡이 목경이의 음악으로 부활했으면 한다.

연예인을 대하는 자세

언젠가 재미있게 본 일본 드라마에 나온 대화 내용인데 어떤 정치인이 후배에게 하는 말이 일본사회에서 '선생'이라고 불리는 부류가 넷 있다는 것이다. 첫째는 학교교사로 '선생님, 저 좀 가르쳐주세요.'라는 말을 듣는다. 둘째는 의사로 사람들이 '선생님, 저 좀 낫게 해주세요.' 한다. 셋째는 변호사인데 '선생님, 저 좀 이기게 해주세요.' 하는 말을 듣는다.

넷째는 정치인이다. 그들은 사람들에게 이런 말을 듣는단다. '선생님, 저 돈 좀 벌게 해주세요.'

일본에서는 변호사와 정치인을 '센세'(선생)라고 부른다. 어느 날 문중 소송을 의뢰한 변호사와 점심을 먹다 이 얘기를 하며 웃은 적이 있다. 나는 여기에 덧붙여 "한국사회에서는 선생이라고 불리는 부류가 하나 더 있다. 방송국에서는 신입 사원이라도 PD면 가수나 탤런트 매니저가 '선생님'이라고 부른다. "선생님, 저 좀 뜨게 해주세요."

음악PD 생활에 연예인을 빼고는 이야기할 수가 없는데 PD 30여 년이라면 연예인하고 수많은 에피소드가 있기 마련이지만 난 조금 다르게 관계를 정리하고 싶었다. 항상 생각하는 것이지만 어리석은 PD가 되지 말자는 것이다. 즉 '누구누구는 내가 키웠다'라는 말보다 어리석은 말은 없기 때문이다. 내가 조그마한 권력이 있을 때 친했지 떠나면 그걸로 끝이라는 믿음이었다. 그러나 이런 사실을 망각한 PD들이 많이 있어 구설수에 오르내리는 것이다. 더욱이 은퇴했으면 더 말할 것도 없다. 자녀 결혼도 예외가 아니다. 사민이 결혼식에 두 명의 연예인, 김미숙과 유열에게만 청첩을 했고 KBS 후배에게는 한 명도 청

공개방송 리허설 중

첩하지 않았다. 퇴직한 사람이 청첩장을 보내왔을 때 후배들의 반응을 잘 알고 있었기 때문이다. 하지만 사원이 결혼식 때 후배들이 너무 섭섭했다고 하기에 몇몇 친했던 후배들에게 청첩장을 보냈다. 하지만 김미숙, 유열에게는 보내지 않았다.

'박중훈의 인기가요'를 담당할 때 김성호라는 무명 가수가 〈김성호의 회상〉이라는 발라드 곡을 냈는데 거의 알려지지 않았다. 박중훈이 이 곡을 듣더니 마음에 들었던지 방송 나갈 때마다 "이번엔 DJ인 제가 좋아하는 곡 〈김성호의 회상〉입니다."라고 소개하더니 몇 달 지나 히트곡이 되었다. 다른 방송에서도 그 곡을 내보내지 않을 수가 없을 정도로 인기곡이 되고 무명의 김성호도 인기가수가 되었다. 몇 년 후 2라디오 프로그램을 하고 있을 때 2FM에 출연하고 나가던 김성호가 스튜디오로 찾아왔다. 그때 정말 감사했다고 하며 조그마한 선물을 건네는데 구찌 만년필이었다. 만년필 선물에 너무 기분이 좋았고 지금도 이 만년필을 잡을 때마다 김성호가 생각난다.

김범룡은 특별히 친한 사이는 아닌데 은퇴 후 어느 술 모임에서 "형님이 예전에 해주신 말씀 잊지 않고 실천하고 있습니다."라고 했다. 내가 예전에 술은 한꺼번에 많이 마시지 말고 목숨이 다할 때까지 마실 수 있도록 평소 절주해야 된다고 한 말을 명심하고 있다는 것이다. 말하자면 '음주 총량 불변의 법칙'을 잘 실천하고 있다는 것이다.

조항조는 록Rock 가수로 출발하여 빛을 보지 못했다. 내가 인기가요를 할 무렵 발라드 음반을 냈는데 무명이지만 그래도 가창력이 좋아서 꾸준히 방송을 내보내도 전혀 반응이 없었다. 자기의 음악성을 알아주고 방송해준 나를 고마워하더니 이후 트로트 가수로 변신해 크게 성공했다. 고생 많이 했는데 늦게라도 빛을 봐 다행스럽고 언젠가 만날 기회가 있을 때 김진우를 기억만 해줘도 좋겠다는 생각뿐.

나훈아는 라디오는 절대로 출연하지 않는데 매니저와 친해져 한 시간을 통으로 내주겠다며 출연을 요구하자 응해왔다. "나 같은 사람이 KBS FM에 나와도 되는 겁니까?" 하며 특유의 시커멓고 번들번들한 얼굴로 라디오 스튜디오가 밀집한 5층에 나타났다. 당시는 '박중훈의 인기가요' 청취층을 중고생에서 대학생으로 올려잡은 직후였는데 나훈아가 KBS라디오에 출연한 사실 자체가 화제가 되었다. 얼마 후 여동생 류실이의 시어머니께서 나훈아 쇼를 꼭 한번 보고 싶다고 하시기에 매니저에게 부탁을 하자 주말에 퇴계로에 있는 홀리데이 인 서울 호텔로 오면 자리를 마련해놓겠다고 했다. 류실이와 시어머니, 우리 어머니와 큰누님, 아내 그리고 나 여섯 명이 호텔로 가자 매니저가 2층 맨 앞자리를 안내해주었다. 식사도 함께 나오는 극장식 디너 파티라는 사실은 그제서야 알게 되었다. 시어머니를 비롯해 모두가 흥분한 가운데 한 시간 정도의 쇼가 끝나고 어려운 관계인 여동생 시어머니로부터 고마움을 전해 들었을 때 내 동생 면을 세워주었다는 사실이 더 기뻤다. 나훈아가 왜 최고의 스타인가라는 사실은 그 쇼를 보지 않고는 이해할 수 없는 것이다.

'박중훈의 인기가요'의 인기가 한창일 때는 각지에서 공개방송 요청이 쇄도했다. 부산으로 공개방송을 갔을 때 나훈아 매니저의 도움으로 나훈아와 연관이 있는 C호텔에 MC와 가수, 스텝들의 룸을 제공받을 수가 있었다. PD가 사적으로 출연 가수들을 위해 호텔을 제공하고 청사포 횟집에서 대접한 셈이 되었다. 여기에는 둔촌아파트 친구의 도움이 있었다. 동네 친구이며 골프 사부인 금강 제화 김원식 이사에게 부산 간다고 하자 자기 친구인 사업가 박사장에게 저녁을 부탁하겠다는 것이다. 박사장은 친구의 친구인 나를 위해 스텝과 가수 매니저들 모두를 초대하여 저녁을 대접해주었다. 강수지와 송승환, 홍서범, 그룹 '봄 여름 가을 겨울' 등등이 자리를 함께했다. 출연 가수들 앞에서 PD의 체면을 한껏 살려준 박사장과 김이사 그리고 나훈아 매니저에게는 지금도 그 고마움을 잊을 수 없다. 몇 년 후 나훈아 매니저는 세상을 떠났는데 아쉬움이 크다.

변신의 천재이자 괴짜인 유현상은 가요계에서도 보기 드문 인물이었다. 1980년대 록밴드 백두산의 전설적인 보컬로 알려졌는데 어느 날 긴 장발을 말끔히 깎은 모습으로 예쁘장한 아가씨를 하나 앞세우고 들어와서 인사했다. "안녕하세요, 제가 이번에 가수를 한 명 데뷔시켜 음반을 냈습니다. 이지현이라고요. 잘 부탁합니다." 이지현이 인기가 올라가고 유명해지자 남자와 미국으로 도피해버린 일이 크게 보도되어 PD들을 놀라게 했다. 그런지 얼마 지나지 않아 이번엔 "저 유현상, 트롯트 가수로 데뷔했습니다. 타이틀곡은 〈여자야〉입니다. 잘 부탁드립니다." 하고 나타난 것이다. 모두 입을 다물지 못했고 PD들은 또 한 번 놀랐다. 그로부터 얼마 지나지 않아 '아시아의 인어'라는 애칭으로 불렸던 아시안게임 금메달리스트인 수영선수 최윤희와 결혼 발표로 PD들을 네 번째 놀래켰다. 군부대에 공연 갈 때는 최윤희를 같이 출연시키기도 했다. 2019년 12월, 최윤희가 문화체육부 차관이 되어 또 한번 놀랐지만 이게 마지막 놀람은 아닐 것이다. 이러한 상상 외의 변신으로 주위를 자주 놀라게 하는 사람이 흔치는 않다.

〈아파트〉라는 노래로 유명한 윤수일은 나와 골프 라운딩을 많이 했다. 나이는 두 살 아래지만 동년배라는 의식이 있었고 골프도 싱글 수준이어서 배운다는 마음도 있었다. 1993년 당시 강남역 부근에 '츄라스코 브라질리아'라는 브라질식 고기집이 있어서 가끔 갔는데 이 집이 용인의 레이크 사이드 골프장 부근으로 옮겼을 무렵, 마침 윤수일이 그 골프장에서 라운딩하자고 연락해와서 함께 그 집에 가서 식사하게 되었다. 고기를 코치에 끼워 부위별로 계속 썰어주는 형식인데 다 먹기도 전에 계속 가져다 줘 고기가 계속 쌓이는 것이 부담스러워도 종업원이 브라질 사람이라 천천히 가져오라는 말을 잘 알아듣지 못한 것이 강남역 식당 당시엔 아쉬웠다. 라운딩 며칠 전 국제방송 포르투갈어 담당 출신의 후배에게 'Un poco depois'(좀 천천히 가져다 주세요) 'Obrigado'(감사합니다) 몇 단어를 배웠다. 라운딩 끝나고 식당으로 가서 이 말을 써먹었다.

진우: 세뇨르~ 운 뽀끄 데뽀이스 뽀르 파보르.

종업원: (놀란 표정으로) !@#$% 세뇨르 에스파뇰 $&@%, 뽀르 파보르 에스파뇰 #$&%@# (세뇨르와 뽀르파보르는 스페인어이고 포르투갈어로는…)

진우: Si si Obrigado~

종업원: Si si @#$% 에스파뇰(Sisi도 스페인어고 포르투갈어로는…)

수일: (놀람과 존경의 표정으로 자세를 고쳐 앉으며) 형님, 스페인어와 포르투갈어를 언제 이렇게….

진우: 뭐 그냥 쪼끔.

1994년 즈음 회사 선배가 용산 미8군에 함께 가자는 것이다. 서울 살면서도 미8군 영내는 한 번도 간 적이 없어 호기심도 있었고 Par3 골프도 할 수 있다고 해서 따라나섰다. 그때 우리를 맞아준 사람이 이른바 흑인 혼혈가수 '샌디 김'이었다. 골프를 마치고 장교식당에서 LA갈비를 먹으면서 그의 출생과 성장에 대해 들을 수 있었다. 1970년대 가수 탤런트로 데뷔한 그는 현재 미8군 영내 세탁소 책임자인데, 오늘날 성공한 삶을 누리기까지의 지난 일을 빠짐없이 우리에게 들려주었다. 1947년 미군정 시대 경북 영천 살던 엄마가 흑인병사에게 강간당해 그를 임신했는데 그런 어머니와 결혼한 착한 사람이 지금의 아버지로, 그를 친자식같이 사랑으로 키워주었다.

어린 김복천은 집성촌인 대구를 떠나 강원도 양구로 이사했는데 거기서도 깜둥이라고 놀림받는 일이 이어졌다. 자신의 검은 얼굴을 냇가 모래로 문지르기도 했을 정도로 힘들었지만 그는 그때의 서글픈 추억을 오히려 '샌디 김'이라는 이름으로 정면 돌파했다. 그후 미국으로 홀로 건너가 미군에 입대하고, 제대 후 주한 미8군 사령부내의 세탁소를 맡게 되었다고 한다. 1983년, 한국의 아버지가 돌아가셨다는 비보를 받고도 영주권 신청 중이어서 달려오지 못한 것이 가장 슬픈 일이라다고 했다. 흑인 사생아를 임신한 엄마와 결혼하고 그 아이를 친자식 이상으로 거두어준 아버지를 못 잊는다고 했다. 그 얘기를 듣고서 나는 인간애를 실천한 훌륭한 그 아버지의 명복을 빌었다. 내가 샌디 김의 아버지 이야기를 길게 언급한 뜻은 우리 한국인의 일상에서 표출되는 천박한 인종주의에 실망해왔기 때문이다. 베트남에서 살다 온 생질은 박항서 감독이 그 곳에서 인기 있는 이유를 한마디로 이렇게 말했다. "박감독이 한국사람이라서 좋아하는 게 아니라, 여느 한국사람 같지 않아서 인기가 있는 것이다." 충분히 납득이 가는 말이다. 시골 도로변에 버젓이 걸려 있는 결혼 중개인의 플래카드를 본 베트남 노동자들이 얼마나 자존심 상해했는지가 뉴스에 보도되기도 했다. '베트남 처녀와 결혼하실 분! 냄새 안 납니다.' 정말 민망함에 낯이 뜨거워지는 문구이다. 법적으로 허가된 대구시 내 이주 노동자들의 이슬람 사원 건립에 반대하는 인간들이 사원 앞에 돼지머리로 고사 지내고 나아가 삼겹살 파티를 벌인다는 뉴스에 또 한번 아연실색했다. 집값 떨어진다는 이유와 이슬람은 테러리스트라는 막연한 편향성이 천박한 기독교 집단의 배타성과 결합하여 전 세계 무슬림의 분노를 사고 있다.

2000년이 다가올 무렵, 20여년 만에 1FM으로 복귀했고 심심하기만 했던 클래식 프로그램이 진정으로 내가 해야 할 프로인 것을 알았다. 1982년, 내가 처음 연출했던 '당신의 밤과 음악'을 비롯해 '재즈 수첩' '저녁의 클래식' 등 친정에서의 나날이 더없이 즐거웠던 시기였다. 특히 정세진 아나운서와 '저녁의 클래식'을 할 때는 음악으로 연애하듯이 내 안의 보물들을 그 시간에 모두 펼쳐놓았고, 승진하여 부산으로 간 후 '세상의 모든 음악'으로 태어난 것이다.

어느 날 가수 현철 씨가 1FM 사무실에 부끄러운 듯이 얼굴을 내밀었다. "동상~(동생) 잘 있는가?" 1FM 사무실에 현철 씨가 나타나자 동료들도 웬일인가 하고 서로를 쳐다볼 뿐이었는데 내가 얼른 일어나 "아니 여기까지 웬일로?"라고 반가이 맞았다.

"부탁 하나 할라꼬, 그 유명한 노래 〈하바 나길라〉 우리 말 가사 좀 구할 수 없는가?"

"그게 이스라엘 민요인데 형님이 뭐 하실라꼬?"

"나도 연말에 디너쇼 많이 하거든. 맨날 트롯트만 할 수 없잖아? 이태리 노래도 하는데 이 곡 꼭 넣고 싶은데 아무리 찾아도 번역된 것이 없는 기라. 구할 수 있겠는가?"

구해서 연락드리겠다고 하고선 현철 씨가 간 뒤 바로 이스라엘 대사관의 김미영 사무관에게 전화하자 10분만에 팩스로 번역된 가사가 도착했다. 이스라엘 대사관과는 음악 관계자 출연 등 유대가 있어서 대사관 초청 파티에도 몇 번 참석하기도 했었다. 며칠 후 매니저에게 구해놓았다는 전화를 하자 바로 찾아와 고맙다고 몇 번이나 인사하고 금일봉을 두고 갔다. 하지만 지금도 유튜브에 현철 씨의 칸쵸네는 있어도 〈하바 나길라〉는 보이지 않아 아쉬운 마음이다. 현철 씨가 〈하바 나길라〉를 부르는 모습이 정말 궁금하다.

인생 친구들

사위, 딸, 정목스님

정목(正牧)스님

인생의 친구라기보다는 인생의 등불 같은 존재로 현재 삼선동 정각사(正覺寺) 주지로 계셔서 행사 때마다 참석하여 좋은 말씀을 듣곤 한다. 스님의 젊은 시절부터 인연을 맺어와 지금까지 한결같이 인간으로서의 자각을 하도록 이끌어주시는데 나의 신심이 깊지 못하여 항상 부족함을 느낀다. 매년 '아픈 아이 돕기' 성금으로 소아암 환자 어린들을 돕는 행사는 해를 거듭할수록 참여하는 신도가 늘어나고 그 성금은 대상자가 어떤 종교를 믿든 상관하지 않는 종교의 보편성을 실현하는 본보기가 되고 있다. 유나 방송을 비롯하여 방송 선교에도 적극적이시고 이 시대 깨어 있는 종교인의 실천하는 모습으로 만인의 존경을 받고 계신다.

안원주(安元珠), 1950년 생

나와 동갑이며 어릴 때 우리 집 병원 바로 앞집에 살았는데 약목초등학교 동창생 중에 가장 친한 친구로 꼽을 수 있다. 초등학교 4학년 때 내가 대구로 전학 가면서 헤어졌는데 주말에 약목에 가면 어김없이 만났고, 고등학교·대학교·군대 다녀온 이후에도 우정을 나눠왔던 친구다.

그는 대구상고를 졸업하고 은행 시험에 한 번 낙방하고 재수하여 농협에 들어갔다. 고등학교 시절부터 시를 쓴, 이른바 무법천지 동네인 약목에서 문학적인 대화를 할 수 있는 희귀한 존재였다.

대학시절, 우리는 밤이 새도록 김승옥(金承鈺)의 소설 「무진기행(霧津紀行)」을 이야기하고 이상(李霜)의 난해한 시를 가슴으로 받아들이며 스무 살 청춘의 불안과 아픔을 나눴다.

그가 대구 향촌동 대구극장 앞 건물의 3층에 있는 팝송 감상실 시보네의 DJ로 있을 때 나는 2층의 클래식 감상실 하이마트에서 기나긴 대학생활을 했다. 그는 홍천 11사단으로, 나는 전곡 202 병참직접지원중대로 배치를 받아 헤어졌으나 서로에 대한 그리움은 끊임없는 편지로 이어졌다. 휴가 마치고 귀대할 때는 홍천11사단으로 면회 가서 짧은 하루를 서로의 아픔을 얘기하며 보내기도 했다. 그의 아름다운 문장이 가득한 편지를 나는 청춘시절의 연애편지와 함께 어느 날 모두 불살라 버렸지만 그는 내가 보낸 편지를 아직까지 보관하고 있는 것 같아 미안한 마음이 든다. 마치 내가 그의 청춘 시절의 문학성을 모두 불살라 버린 것 같아 안타까운 심정이다. 청춘의 아픈 시절에 서로를 안아줬던 유일한 친구였다.

안원주

최대현(崔大鉉), 1948년 생

약목초등학교 일 년 선배이나 지금까지 절친으로 주말엔 산행하며 지나간 애기를 나누곤 한다. 가장 자주 만나는 친구이다. 집안이 어려워 중학 졸업 후 서점 등에서 일하며 검정고시로 고등학교 졸업 자격을 취득했으나 대학을 포기하고 종로5가와 동대문에서 원단 도매 장사로 성공했다. 내 청춘의 문학적인 벗이 안원주였다면 인생의 고난과 좌절, 분노 그리고 극복의 드라마 주인공으로는 최대현이다. 나보다 먼저 입대한 그는 월남으로 파병되어 백마부대 소총수 위생병으로 전쟁을 경험했다. 목숨을 담보로 한 달에 50달러씩 번 돈을 친구에게 몽땅 날려버려도 웃을 수 있는 인간이었다. 가난한 집 8남매의 막내로 태어나 안 해본 일이 없을 정도로 고생하며 두 딸을 좋은 대학 보내고 결혼시켰다. 딸들에게 용돈 받는 행복한 가장이다.

2017년에는 그가 다니는 회사에서 비용을 대는 에베레스트 트레킹에 함께 다녀오기도 하였다.

북한산에 올라 각각 막걸리 한 통씩 비우고 내려와서 또 몇 통을 비우는 주당으로 가끔 넘어져 얼굴을 땅바닥에 들이대는 광경을 보여준다.

백마부대로 참전 후 귀국한 최대현

윤 범(尹 汎), 1950년 생

1980년 12월, KBS로 옮기자 큰 키에 강골로 보이는 친구가 서울에서 대구로 발령이 나 근무하고 있었다. 그는 홍대 미대 출신의 세트 디자이너였는데 바로 친해져 지금까지 우정을 유지해오고 있다. 사원이 낳을 무렵 그도 아들 주훈이를 낳아 같이 여행도 다니곤 했다. 충남 예산이 고향으로, 그의 큰삼촌이 윤봉길 의사다. 해방 후 귀국한 백범 김구(白凡 金九)선생이 예산에 찾아오셔서 윤봉길 의사의 친동생인 아버지에게 아들 낳으면 자기 호에 삼수변을 더해 범(汎)으로 지으라고 해서 받은, 역사가 있는 이름을 가진 친구다.

대구방송국에서 서울 본사로 갈 날만을 손꼽아 기다리는데 내가 먼저 올라가버려 그는 한동안 '멘붕' 상태였다고 한다. 디자인 파트가 자회사로 분리되어 아트비전이 되었고 총책임자를 맡아 오래 일하다가 퇴직했다. 지금도 계열사 디자인 담당 사장으로 영향력을 행사하고 있다. 지금도 종로에서 만나 1차와 2차를 번갈아 술을 마시는 오랜 친구다. 아들 주훈이도 결혼하여 손녀가 하나 있다. 손자까지 보기를 기대하며 오래오래 같이 술 마시며 건강하게 살자.

사촌 형님 한조(漢祚), 1949년 생

끝에(막내) 삼촌의 차남으로 어려운 가정 형편에서도 어릴 적부터 밝은 성격을 잃지 않았던 둘도 없는 친구이자 사촌이다. 대봉동 집과 경상중학교 중간에 위치한 적산가옥으로 매일같이 한조 형을 찾아가곤 했다. 학교 끝나면 꼭 들러 하루라도 보지 않으면 못 견딜 정도로 친했다.

토목업에 종사하는 삼촌이 일거리가 없어 양식을 걱정해야만 하는 상황에서도 한조 형은 내가 가면 수제비나 국수를 척척 만들어 내놓곤 했다. 경북의대에 다니는 완조 형님은 집에서 손 하나 까딱하지 않았고 숙모는 집안 살림 걱정을 하지 않는 태평스러운 성격이어서 한조 형이 거의 살림을 살았다고 해도 과언이 아니다. 나와는 하루도 만나지 않은 날이 없었고 방학 때도 약목집에서 많은 시간을 같이 보냈다. 담배와 당구도 한조 형에게서 배웠다. 지금도 술과 당구 게임으로 만나고 있다.

형은 영남대학 국문과를 졸업하고 영일군 장기면의 장기중학교로 부임했는데 몇 개월 후 군에 입대하게 되었다. 이사도 도울 겸 장기로 가서 점심만 하고 동네 구경하며 시간을 보내는데 형은 중3 제자들과 송별회를 한다고 해서 난 하숙집에서 기다리기로 했다. 그런데 대여섯 명의 여중생들이 이미 하숙집에 술상을 차려놓고 있었다. 마침내는 당시 유행했던 나훈아의 〈가지마오〉를 선생님과 합창했다. "가지~마오 가지~마오 나를 두고 가지를 마오~" 밤이 늦도록 젓가락 장단의 노래는 끝이 없었다. 1971년 바닷가 마을의 잊지 못할 한 장면이었다.

서울에 사는 아들이 미덥지 못한 아버지는 문중 산소 관리 등의 일을 한조 형에게 시켰다. 지난번 가족묘지 이장도 나와 둘이서 맡아 하게 되었는데 지금까지 집안일을 도맡아 살펴준 데 고맙고 미안한 마음을 담아 이장비 일부를 드렸다. 형과 형수의 검약과 현명한 투자로 무일푼에서 상당한 재산을 이루었고 세 자녀 모두 훌륭하게 결혼시켜 모두의 부러움을 사는 모습이 보기 좋다.

고(故) 조문재(趙文在), 1953년 생

경북 영양의 한양 조씨 조광조 선생 후손인 그는 경북고등학교 재학시 수학 천재로 이름을 날린 바 있다. 서울공대 전자공학과를 졸업하고 '금성'에 입사했으나 KBS로 스카웃된 수재형 친구다. 둔촌아파트에 살 때 통근버스에서 만나 아파트 앞 술집을 하루도 거르지 않고 같이 배회하곤 했던 그는 사민이 결혼식 주례를 맡아줄 정도로 내 인생에 큰 흔적을 남긴 친구다.

KBS 기술연구소장을 거쳐 KBS 부사장을 역임했으나 취임 두 달여 만에 간암이 악화되어 세상을 떠났다. '에스텔라를 사랑하는 모임'의 주요 멤버로 활약하며 모두에게 즐거움을 주었던 그는 에스텔라와는 아무 관계가 없다. 2016년 8월 30일 세상을 떠난 그를 지금도 에사모 친구들이 그가 남긴 숱한 추억과 함께 그리워하고 있다.

김현철

음악을 전공하지 않았지만 고음악 감상 전문서를 몇 권이나 시리즈로 내고 있는 음악계의 고수. 내과 전문의로서 병원 운영에다 저서 집필까지, 언제 시간을 내는지 불가사의한 일면을 지닌 자랑스러운 친구다.

술을 자주 마시며 여러 이야기를 들어야 하는데 대구에 거주하는 탓으로 몇 년에 한 번 볼까 말까 함이 아쉬움으로 남는다. 우리에게 좀더 음악적인 깊이로 클래식의 흐름을 짚어주는 등대와 같은 존재로 남아 있어주기를 바란다.

김태상

치기 어린 시절엔 이동순과 나의 옛 가요 젓가락 반주도 마다하지 않았던 진중함을 지닌 그는 오랜 친구와 같은 후배다. 고등학교 국어 교과서에 나오는 「청춘예찬」을 쓴 우보(牛步) 민태원(閔泰瑗)선생의 외손자이기도 하다.

1980년대 전두환 정권 시절, KBS PD와 대한항공에 동시에 합격하여 상담하러 온 그에게 내가 '사장이 간부들 발길로 차는 KBS는 권하고 싶지 않다'고 만류해서 대한항공으로 갔다. 나중에 "형님이 그때 KBS에 오라고 했어야지요."라며 진반 농반으로 항의(?)함에 난 진지하게 미안하다고 했다.

장병화 박사가 만든 단톡방 '클래식 4인방'에서도 가장 진지하게 음악을 고르고 듣는 수준이 높은 친구로 나에게 언제나 자극제가 되고 있다.

장병화

계성고 7년 후배로 오랜 시간 친동생처럼 여기며 정을 나눈 친구다. 사원이, 사민이, 사중이가 입다 작아진 옷들은 모두 그의 자녀인 세창이와 세림이가 입었을 정도다. 국회의원 보좌관으로 일하는 어려운 여건에서도 박사학위 받고 '에사모' 총무로도 헌신하여 모든 것을 기획하고 실천하는 수고를 해주었다. 처남인 최경환 경제부총리를 위해 다시 국회로 들어가 궂은일을 도맡아 했다. 문재인 대통령 시절에 구속된 최경환 씨를 2022년 가석방 될 때까지 4년여를 마음고생하며 뒷바라지했다. 천성이 깔끔하고 정의롭지 못한 것을 참지 못하는 성격이다. 우리 에사모의 중추 멤버로 항상 믿고 의지할 만한 동생이다.

박준홍, 1944년생

한국FM에서는 아나운서로 활동했으나 부산MBC로 옮겨서는 PD로 활약하여 창의적인 프로그램과 열정으로 프로듀서의 귀감이 되신 자랑스런 선배다. 자애로운 성격이지만 프로그램 제작에 있어서는 몸을 불사르는 집요함으로 나는 언제 저렇게 열정을 가지고 일에 임할까

사원이 업고 부산 갔을 때 준홍 형

부러움 반 경외심 반으로 존경한 선배다. 비록 부산과 서울의 물리적인 거리가 멀어 자주 뵙지는 못하지만 마음만은 곁에 있고 싶다. 무릎에 지병이 있어 걸음이 자유롭지 못하면서도 부산 지역의 사진작가로 또 시인으로 문화활동에 전념하시는 모습이 자랑스럽다.

도병찬, 1949년 생

내가 하이마트를 출입할 때 위층의 '시보네'에서 팝송DJ 시절부터의 친구로 한국FM에 입사하니 그는 나보다 3년 이상이나 선배 PD가 되어 있었다. 부산에 내려갈 때는 박준홍 선배와 함께 찾는 오랜 친구로 한국FM 시절 수준 높은 팝송DJ로 명성을 떨치고 언론 통폐합 후 부산 KBS로 전출했다. 부산 재즈클럽 '몽크'의 상징적인 리더로 퇴직 후에도 부산KBS의 수준 높은 팝 프로그램을 맡아 부산의 음악 수준을 높인, 한 마디로 대가(大家)라 할 수 있다. 경성대 입구에 LP Bar를 열기도 했으나 시력이 너무 나빠져 지금은 옆에서 누가 인도해줘야 할 정도의 불편함을 가지고 있다. 눈이 더 나빠지기 전에 자주 봐야지 하는 마음만 있고 실천하지 않는 자신이 부끄럽다.

재작년 부산으로 거제로 여행하면서 준홍 선배와 함께 부산역 차이나타운에서 점심 먹고 헤어질 때 준홍 선배가 눈이 되어 지하도로 이끌던 모습이 잊혀지지 않는다.

에사모(에스텔라를 사랑하는 모임)

대구의 클래식음악 감상실 하이마트를 거쳐 간 서울의 선후배 모임으로 그 어떤 모임보다 모두가 자랑스러워하는 만남이다. 부부동반으로 일본 홋카이도 여행도 다녀오는 등 이제는 친목의 개념을 떠나 함께 인생을 살아가는 소중한 친구라는 무게가 실린 친구들이다.

나보다 연상이지만 친구인 박주용, 에사모의 마당발로 궂은 일 도맡아 했지만 일찍 세상을 버린 김종철, 음악 탐구에 있어 진정한 매니아 김태상, 농심의 수많은 라면을 오랫동안 공급하며 기쁨을 준 총무 김보석, 조문재와 더불어 에스텔라와 전혀 관계없이 에사모의 멤버가 되어 많은 화제를 남긴 손광주, 가장 어린 멤버였다가 어느덧 중학교 교장이 된 작은 김종철, 묵묵히 산을 사랑하는 안용남, 모두 내 인생의 행복한 동반자들이다.

의절(義絶)한 친구들

내 인생의 친구들에 이어서 이 부분을 넣을지 말지 한참동안 주저했으나 결국 부끄럽고 참담한 심정이지만 넣기로 하였다. 나이 들면 조금만 서운해도 삐지기 쉽다고 말들을 하지만 의절이라는 것은 당사자가 있어서 더더욱 거론하기가 쉽지 않다. 그러나 나의 자손들에게 나로 인해 어떤 결과를 초래했는지를 알고 살아가는 데 참고하라는 뜻으로 남기고 싶었다. 상대의 생각은 잘 모르지만 나의 입장만으로 쓰기에 원인의 책임 여부를 따지는 것은 그다지 중요하지 않다고 본다.

Ruggiero Ricci 바이올린 소품집

차이코프스키 협주곡을 녹음한 정경화의 첫 앨범도 화제였지만 그녀가 나이 들어 발표한 소품집이 더 인기였다. 그녀 자신도 나이가 들어가니 대작보다 소품에 정이 가더라고 했다. 잘 알려지고 듣기 쉬운 곡이 연주하기가 더 어려운 법. 루지에로 리치의 〈쇼팽 야상곡 C#단조〉는 정경화도 앨범에 담았지만 리치의 연주는 비르투오조의 극치를 보여주는 연주라 할 수 있다.

친형제 이상으로 가까웠던 친구와 의절한 사실은 내 인생의 오점으로 생각되어 괴로웠으나 이제는 나머지 인생을 후회없이 살아가는 데 지침으로 받아들이게 되었다.

어느 해 은해사 백흥암으로 영운 스님을 뵙는 자리에서 고백했다.

"스님, 청년 시절부터 30여년을 형제같이 지낸 친구와 의절했습니다. 30여 년 동안 여유 있는 제가 밥 사고 술 사고 하니까 모든 면에서 자기는 대접받는 게 당연하며 자기의 권리로 생각하는 것이 싫었습니다. '호의가 계속되면 자신의 권리인 줄 안다'는 말이 틀림이 아니었습니다. 나중에 다른 사람을 통해 관계 회복의 뜻을 비쳤지만 응하지 않았습니다."

"또 한사람은 30여 년을 저는 친구로 생각했는데 그는 저를 친구로 생각하지 않았던 것 같습니다. 불행한 어린 시절을 보냈고 생사를 가늠하기 어려운 병으로 투병 중이었는데도 앞의 친구와 반대로 제가 폐를 많이 끼치고도 물심으로 제대로 도움을 주지 못한 것을 나중에서야 깨닫게 되었습니다. 어느 날 투병기간의 어려움을 길게 메일로 보내왔고 그제서야 제대로 사정을 알고 진심을 담아 길게 사과의 편지를 보냈으나 답을 못 봤다는 겁니다. 말로써 나의 부족함을 설명하고 사과했으나 결국 의절당했습니다. 적절한 비유인지는 잘 모르겠으나 자신들은 끝없이 어렵게 인생을 살아왔는데 저놈은 별로 노력을 하지 않아도 어려움 없이 잘사는 모습이 싫었는지도 모르겠습니다."

영운스님께서는 "관계 복원에 너무 신경 쓰지 말라"는 한 말씀만 해주셨다. 그렇다. 모든 걸 모두에게 잘할 수는 없다.

칠순이란 무엇인가

우리 가족사진

2019년 어느덧 나이가 70을 맞이하여 우리 가족 모두가 한 자리에 모여 칠순을 축하해주었다. 우리 부부, 류실이 부부, 처형 부부, 연우 부부, 사민부부, 사중이 이렇게 11명이 하림각에서 조촐하게 저녁식사로 축하의 자리를 마련한 것이다.

장녀 연우가 나의 칠순의 의미에 대해 먼저 인사말로 어린 시절 아버지에 대한 고마움을 이야기할 때 나도 딸에 대해 뿌듯함을 느끼면서 답사를 했다. 오늘날까지 우리 가족 탈 없이 행복한 가정을 이룰 수 있었던 것은 하루도 거르지 않았던 내 엄마의 기도 덕분이라며 가정을 소중히 하라고 말했다. 그리고 양반의 긍지를 잃지 않고 자존감 있는 생을 살아야 한다는 말만 짧게 했다. 이 글을 쓰면서 내가 부모로서 제대로 역할을 했는가 하는 생각도 들었다. 만약 애비로서 부족함이 있었다 해도 너그럽게 이해해주기 바란다. 너희들도 자식을 가졌고 그 자식에게 최선을 다하겠지만 '이 세상에 이상적인 부모

따위는 없다'는 말을 변명에 대신한다.

온 가족이 처음으로 가족사진을 찍었다. 사중이도 여기에 한 사람을 더 보탰으면 좋았을걸 하는 생각도 하면서. 열 살에 엄마를 떠나 대구로 가서 열여덟 살에 엄마가 돌아가시고 서른셋에 서울로 와 30여 년간 KBS와 연합뉴스TV에서의 방송생활을 마치고 이제는 정말 자유로운 노후를 즐겁게 보낼 일만 남아 있다.

- 2012년 5월 포르투갈–스페인 여행
- 2015년 10월 5일~29일 그리스–터키 여행
- 2019년 5월 6일~5월 23일 체코–오스트리아–헝가리 여행
- 2022년 9월 29일~11월 3일 스페인–모로코 여행

1	2
3	4

1 산토리니
2 카파도키아
3 프라하의 봄 음악제
4 모로코 사하라 투어

정말이지 더없이 자유를 누린 둘만의 여행이었다. 호텔, 항공, 열차, 버스, 음악회 등 모든 예약을 스스로 했다는 뿌듯함은 물론 먹고 싶은 것 마음대로 먹고 쉬고 싶으면 쉬고 온갖 해프닝과 시행착오를 겪으며 여행의 재미를 느꼈다.

특히 비엔나 폴크스오퍼 오페라극장에서의 모차르트의 《요술피리》, 부다페스트 국립오페라의 푸치니의 《토스카》, 프라하로 다시 돌아와 '프라하 봄 음악제' 중에서 스메타나홀에서의 프라하 심포니의 연주와 드보르작홀에서의 오르페우스 체임버 연주는 일생을 통해 경험한 해외연주 중에서 잊지 못할 추억으로 남아 있다. 잘츠부르크에서 서연의 백팩 분실과 경찰서 방문하여 신고까지 수많은 에피소드를 남기고 쌓아둔 마일리지로 비즈니스석에서 호사를 부리기도.

2020년은 모로코와 스페인의 몇 곳을 기획했지만 코로나 팬데믹으로 모든 게 정지되면서 답답한 시기를 보냈다. 2022년 9월 29~11월 3일까지 35일간의 스페인 모로코의 긴 여행을 마무리하면서 서연에게 둘만의 장기여행의 기쁨을 준 것만으로 가슴 뿌듯하다.

베토벤 피아노 협주곡
다니엘 바렌보임 지휘, 런던 필하모니
피아노_아르투르 루빈스타인

팔순이 지난 루빈스타인이 생애 마지막으로 녹음한 베토벤 협주곡으로 늙음에 대한 순응과 여유로움을 느낀 연주라고 할 수 있다.

사랑한다는 말로는 부족한…

장녀 사원(思媛) **→ 연우, 1980년 11월 30일~**

KBS로 출근하기 하루 전날 밤 아내가 진통을 하기 시작해 처남이 사는 동네 가까운 산부인과로 갔다. 아내는 벽을 긁으며 새벽 6시까지 진통을 하는데 간호사도 없고 나 혼자 어쩔 줄을 모르며 바라볼 뿐이었다. 요즈음엔 분만 촉진제 등 산모의 고통을 줄여주는 약이나 장치가 있지만 당시는 이 이상 바랄 수는 없는 실정이었다. 진통에 괴로워하는 아내 옆에서 나는 내일 첫 출근해서 결재서류와 원고 마무리를 하는 웃픈 광경이 자연히 연출되었다고나 할까? 아기의 울음소리에 기뻐하면서도 출근을 서두르지 않을 수 없는 혼돈의 시기에 왕초보 애비가 된 것이다. 왕초보 엄마도 서너 달 후 공립중학교인 대구 동(東)중학교를 퇴직하고 전업 주부가 되었다.

둔촌동에서 일산으로 이사하면서 학기를 제대로 맞추

지 못해 사원이가 얼마 동안 풍문여고에 다니게 되었다. 어느 날 백신고 교장선생을 찾아가 상담했더니 교장은 흔쾌히 전학을 허락하며 학교를 위해 뭔가 공헌하기를 바라는 것이었다. 마침 학교 축제날이 다가온 터라 고등학교 축제에 전문 음향업체에다 인기 개그맨 이창명 사회에 인기 가수 김종서와 그룹 한 팀을 출연시켜 일산의 각 학교에 백신축제에 대한 부러움을 사게 했다.

동네의 미술학원에만 다니고서도 상명대 디자인과에 합격했던 날의 기쁨은 이루 말할 수 없었다. 하림각에서의 결혼식 날, 신부 입장하던 그 시간은 태어나던 날의 고통도 기쁨으로 전이시키는 힘이 있었다. 두 동생의 축하공연도 하객들의 찬사를 받는 등 흥행(?) 성공이었다. 딸은 자질구레한 것은 신경도 쓰지 않는 대범한 성격으로 아내의 좋은 말동무가 되어가는 모습이 보기 좋다.

사위 김태근, 1976년 8월~

서른이 넘은 딸에게 만나는 사람이 있다는 사실만 알았지 2년여를 진척 없이 보내기에 답답하여 아내와 나 이렇게 네 사람이 만나자고 하여 하림각에서 첫 만남을 가지게 되었다. 첫인상이 성실하게 보였고 많은 이야기를 나눈 후 더욱 신뢰감이 들어 한 잔 더 하자고 평창동 집으로 유인(?)하여 만취할 정도로 기분 좋게 마시고 결혼을 기정사실로 해버렸다. 사위는 핏덩이 때부터 조부모 손에 자랐다지만 나는 전혀 개의치 않았다. 어린 시절의 불우함을 우리 부부가 감싸야 한다는 일종의 연민의 정이 집안 문제보다 앞섰다고 감히 말하고 싶다. 지나가는 말로 잠깐 어린 시절의 사정을 물었을 때 생모를 처음이자 마지막 본 날의 상황을 이야기하는데 나 자신이 울컥해지는 것을 참을 수 없었다. 그러한 일을 겪고도 의연하게 자신의 뜻을 펼치며 건실한 직장인으로 또 가장으로서 흔들림 없이 사는 모습이 자랑스럽다. 가정을 지키는 것이 그 무엇보다 소중한 덕목이라는 것을 체득한 사람답게 처와 자식 사랑을 한시도 잊지 않기를 바란다. 그리고 어느덧 중년에 가까워지는 나이에 건강도 가정을 지키는 길임을 의식하고 책임감을 가지고 자기 몸에 신경 쓰기 바란다.

외손자 지오, 2014년 10월~

멋쟁이 외손자 지오

제일병원에서 분만할 때 내가 병실을 지키게 되었고 자연 분만은 어려워 제왕절개로 양가 모두의 귀한 손자로 태어났다. 에미와 대화를 많이 하고 좋은 환경에서 자라 밝고 똑똑하게 자라는 모습이 여간 대견스럽지 않다. 할애비 집에 오면 온갖 물건에 관심을 쏟으며 만지고 고장 내는 등 호기심이 많은 아이로, 소파에서 몇 시간이나 뛰며 몸을 쓰는 준구와는 완전히 다른 성격을 가져서 한편으론 기뻤다. 벌써 초등 3학년이 되어 생각이 깊고 개구쟁이 기질도 있는 건강한 어린이다. 동생만 있었다면 잘 조화를 이루었을 텐데 항상 아쉬움이 남는다.

장남 사민(思旻), 1982년 5월 14일~

밤마다 천장 위를 쥐떼가 달리기 하던 칠성동 주택을 떠나 내당동 삼익뉴타운에 입주하고 태어났다. 큰딸 출산 때의 경험도 있어 진통이 오자 바로 계명대 부속 동산병원에 아내를 입원시켰다. 선배인 정형외과 전광직 형이 후배 의사에게 특별히 챙기라고 당부해주어 같이 기다리고 있는데 밤 9시 조금 지나자 아들을 순산했다는 전갈이 왔다. 당시 산부인과에서는 출산 전에 성별을 알려주지 않았다. 아들이라는 말에 선배와 둘이서 환호를 하고 아내에게 수고했다는 말만 남기고 둘이서 막걸리 마시러 갔다. 몇 달 후 서울로 발령이 나고 남매를 데리고 둔촌동 아파트로 이사했다.

우리 가족사에서 가장 큰 사건 중의 하나가 사민이 실종사건이다. 아파트 바로 앞에 이동식 놀이기구 영감이 이동하면서 12개월 사민이를 내려놓고 그냥 가버린 것이다. 그때가 오전 10시로 사민이는 아파트까지는 왔지만 엘리베이터 버튼을 누르기에는 키가 작아 그냥 단지 뒷문으로 직진하여 위험한 도로를 따라 다른 동네 골목까지 가게 된 모양이다. 회사로 전화가 왔고 오후 5시까지 선배 부인과 세 사람이 온 동네를 다 뒤져도 보이지 않았다. 일곱 시간만에 연락이 와서 찾으러 가니 오줌 싼 기저귀는 마르기를 몇 번 했고 잠이 오면 골목에 누워 자는 등 얼굴은 흙과 땀으로 땟국이 흘러 새까맣게 변해 있었다. 동네 구멍가게 주인이 빵도 주고 동네아이들과 놀고 있었는데 동네 한 아주머니가 아무래도 이상하다고 생각하고 집으로 데려가 파출소에 연락한 것이다. 하늘이 깜깜해지는 경험을 한 것은 그때가 유일했다. 아내는 당시 얘기가 나올 때마다 눈물을 글썽인다.

할아버지가 제사 때마다 서울에 오시기에 아이들을 데리고 서울역에 마중 가는데 사민이 초등생 때의 일을 잊을 수가 없다. 남자 형제는 원래 잘 싸운다지만 때와 장소를 가리지 않고 심했다. 그때나 지금이나 음료수를 좋아하는데 그날도 또 싸우기에 오늘은 음료수 안 사줄 거라고 야단을 치고 서울역으로 갔다. 서울역 근처에서 보니 물통을 들고 있기에 깜짝 놀라 그걸 왜 들고 왔냐고 묻자 사민이가 울먹이며 "나는 땀을 많이 흘리는데 아빠가 음료수 안 사주면 목말라 못 견디기 때문에 집에서 물을 가지고 왔어." 하는 것이다. 그 이후로 사민이의 예민한 성격을 감안해 웬만한 일로는 나무라는 일이 없이 자율적으로 생각하고 행동하게 했다.

괌으로의 취업 후 내 사촌형 밑에서 파란 많은 직장생활을 겪으면서도 의연하게 버티는 모습이 믿음직스럽다. 가장으로서 그리고 우리 칠암공 문중의 실질적인 종손으로서의 역할을 다함에 부족함이 없을 거라고 믿고 있다. 사실 나도 태어나서 처음 자식 때문에 사촌형에게 허리 숙이며 간곡한 부탁을 했던 것이다. 이제 40대가 되었고 좋은 회사에서 인정받으며 능력을 발휘하고 있음을 자랑스럽게 생각하고 있다. 사회생활을 함에 있어서 말 한마디를 할 때도 상대를 한 번 더 생각하고 신중한 태도로 살아갔으면 하는 바람이다. 나만의 정의를 너무 내세우지 말며 인간은 이중적인 존재라는 것을 항상 생각하고, 모든 인간이 각자 자기 가정에서는 훌륭한 가장이고 가족의 행복을 바라는 인간임을 명심하기 바란다. 건축가라는 좋은 기술과 아내와 자식들에 대한 사랑이 넘치는 분위기로 희정이, 준구, 준이 네 식구가 행복하게 사는 모습이 자랑스럽다.

며느리 이희정(李姬貞), 1987년~

부암동으로 이사하고 2011년 어느 날 사민이가 여자 친구를 소개하겠다고 하며 25세의 희정을 집으로 데리고 왔다. 자그마하고 귀여운 아가씨로 무엇 하나 물어보지도 않았다. 본인이 좋아한다면 결혼해도 좋다고 하여 사돈부부와 하림각에서 상견례를 하게 되었다. 사돈은 나보다 아홉 살이나 연하인데 통영 출신으로 부산에서 대학을 나와 인도네시아에서 신발업체의 책임자로 일하고 있었다. 그는 상견례에서 "저는 우리 딸이 결혼한다고는 한 번도 생각해본 적이 없었습니다."라고 했다. 세 자매의 장녀로 이제 겨우 25세이니 그런 생각을 할 수 밖에 없었을 것이고 한편으론 미안하기도 하였다. 하림각에서 고량주로 이미 취했지만 이미 팔린 부암동 집에서 2차 하면서 거듭 고마움을 표했다.

사민이 혼자서 괌으로 먼저 갔다가 이듬해 하림각에서 오랜 술친구이자 KBS 동료인 조문재 기술연구소장의 주례로 결혼식을 올렸다. 며느리도 아버지를 따라 인도네시아에서 학교를 다녀서 외국생활에 익숙했고 나도 가끔 "외국생활이 팔자"라고 우스개를 하기도 했다.

아들이 내 사촌형의 회사에서 인간 이하의 취급을 받으

며 고통 속에서 지낼 때도 안달복달하지 않고 느긋하게 남편을 위하며 견디어온 것에 진심으로 고맙게 생각한다. 준구를 가져 무거운 몸으로 혼자 공항 출국장으로 향하는 모습을 보며 눈물이 나오는 것을 참을 수 없었다. 아내는 내가 눈물 흘리는 걸 처음 봤다고 했으니.

성격 급한 우리 들성 사람들과는 달리 느긋하며 흥분하지 않는 성격을 사랑한다. 남편에게 사랑받으며 반듯하고 총명한 준구, 준이를 낳아줘서 고마워.

손자 준구, 2012년 12월 14일~

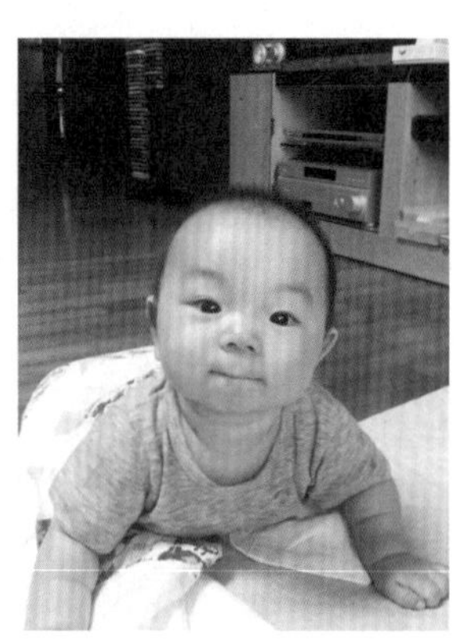

손자 준구

준구가 태어난 그날은 명동호텔에서 재경동창회 송년회가 열리는 날이었는데 사민이가 막 태어난 준구 사진을 보내왔다. 친구들에게 보여주고 많은 축하를 받았다. 내 인생에 있어서 한 생명의 탄생에 진심으로 감사했던 날이었다. 63세에 할아비가 되는 날의 기쁨은 아들을 낳았을 때의 기쁨과는 달랐다. 아들을 낳았을 때는 아들이라는 사실이 그저 기쁘고 흐뭇하기만 했는데 손자는 뭐랄까 한 생명의 탄생에 대한 '경외'와 '기적'의 느낌이 들었다. 아직도 전통적인 사고방식을 어느 정도 고수하는 집안 분위기도 있어 대를 이어 삶의 흔적을 남겨야 한다는 인간의 원초적인 욕구를 충족했다는 기쁨도 한편으론 있었다. 준구가 성장해가는 모습은 괌에서 또는 서울에서 하루하루 다름을 지켜보는 재미가 있었다. 돌을 갓 지난 어린애가 거실에서 뛰어 다니며 놀면서도 화분이나 오디오 TV 등에 손 한번 대지 않는 것을 보면 어느 정도 우려가 되기도 했다. 애비 사민이가 성장기에 보였던 예민함이 고스란히 준구에게 나타나는 것 같아 걱정스러우면서도 그 집중력을 좋은 방향으로 발전시켜 나가기를 기대해본다. 틈만 나면 산책이나 운동하자고 나서며 뒤에 따라오는 할아버지 다치지 않게 지켜보는 모습이 대견스럽다. 초등학교 3학년에 학교로부터 영재반에 들여야겠다는 제의가 있었고 할아비로서 그보다 기쁜 일은 없을 것이다.

손녀 준이(准李), 2014년 8월 26일~

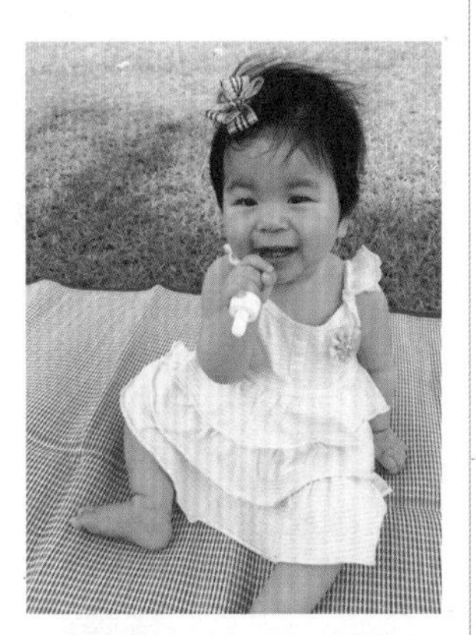

어린 준이, 이파오 비치에서

사교성이 넘치며 침착하고 학교로부터는 학습태도가 좋다는 상장까지 받았다. 거기에 그림 솜씨도 빼어나 그림 감상하는 재미도 주고 있다. 준구와 같이 학교로 가는 그 모습만 보아도 귀엽다. 괌에 갔을 때 같이 노는 재미가 쏠쏠했다. 내가 저녁식사를 끝내기를 기다렸다 이쑤시개를 식탁에 가져오기도 하고 할머니와 헤어질 때는 자기가 아끼던 빵 등을 할머니에게 건네는 등 인정이 넘친다. 상대방을 배려하는 마음씨를 가진 천성이 착한 우리 손녀에 대한 할아비의 소망은 미국에 살면서도 우리말 공부를 부지런히 배워 양국 어디에서도 잘 적응하는 훌륭한 시민으로 살아가는 것이다.

와인 테스팅하는 6살 준이. 향기를 맡고 5초 후 바나나, 딸기, 블루베리 향이 난다고 해서 할애비를 놀라게 한 천재 소믈리에.

준구·준이 동생

2023년 4월 중순에 너를 가졌다는 소식을 들었다. 미지의 내 손주—손자인지 손녀인지 알 수 없어—를 이 할애비가 일생의 기쁨을 담아 기다린다.

네 엄마가 준구·준이에 이어 셋째를 낳고 싶다고 했을

때 나도 사실 은근히 기대했지만 적극적으로 찬성할 수는 없었다. 외국에서 아이 셋을 낳고 기르는 게 얼마나 어려운 일인가를 먼저 생각했기 때문이다.

그러나 한 생명이 이 광대한 우주에서 점으로 나타나 인간의 모습으로 태어난다는 것은 기적과 같은 것이다. 그 기적을 소중히 생각한다.

아빠와 엄마의 사랑 속에서 커나갈 너는 축복받은 생명이라고 할 수 있다. 올해 12월! 이 할아비는 기도로써 너의 탄생을 맞이할 것이다.

차남 사중(思中), 1984년 11월 20일

둔촌동으로 이사 온 후 2년 만에 태어났다. 대구의 산부인과의 진찰 중에 묻지도 않았는데 "아들입니다."라고 말해줘서 오히려 김이 빠졌던(?) 기억이 있었다. 당시는 둘만 낳아 잘 키우자는 사회적인 공감대가 있었고 출산 비용은 의료보험에서 제외되는 희한한 시절이었다. 어쨌든 딸 하나에 아들 둘이라는 사실에 아버지는 흐뭇해하셨다. 삼남매가 위례국민학교를 함께 다니며 둔촌 주공아파트의 자연 속에서 행복한 유년 시절을 보내지 않았나 본다.

2학년 때 철봉에서 떨어져 팔을 부러뜨렸을 때 처음 놀랐는데 깁스한 팔에 친구들이 온갖 부러움을 담은 글을 남긴 일이 재미있었다. 일산의 백마고등학교에 다닐 때 80킬로그램이 넘는 체중을 단기간에 정상 체중으로 조절하고 지금까지 유지하는 집요한 구석도 있다.

아내가 어느 날 사중이가 대중음악을 전공하겠다고 하는데 어떻게 하면 좋겠냐고 물어왔다. 달리 방도가 있는 것도 아니어서 그때부터 동네 음악학원에 보내게 되었는데 동네 음악학원 수업이라는 게 1:1의 집중지도가 아닌 그냥 몰려서 소리 지르는 정도의 수준이었다.

3학년도 후반이 넘어가는데 비상대책을 강구하지 않을 수 없었고 단 몇 개월이지만 특별 과외를 시키기로 하고 현재의 학원을 그만두자고 했는데 죽어도 지금의 여선생한테 배우겠다고 고집을 피우는 것이었다. 끈질기게 설득하여 대구에서부터 친분 있던 서울예대 모교수에게 청음과 화성 시청을, 같은 서울예대의 모교수에게 보컬을 3개월간 과외를 시키고 경력을 내세우기 위해 앨범도 제작했다. 앨범 제작을 하게 되면 노래도 연습할 것이기 때문에 3천만 원을 들여 가수 김승기에게 제작을 맡기면서 '서태지와 아이들'의 앨범을 제작한 유대영에게 프로듀싱을 맡긴 것이다.

서울예대 낙방 후 동아방송대 시험을 앞둔 날 저녁에 퇴근해서 들어오니 식탁에 원서가 놓여 있기에 훑어보다가 경악!

보호자: 박명숙, 직업: 주부

화이트로 당장 이렇게 수정했다.

보호자: 김진우, 직업: KBS 음악PD

동아방송대는 당시 동아건설의 최원석 회장이 설립한 학교로 그의 젊은 부인인 KBS 아나운서였던 장은영이 이사장이었다. 지금은 동아예술대로 바뀌었고 초일류대학으로 변신했지만 당시에도 들어가기가 무척 어려웠던 대학으로 만약 비슷한 점수라면 수정한 원서가 득이 되었으면 되었지 손해 날 일은 아니었을 것이다. 이 정도로 사중이는 형제들 중에서도 고집이 세고 고지식한 면이 있었다. 해군홍보단을 6수만에 합격한 일도 그렇고, 의지가 굳으며 도리에 어긋나는 일은 일절 하지 않는 자존감 높은 아들이 자랑스럽다.

히말라야 30년

마나슬루 정상과 하산길 롯지에서

1989년 4월, 양희은의 '한계령'을 한없이 한없이 부르며 올랐던 첫 히말라야의 경험. 30년 동안 랑탕, 안나푸르나, 에베레스트, 추쿵, 또 다시 에베레스트, 그리고 이번 마나슬루…. 하산 길, 아픈 무릎으로 힘들게 내려오며 '한계령'을 또 다시 부르며 이제 히말라야와 헤어질까 합니다. 몽환의 설산과 숨 막히는 고통과 스쳐간 수많은 히말라야의 인연들 모두에게 안녕을 고합니다.

비가 내리고 있습니다.

2019년 12. 12 마나슬루 하산길
Yaru Bagar, Gorkha 롯지에서

이 고별사는 2019년 꿈꾸어왔던 마나슬루 트레킹에서 무릎이 너무 아파 힘들었던 경험을 하고서 이제 히말라야와는 작별할 때가 되었다는 심정으로 쓴 글이다. 하산 길 롯지에서 염소고기 안주로 그 곳에서는 사치라고 할 수 있는 맥주를 마시며 30년간의 히말라야 트레킹을 마감한다는, 조금은 비장(?)한 심정이었고나 할까?

히말라야는 나에게 어떤 의미인가? 5,000미터 이상의 롯지 마당에서 한 밤중 달에 비친 흰 설산을 바라볼 때면 고독과 행복감을 동시에 느낄 수 있었다. 3,800미터의 탱보체 사원(寺院)에서는 먼저 간 고교 친구들의 이름을 부처님 전에 놓고 명복을 빌기도 했다. 그것은 오래전에 있었던 어두운 기억들과도 조금은 관련이 있다고 본다. 열 살에 헤어지고 열여덟 살에 돌아가신 엄마, 자살한 형, 사춘기의 불안과 집안의 끊임없는 불화…. 언제부터인가 시골의 밤길을 걷기 좋아했고 혼자서 등반도 하기 시작했다. 한국FM에서 등반행사를 하면서 전국의 산과 친해지기 시작한 것이다.

그러나 히말라야는 우리는 생각도 할 수 없는 전문 산악인들의 영역이었다. 그런데 1989년 회사 선배 한분이 트레킹이라는 생소한 정보를 갖고 왔다.

1차_ 랑탕 국립공원 (1989.4)

한국 원정대가 랑탕리룽(7,223m) 등정을 하는데 같이 이동하며 트레킹을 할 수 있다는 내용이었다. 동국대 OB산악부 박영석의 최초 히말라야 원정대에 합류하는 조건이었다. 이는 사전 답사 성격의 원정대로, 그해 겨울 박영석은 랑탕리룽 동계 초등에 성공하였다. (당시 무명이었던 엄홍길도 그 팀에 있었다는 얘기를 최근에 알게 되었다.) 박영석은 한국인 최초로 8,000m 이상 히말라야 14좌를 완등한 산악인으로 2011년 10월 안나푸르나 하산 길에 실종되어 아직까지 돌아오지 않고 있다.

김포에서 출발하여 홍콩에서 네팔항공을 이용하는 일정으로, 이 여정이 나의 첫 비행기 탑승인 셈이었다. 태어나 첫 비행기를 네팔 행으로 탔다는 인연도 각별하다면 각별할 것이다.

랑탕 트레킹 중 롯지 사장과

타칼리 롯지에서 왼쪽부터 나, 신광철 선배, 오른쪽 끝 옥충언 선배

지금이나 그때나 네팔은 변한 게 없지만 공항에 내린 후 인상은 시골 버스 정류장과 비슷했다. 지프를 타고 랑탕 국립공원으로 향하는데 시골 롯지의 풍경이 1950년대의 우리 시골과 다를 바 없었다.

다음 날 아침, 구름 속에 감춰져 있던 설산이 하늘 중간에 나타났을 때의 경이로움은 어떤 말로도 설명하기 어렵다. 그때의 감동이 30년 동안 나를 히말라야로 이끈 게 아닐까? 4월의 랑탕은 초여름 날씨였다가 고도를 높이자 겨울로 변해갔다. 그 변화가 무엇보다 즐거웠다. 마흔 살의 건강했던 신체 덕분에 4,000미터까지 무사히 다녀올 수 있었는데 이렇게 재미있는 트레킹을 사람들이 잘 모르고 있다는 것에 더 신났던 것 같다. MC 황인용 씨가 PD가 출연해서 히말라야를 알려야 한다고 졸라서 직접 출연하기도 했다.

2차_ 안나푸르나 베이스캠프 (2003. 11. 29~12. 13)

랑탕을 다녀온 후 나의 목표는 오로지 안나푸르나뿐이었다. 지금의 안나푸르나 트레킹은 백숙요리 전문 쿡을 대동하고 가는 황제 트레킹으로 전 세계 트레커들의 웃음거리가 되고 있지만,

랑탕을 다녀 온지 14년이 흐른 후였다. 근속 20년이 되

안나푸르나 트레킹 중 촘롱 마을

면 3주의 휴가를 주는 제도가 시행되었다. 나는 주저없이 안나푸르나 트레킹을 실행에 옮겼다. 이미 인터넷이 일반화되어 히말라야 트래킹을 검색하자 산악인 장정모가 운영하는 코리안 트랙이 있어 메일을 주고받으며 꿈에 그리던 안나푸르나를 가게 된 것이다. 히말라야 설산을 나 혼자 보기엔 아깝다는 생각이 들어 아내를 설득하여 같이 가기로 했는데 출발을 앞두고 평지도 제대로 걸을 수 없을 정도로 무릎 관절이 나빠졌다.

순천향병원의 고교 동기 이민혁 교수에게 의논했더니 외과과장을 소개해주었다. 외과과장은 아무 걱정 말라며 바이옥스라는 관절염 치료제를 처방해 주었다. 하루 한 알이면 아무리 걸어도 통증을 느끼지 않는다는 것이다. 이 약은 미국에서 6개월 이상 장기 복용하면 심각한 부작용이 발생한다 하여 전량 리콜 중이지만 단기간이라면 문제가 없다고 했다. 드디어 쌓아놓은 마일리지로 대한항공 비즈니스석에서 호사를 부리며 홍콩에 도착했으나 서너 시간 기다리면 온다던 네팔항공은 예정보다 11시간이 지나서야 겨우 모습을 드러냈다. 하지만 승객 누구 하나 불평 없이 탑승하여 카트만두로 향했다. 도착한 다음 날 국내선으로 포카라로 떠나 안나푸르나 트레킹이 시작되었다. 중천에 빛나는 '마차푸차레'(Fish Tail) 라는 네팔의 성산(聖山)을 바라보며 14년 만의 히말라야를 보는 감격을 누를 길이 없었다. 롯지에서 첫날을 보내고 아침도 먹기 전에 세르파 요긴이 "그들이 왔어요." 하며 1,000루피를 준비하란다. 당시 네팔은 공산반군 마오이스트(Maoist)와 정부군의 교전으로 1년에 수백 명의 사상자가 발생하는데 산악지역은 반군들이 지배하고 있어서 정부 입산료 2,000루피의 절반인 1,000루피의 합리적인(?) 입산료를 지불해야만 했다. 소대장격인 지휘관 옆에 두 명이 AK소총을 등뒤에 숨기고 서 있었다. 그들에게 1,000루피를 건네자 소대장은 영주증을 발행해주고는 사라졌다. 영수증이 없으면 반군에게 또 입산료를 지불해야 하는 불상사가 발생할 수도 있기 때문이란다.

2,000미터가 가까워지면서 아내의 컨디션이 점점 나빠지기 시작하고 결국 데울라리(3,200m)에서 멈추고 나만 마차푸차레 베

셰르파 요긴(오른쪽)과 포터.
'네팔 인민공화국이여 영원하라', '양키 고 홈' 등의 구호가 보인다.

이스캠프(3,700m)를 거쳐 안나푸르나 베이스캠프(4,130m)를 다녀왔다. 하산 길 간드룩(1,940m)에서는 아내가 아침 일찍 절에 다녀오자고 재촉하여 일어났는데 동네가 떠들썩하였다. 가이드 요긴이 와서 정부군이 오늘 새벽 반군들을 급습하여 다섯 명이 생포되고 나머지는 모두 도주했다는 소식을 전했다. 그래도 절에 한번 가보자는 아내의 재촉에 골목길을 나섰는데 총을 든 정부군이 곳곳에 서 있는 모습을 보자 절이고 뭐고 포기하고 빨리 롯지로 돌아와버렸다. 이렇게 15일 간의 안나푸르나 트레킹이라는 소원을 이루었다.

세르파 요긴

네팔 구룽족의 가이드로 한국인을 많이 안내하면서 서연과 하루 종일 걸으며 한국 말 배우기에 열심인 청년 요긴. 포터 중 한 명이 그와 초등학교 동창이었는데 그를 두고 요긴은 "한국말을 열심히 배우면 포터일

안하고 가이드 할 수 있다고 아무리 권해도 안 하니까 평생 짐이나 질 수 밖에 없다."라며 안타까워했다.

카트만두 공항에서 포카라행 국내선을 타면서 내가 갖고 있던 비싼 스위스 밀리터리 나이프를 압수당했다. 스튜어디스가 잠시 보관했다가 포카라에 도착하면 돌려주겠다고 했지만 공항에 도착해서 짐 찾고 보니 스튜어디스는 이미 사라져버린 후였다. 애초에 돌려줄 생각이 없었던 것이다. 할 수 없이 트레킹 후에 생각하자고 미루어두었다. 트레킹을 끝내고 카트만두 공항에 도착, 서연에게는 잠시 기다리라 하고 요긴에게 공항 사무실로 안내하라고 했다. 공항에서 티켓 없이 거꾸로 들어가는 것은 어려울 뿐더러 불가능하다며 요긴은 주저했다. 구룽족이나 셰르파족 같은 산악족은 경찰을 두려워했고 사실 그들은 매를 들고 때리기도 한다는 것이다.

문득 요긴에 대해 생각해보았다. 비록 100달러 미만의 칼 하나지만 이런 부당한 일을 당했을 때 쉽게 포기하지 않는 대한민국 자유시민의 모습을 보여주고 싶은 마음이 문득 일어났다.

요긴에게 말했다. "경찰에게 가서 한국 사람이 피해를 당했는데 사무실로 들어가 확인하자고 한다. 들어가게 해달라고 당당하게 말해라." 마침내 경찰이 허락하여 공항사무실로 들어갔다. 두 명의 남자 사무원에게 요긴이 한참 설명해도 자기들은 잘 모른다는 몸짓만 하는 것이었다. 참다 못한 내가 그들을 노려보며 사무실이 떠나갈 정도의 고함을 쳤다

"You're all Thief!!" (고함치는 데 단수복수는 필요치 않다.)

너희들은 모두 도둑놈이라는 말에 이거 만만치 않다고 생각했던지 사무원이 어디로 전화하더니 요긴에게 무언가를 메모해 주었다. 그 스튜어디스가 오늘 쉬는 날이어서 집에 있다며 주소를 적어준 것이다. 주소대로 찾아가 집 앞에 택시를 세우고 요긴을 들여보냈더니 곧바로 스위스 칼을 받아가지고 나왔다. 장사장에게 이 이야기를 했더니 역사 이래 처음이라며 대단하시다고 하기에 이렇게 말했다. "실은 요긴에게 자기 권리는 스스로 찾아야 한다는 걸 보여주고 싶었

습니다."

7년 후 에베레스트 트레킹 때 요긴은 요즘 뭐 하느냐고 묻자 한국말 열심히 배워 한국-네팔 결혼상담소에 근무하며 포터 일은 그만두었다고.

앞날에 행운이 있기를 빌어본다.

3차_ 에베레스트 트레킹 1차, 칼라파타르(5,545m) 등정 (2010. 10)

내가 안나푸르나를 다녀온 얘기를 들은 고교 동창 조병욱이 부인과 안나푸르나를 다녀왔는데 그후 폐암 말기 진단을 받았다. 남은 인생이 2년이라고 했다. 부암동 집에도 가끔 왔는데 어두운 모습이 마음에 걸렸다.

회사에서는 2년간의 재계약 사원에게도 건강검진을 받게 해주는데 암 투병중인 친구가 생각나 태어나서 처음으로 폐 CT 촬영을 했다. 2009년 3월 초 결과물이 집으로 왔다. 모두 정상인데 우측 폐에 결절이 있으니 반드시 호흡기 내과로 내원하라는 내용이 있었다. 1987년 교통사고로 폐를 다친 후 매년 검사 때마다 왼쪽 폐에 흔적이 있다고 적혀 있었기 때문에 대충 읽고 책상위에 던져놓았다가 한 달 이상이 지나 무심코 다시 읽어 보니 오른쪽 폐에 결절(스크라치)이라고 적혀 있는 게 아닌가? 강북삼성병원 호흡기내과 의사가 CT를 보더니 흉부외과로 가서 입원 후 조직검사를 하라고 했다. 주치의 오태윤 과장이 초기A 폐선암인 것 같다며 조직검사 후 암으로 판명되면 즉시 절제수술을 하겠다고 했다. 마취 후 눈을 뜨니 이미 오른쪽 폐 상엽(上葉)을 절제한 후였다. 의사들 모두가 이런 행운은 처음이라고 하며 조기 발견을 축하해주었다. 폐암 3, 4기는 사망 선고나 마찬가지니 나이 60세에 큰 고비를 넘긴 셈이다. 다시 한 번 어머니의 기도에 감사했다.

기침과 숨참의 후유증이 가라앉고 일 년 정도의 시간이 흐르자 에베레스트 트레킹의 유혹이 슬슬 살아나기 시작했다. 안

칼라파타르(5,545m) 정상

나푸르나 갈 때와는 비교할 수 없을 정도의 준비물을 챙기고 각오를 새기며 혼자 카트만두로 떠났다. 트레킹의 출발지인 루크라는 해발 2,800미터가 넘는 곳이다. 15인승 프로펠러기가 항공모함에 이착륙하듯이 곡예하며 절벽 위의 300여 미터의 짧고 경사진 활주로에 착륙해야 한다. 셰르파족의 거점 마을인 이곳이 에베레스트 트레킹의 기점이다.

트레킹은 기본만 지키면 성공한다고 한다. 천천히 걷고, 물 많이 마시고, 무리하지 않는 것이다. 나는 여섯 번의 히말라야 트레킹에서 한 번도 고산증세를 심하게 겪지 않았는데 기본에 충실한 덕이 아니었나 싶다.

16일간의 에베레스트 트레킹을 무사히 마치고 카트만두로 돌아올 때의 뿌듯함과 기쁨은 이루 말할 수 없을 정도였다. 55동기(계성고 55회)들의 찬사가 끝이 없었다. 사실 5,545미터를 오른다는 건 경험해보지 않은 사람은 엄두도 못낼 엄청난 일이다. 우리 음식이라고는 거의 가져가지 않고 현지 음식만으로 혼자서 등정했다는 사실이 더

쿰부지역의 아름다운 아마다블람 정상

욱 자랑스러웠다. 트레킹 도중에 스쳐간 OO여행사 트레킹 팀의 호화판 황제트레킹이 외국인의 눈총을 받는 광경을 목격한 터라 더더욱 그러했다. 이후 세 번의 히말라야 트레킹에서 나는 나의 트레킹을 스스로 '알파인 트레킹'으로 명명했다. 포터 수십 명 데리고 셰르파가 깔아준 루트를 오르는 원정대가 아닌, 세 명이서 셰르파 없이 기본 장비만으로 등정하는 것을 알파인이라고 하기에 거기에 나의 트레킹을 갖다 붙인 것이다. 칼라파타르를 다녀온 사람들도 다들 놀라워하는 방식이다. 그만큼 자부심을 갖고 임하는 트레킹이라 할 수 있다.

4차_ 에베레스트 트레킹 2차, 쿰부 3패스 (2014. 9)

손녀 준이 출산을 돕기 위해 아내가 괌으로 떠나게 되었다. 이를 기회 삼아 다시 한 번 쿰부 트레킹 중에서도 가장 힘들다는 5,000미터 이상 봉우리를 세 개를 넘는, 이른바 3Pass 트레킹을 혼자서 떠났다. 9월 중

쿰부 3패스—준구야 할부지 히말라야 왔다~

순의 쿰부지역은 몬순의 끝자락이어서 비가 수시로 내렸고 산장(롯지)은 몬순기간이라 태양열을 집적하지 못해 밤에 밥그릇도 제대로 보이지 않는 상태였다. 루크라를 출발하여 일주일 되던 날 딩보체(4,300m)에서 추쿵(4,800m)까지 고소 적응 후 딩보체에서 밤을 지내는데 우울한 감정이 솟아나 참을 수가 없었다. 날씨 탓도 있겠지만 어둡고 싸늘한 롯지에서 세수도 제대로 하지 못한 모습으로 누워 있는 것이 갑자기 서글프게 느껴지는 것이었다. 이런 마음가짐으로 5,000미터 이상 되는 세 개의 산을 넘을 수 있겠는가 하는 불안감이 생겼다. 밤새 생각을 정리해서 일어나자마자 포터 마일라에게 하산하자고 했다. 정성껏 준비한 플랭카드 '준구야, 할부지 히말라야 왔다'는 딩보체 부근에서 펼쳐서 사진 찍고는 곧장 루클라로 향했다. 트레킹 중도에 하산한 것은 이번이 처음이었다.

5차_ 에베레스트 트레킹 3차, 칼라파타르 재등정 (2017. 9)

약목 친구 최대현이 자기 회사인 클라임 코리아에서 경비를 지원하니까 전무인 홍종표와 셋이 칼라파타르를 가자고 했다. 한번 다녀온 곳을 다시 가는 셈이지만 오랜 친구에게 에베레스트를 보여주고 싶은 마음도 있어서 경비는 항공료만 부담하라고 하고 현지 나의 경비는 내가 내겠다고 했다. 사장인 홍주표에게 그것까지 부담시키는 것은 내 자존심 문제라고 생각해서다. 2010년에 갔던 것과 같은 코스이지만 하산길은 촐라패스를 넘는 것으로 바꾸었다. 촐라패스는 칼라파타르를 등정한 후 하산하면서 다시 5,300미터를 넘어야 되는 어려운 코스다. 트레킹 4일째 탱보체(3,800m)를 오르는데 홍전무가 고산증세로 힘들어했다. 롯지에 도착해서는 최대현도 힘들어했지만 이틀 후 딩보체(4,300m)까지는 무사히 도착했다. 예정대로 다음 날 추쿵(4,800m)으로 고소 적응하러 다섯 시간을 오르자 두 사람은 롯지에 그냥 드러누워 버렸다. 겨우 점심을 먹게 하고 다시 딩보체로 무사히 내려오기는 했다. 그날은 추석이었고 보름달 아래 빛나는 아마다블람의 설경은 무어라 표현할 말이 없을 정도로 아름다웠다. 이제부터 로부체(4,900m) 고락셉(5,210m) 롯

2017년 칼라파타르 정상

지까지 이틀에 걸쳐 가장 힘든 길을 가야만 한다. 두 사람은 오히려 이때부터 적응이 되는지 별 탈 없이 고락셉에 도착했다. 그런데 식당 안에 들어가 문제가 생겼다. 두 사람은 난로의 연료인 야크 똥 연기와 서양인들의 노린내에 구역질을 하며 음식을 입에 대지도 못했다. 잘 먹고 버티는 사람은 나밖에 없었다. 그렇다고 맛있게 먹는 것은 아니고 살기 위해서 꾸역꾸역 집어넣을 뿐이었다. 다음 날 칼라파타르 정상까지 죽을힘을 다해 올라 '클라임 코리아' 플래카드를 펼치며 기념 촬영을 했다. 만세!

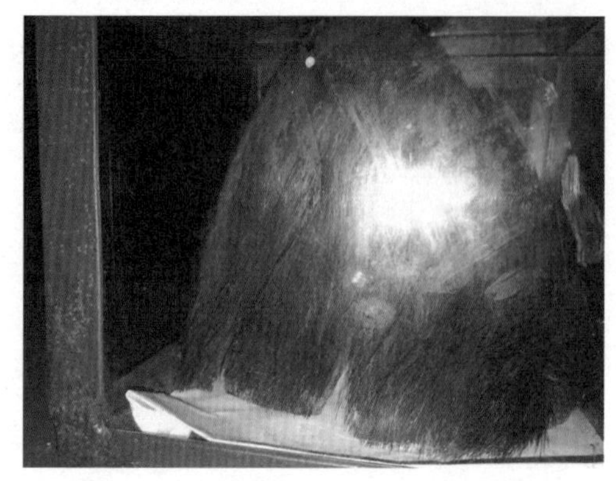

쿰중 곰파에 보관 중인 전설의 설인 예티의 두피

전문 산악인인 홍전무는 예정대로 촐라패스를 넘으며 하산하고픈 마음인 것 같았지만 컨디션과 분위기를 감안하여 왔던 길을 내려가는 것으로 결정했다. 내가 대장이니까 절대 복종이 산에서의 법이다.

고산증세의 하나로 '분노' 가 있다는 것을 이번 트레킹에서 처음 알았다. 최대현이 화를 많이 내기에 처음엔 내가 너무 심하게 단속을 했나 했는데 그간의 사정을 종합하면 고산증도 한몫을 한 셈이다. 5,000미터 이상에서는 산소가 평지의 50%밖에 되지 않아 뇌의 산소가 부족하면 자신도 모르게 화가 난다고 한다. 서울 와서도 분한 마음이 풀리지 않은 것 같아서 일단 내가 사과했다. 몇 달이 지나고 최대현이 자신의 고산증세 때문이었다며 화낸 것을 진지하게 사과하여 웃어넘겼다.

카트만두에서 한국인 최초로 아이거 북벽 등정을 한 전설의 정광식과 저녁을 함께한 적이 있는데 그의 말에 따르면 산에 갔다 오면 모두 싸워서 두 번 다시 안 만나는 사람들이 많다고 했다. 그의 말

하산 전 롯지에서 포터와

을 듣고서야 분노의 원인을 깨달은 것이다. 지금까지 혼자서 다녔지 세 명이 간 것은 처음이라 나도 잘 몰랐다. 이렇게 다섯 번째 히말라야 트레킹이 끝났다.

6차_ 마나슬루 트레킹 (2019. 12)

나의 히말라야 트레킹의 최종 목표는 마나슬루였다. 오래 전부터 생각해오던 것을 2019년 12월에 드디어 실행에 옮길 수가 있었다. 마나슬루 정상 등정은 우리나라 원정대가 몇 번 시도했으나 많은 희생자만 남기고 뒤돌아섰을 만큼 아름답고도 어려운 산이다. 트레킹 입산도 두 명 이상이어야 허가해준다. 롯지도 부족하고 여러 모로 열악한 곳이다. 내 카트만두 에이전트인 장정모 사장이 '마침 한국 남녀 두 명이 가는데 조인해서 가면 좋겠다'고 권해서 셋이 함께 출발하게 되었다.

에베레스트 트레킹은 비행기로 도착해서 가뿐하게 시작하지만 마나슬루는 일반 로컬버스로 열 시간을 가야만 출발점에 도달하게 되는 오지다. 출발하는 날 아침에 갑자기 버스 총파업 때문에

여명의 마나슬루 정상

전용차로 가야 된다고 하여 경비가 추가되었다. 말도 안 되는 시골 산길을 일곱 시간 정도 덜커덩거리며 달려 겨우 도착했다. 마나슬루는 해발 900미터 정도부터 시작하지만 거리가 멀어 10시간 가까이를 걸어야만 했다. 거기다 산길도 험해서 7~8시간 걸리는 에베레스트 트레킹은 여기와 비교하면 고속도로라 할 수 있다. 롯지에 도착하자 완전 녹초 상태였다.

7일만에 사마가온 롯지(3,480m)에 도착하여 다음날 마나슬루 베이스캠프(4,400m)를 다녀오는 일정을 마치고 나니 딴 마음이 생기기 시작하였다. 마나슬루가 가장 아름답게 보이는 베이스캠프까지 갔다 왔는데 또 다시 5,150미터의 라르캬 패스 고개를 넘어야 되는가 하는 마음이었다. 지금까지는 느끼지 못했던 증상, 즉 나이를 몇 살 더 먹으니까 무릎이 말을 듣지 않는 것이다. 이 상태라면 새벽 4시부터 오르기 시작하여 너덜길 내리막의 11시간 이상의 산행을 할 자신이 없었다.

8일째 아침. 두 사람에게 무릎 때문에 너덜길 내리막에 자신이 없고 또 문제가 생기면 곤란하기에 하산하겠다고 하고 나이 많은 포터와 둘이서 일행과 작별했다. 하산길도 닷새나 되는 먼 길이다. 무릎 상태가 점점 더 힘들게 해서 하산 길 롯지에서 나 자신에게 히말라야 트레킹을 마치는 고별사를 쓰고 30년 동안 6회의 히말라야 트레킹에 안녕을 고했다.

카트만두에서 30년 만에 만난 산악인 정광식은 20대 청년 시절에 세계에서 가장 험하고 위험한 아이거 북벽을 등정한 전설의 사나이다.

"엄홍길이 나더러 카트만두로 가서 자기가 지은 학교 관리나 하며 지내라고 해서 왔는데 공항에 내리면 고향에 왔구나 하는 안도감이 들어요."

이 말에 산악인들의 네팔 사랑이 어느 정도인지 느껴졌다. 정광식은 나와 헤어진 지 1년 후 산길에서 자동차 사고로 사망했다.

고인의 명복을 빈다.

카트만두 장사장의 이 말도 언제까지나 머릿속에 남아 있을 것 같다.

"서울 가면 언제 카트만두로 돌아오나 그 생각뿐입니다. 시골 버스 정류장 같은 카트만두 공항에 내려 자동차 오토바이 경적 소리를 들으며 먼지 낀 도로를 달리면 이제 집에 왔다는 기분이 듭니다."

카트만두를 떠나오는 날 장사장이 말했다. "트레킹 접으셨다고 하셨는데 이 아수라장 같은 카트만두가 그리울걸요."

사실 일 년이 지나지 않아 카트만두의 그 무질서가 그리워졌다. 이런 나를 보고 누군가 알프스처럼 아름다운 곳을 두고 여섯 번이나 히말라야를 가는지 이해할 수 없다는 표정을 지을 때면 적절한 대답이 생각나지 않았다. 오로지 하나의 목표, 즉 실패하지 않고 내려와야 한다는 단순한 목표만이 있을 뿐이다. 단순함을 추구하는 히말라야 트레킹이 그립다.

부암동 탱고반— 이미선, 박영주 아나운서 등

음악을 하는 사람으로 댄스에 관심이 없을 수 없다. 춤을 배우고 싶다는 생각은 많았으나 좀처럼 용기를 내지 못했다. 그러다 1990년대 언제쯤인지는 정확하게 생각이 나지는 않지만 KBS 본관 옆의 동아일보 문화센터에 댄스스포츠 교실이 있는 걸 알고 큰 맘 먹고 등록을 했다. 일주일에 한두 번, 이른바 자이브·폭스트롯 등을 단체로 배우는 이 댄스 교실에 남성 회원이 절대 부족이었다. 귀한 남성 회원으로서 대우를 받으며 그럭저럭 댄스에 대한 기초를 배우고 있는데 일 년 정도 지나 동아문화센터가 건물을 매각하는 바람에 댄스도 자연히 끝나버렸다.

부산 근무를 마치고 2002년에 서울로 복귀했는데 배우던 걸 다시 하고 싶은 생각이 들어 영등포에 있는 개인 교습소에 등록했다. 아내와 같이 소셜댄스(이른바 캬바레 춤)와 댄스스포츠를 병행하여 2년간 춤을 배웠다. 선생과는 출 때만 잘되고 다른 사람과 추면 발이 엉켜버렸다. 댄스는 결코 쉬운 것이 아니었다.

정해진 루틴을 벗어나면 하나도 진전이 안 되는 것을 알았지만 운동하는 셈 치고 2년을 보냈는데, 우연히 부암동 보석연구소 '애족'에서 아르헨티나 탱고를 접하게 되었다. 아르헨티나 탱고는 댄스스포츠 교실에서 배운 탱고와는 음악과 동작이 완전히 달랐다. 이민 온 부두 노동자들의 음악이기 때문에 음악 속에 비애와 고통, 아쉬움이 흐른다. 아르헨티나 교민 출신인 공명규 씨가 선생인데, 그는 프로 탱고인이었다. 부암동 클럽 '애족'에는 주로 KBS의 PD와 여자 아나운서, MBC의 여자 아나운서가 주류를 이루었고 외국은행 여성 임원, 외교관 등이 있었고 H그룹의 현모 회장도 우리 멤버였다. 한남동과 강남에도 클럽이 있었는데 강남클럽은 W병원 원장과 부인이 주축이었다. 가끔 세 팀이 애족이나 특별한 장소에서 합동으로 와인파티를 열고 탱고를 추면서 유대를 나누고 서로 다른 스타일의 춤을 경험하는 자리를 만들었다.

아르헨티나 탱고는 크게 정해진 루틴이 없다. 토막토막 배운 조각을 스스로 응용하여 기억해둔 동작을 꿰맞춰야 한다. 전에 배웠던 교습소 춤 스타일과는 완전히 다른 것이라 어렵긴 해도 탱고 음악 자체의 높은 음악성과 품격에 매료될 수밖에 없었다. 확실한 것은 춤은 몸으로 기억하는 것이 아니라 머리로 암기해야 되는 어려운 장르라는 점이다. 춤은 10년 추다가도 한 달만 멈추면 모두 잊어버린다는 말을 실감했다. 하지만 탱고를 추는 순간의 그 기쁨은 이루 말할 수 없었고 좀더 일찍 배웠더라면 하는 아쉬움이 남는다. 가끔은 강남 리베라호텔 옆길의 탱고 레스토랑 '부에노스 아이레스'에서 추기도 했는데 어느 날 내 인생 최고의 춤을 출 기회가 왔다. 공명규 씨가 아르헨티나의 오리지널 프로탱고 공연팀을 초청하여 고양 아람누리에서 공연을 가진 것이다. 공연 후 부에노스 아이레스 탱고 바에서 뒤풀이가 예정되어 있었으니 그동안 닦았던 실력으로 프로 무용수와 함께 출 수 있는 이보다 좋은 기회가 있을까? 나는 부끄러움 따위는 접어두고 여자 무용수 다섯 명 중 네 명과 한 곡씩 네 곡을 추었다. 그들은 우리 팀의 뻣뻣한 여자들과 달라 달에서 걸어다니듯 했고 어설픈 나를 정성껏 받아주었다. 네 곡의 탱고를 추고 와인 마시고 내가 한 말. "이제 탱고와는 여한이 없다."

2008년, 금융위기가 오고 애족클럽이 문을 닫았다. 그 뒤로는 한 번도 탱고를 추지 않았지만 그날 밤의 춤으로 내 탱고 인생은 행복했다고 말할 수 있다. 퇴직 후 아르헨티나로 가서 두어 달 탱고 레슨을 받은 뒤에 부에노스 아이레스의 클럽에서 아내와 함께 탱고를 추겠다는 계획이 있었는데 이제는 늦지 않았는가 싶다. 그래도 한 번이라도 좋으니 부에노스 아이레스의 비 오는 어둑한 뒷골목의 탱고클럽에서 탱고를 추고 싶다.

아름다운 영화를 볼 때,
그때가 화양연화

열 살까지 시골서 생활했으니 제대로 된 영화 한 편 보지 못했다. 시골 극장이나 장터에 떠돌이 흥행사들이 갖고 온 영화, 즉 한 편 상영 중에 대여섯 번씩 끊어진 필름 이어 붙이는데 시간을 다 보내는 고물 영화를 본 게 다였다.

3학년 즈음이었던가 기억하는데 그 무서웠던(?) 아버지와 개봉관인 대구극장에 같이 간 적이 있었다. 〈사람 팔자 알 수 없다〉라는 코미디로 당시 우리나라의 인기 희극배우 양훈(뚱뚱이), 양석천(홀쭉이)이 나오는 영화였다. 시골 출신인 두 명이 서울로 올라와 갖은 고생을 다 하다가 강도 등 뒤에 손가락으로 "손들어!" 하여 잡게 되어 상금을 타고 팔자를 고치게 되었다는 엉성한 내용의 영화였다. 시골 아이가 개봉관의 깨끗한 스크린을 처음 본 순간의 놀라움은 이루 말할 수 없었고 너무 재미있게 본 기억이 아직도 생생하다.

1981년 MBC가 〈제1 공화국〉이라는 드라마를 방영했는데 아직도 기억에 남는 인상 깊은 장면이 둘 있다. 이승만 대통령이 회의를 주재하러 나타나면 비서실장이 큰 소리로 "대통령께서 납십니다."라고 했다. 해방 후 우리 사회의 대통령은 그 정도로 군주와 같은 존재였었다. 다른 하나는 정권의 2인자 이기붕이 1956년 부통령 선거와 국회의원 선거에서 패배한 후의 일을 다룬 것으로 영화계의 깡패 제작자 임화수 –4·19혁명, 5.16 후 사형당했다–가 이기붕을 찾아와서는 "아버님, 요즘 심기가 어지러우실 것 같아서 제가 영화를 한 편 만들었습니다. 〈사람 팔자 알 수 없다〉라는 영화인데 보시면서 잠시라도 걱정 내려놓으시기 바랍니다." 하며 위로하는 장면이다. 이 장면을 통해 초등 3학년 때 대구극장에서 재미있게 봤던 영화가 만들어진 연유를 알게 된 것이다.

영화 '사람 팔자 알 수 없다' 포스터 사진

TV 없던 시절의 영화관은 국민의 유일한 오락장이었다. 〈사람 팔자 알 수 없다〉는 10만 명 이상의 관중을 동원한, 이른바 대박 난 영화였다. 4학년 때 대구로 전학하여 할머니와 살던 집이 대봉동이었는데 근처에 남도극장이라는 3류 극장이 있어 중학교 시절까지 줄기차게 들락거렸다.

FM프로그램을 방송하는데 영화 얘기를 빠트릴 수는 없는 법이어서 젊은 영화 평론가가 종종 출연하게 되었다. 30대의 여성 평론가와 차 마시며 지나간 명화 얘기를 하다가 내가 〈벤허〉 〈황야의 무법자〉 〈007 위기일발〉 〈부베의 연인〉 〈오토바이〉 〈대부〉 〈디어 헌터〉 〈남과 여〉 등을 개봉관에서 관람했노라 하면 부러움과 놀라움을 동시

독재정권 반대자로서 1980년대 시절에 읽은 책들. 여기서 이들의 모순을 읽었고 1990년 후반 김대중정권 들어 좌경사상과 결별했다. 이 정도의 친북 좌경의 책 몇 권 읽고 아직까지 김일성 숭배자로 살고 있는 정치인이 여전히 존재한다.

에 나타내며 슬그머니 꼬리를 내린다. 이 세대는 이러한 역사적인 명화를 비디오테입으로 볼 수밖에 없었을 것이다.

지금도 대한극장과 시네큐브에서 일주일에 한 편 정도 영화를 본다. 영화는 큰 스크린으로 봐야 제격이라는 믿음을 가지고 있다.

한국영화는 거의 보지 않는데 그 이유는 몇 가지 있지만 영화계가 이념적으로 편향된 감독 일색이어서 보기가 불편한 면이 있어서다. 운동권 대학생 출신의 감독들이 6·25를 포함한 남북관계를 '민족끼리'나 '평화'라는 말로 심히 왜곡하고 있다고 느꼈다. 예로, 영화 〈고지전(高地戰)〉의 한 장면. 멋지게 군복을 차려입은 인민군 장교가 거지꼴의 국군포로들을 세워놓고 "너희들은 이 전쟁의 의미가 뭔지 모르

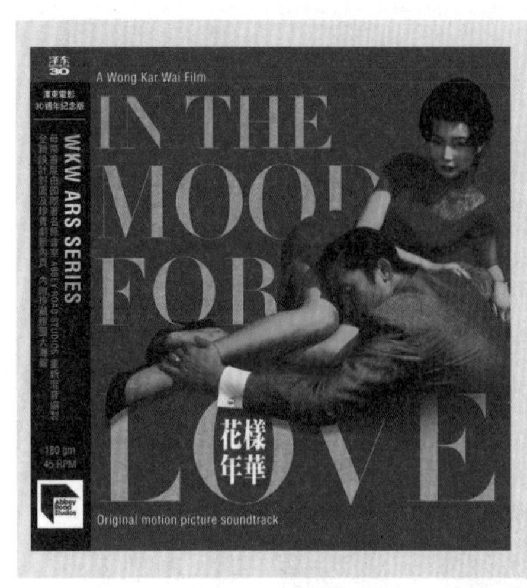

Yumeji's Theme

세상에 이렇게 슬프고도 아름다운 음악이 존재할 수 있는 것은 장만옥과 양조위의 연기와 왕가위 감독의 연출의 힘이다.

지?" 하며 딱하다는 듯 내려다보더니 부하에게 모두 보내주라고 한다. 1980년대 학생운동권이 탄압을 피해 충무로 영화판으로 숨어들었고 허드렛일을 거들다가 영화감독이 된 경우가 많다. 그들은 운동권 시절 전두환 독재에 절망한 나머지 그 대안으로 김일성 주체사상을 신봉하며 좌파 교과서라고 할 수 있는 『해방 전후사의 인식』『중국의 붉은 별』『전환시대의 논리』『자본론』 등 몇 권의 책을 읽고 친북 좌파가 되었다. 6·25전쟁은 미국과 남한이 일으킨 전쟁이며 미국 때문에 우리는 같은 민족끼리 통일을 하지 못한다는 인식이 머리에 깊이 박혀 있는 그 유아적인 사고가 지금 586 패거리들의 생각인 것이다. 〈쉬리〉〈태극기 휘날리며〉 등 천만 명을 돌파한 영화들이 교묘히 침전시켜 놓은 이런 사상을 영화로 보게 되는 것이 불편해서 한국영화는 거의 보지 않고 해외의 예술영화를 주로 보는 편이다.

주변 사람들한테 그 나이에 무슨 영화를 그리 많이 보냐는 질문을 자주 받게 되는데 나의 대답은 짧다. "내 일상과 사는 세상이 심심한데 영화 속에서나마 상상하며 꿈꿀 수 있다."

최근 왕가위 감독의 명작 〈화양연화〉가 리마스터링 되어 대한극장에서 재개봉되었는데 '유메지의 테마'가 흐르는 장면의 영상미에 눈물이 흐르는 것을 참을 수가 없었다. 두 번을 다시 보고 〈중

경삼림〉〈해피 투게더〉도 거듭해 보면서 느낀 점은 '영화는 아름다워야 한다'는 것이다. 〈기생충〉처럼 기발하고 사회적 이슈를 다루는 것도 좋지만 영원히 남는 것은 아름다움이라고 본다.

2021년에 아카데미 작품상, 감독상, 여우주연상을 수상한 〈노매드 랜드〉는 요 몇 년 사이에 본 영화 중 걸작으로 꼽는다.

이래 봬도 침뜸 요법사

구당(灸堂) 선생과 나

구당 선생과 부암동 집에서

퇴직하기 1년 전인 2007년 즈음 당시 화제가 되었던 구당 김남수 선생의 제자가 되는 기회가 찾아왔다. 침뜸의 합법화에 전력을 기울이던 구당께서 언론과 밀접한 관계가 무엇보다 중요하다는 것을 아시고 MBC에 침뜸 교실을 열고 KBS와 YTN 기자, PD를 위한 강좌를 마련한 것이다.

매주 한 번 MBC로 가서 교수급 선생들의 강의를 듣는데 전통의학의 각 분야인 경락경혈학, 장상학, 병인병기학, 침뜸진단학, 침뜸의학개론, 취혈자침실기 해부생리학 등의 이론을 한 시간 배우고 자침실기를 한 시간 실습했다. 일 년 후에는 실습을 마치고 전국에서 모인 학생들이 봉사실에서 실기와 필기시험을 치렀다. 태어나서 그렇게 열심히 공부한 적은 처음이라고 감히 말할 수 있다.

사람 몸의 365개의 혈자리를 흐르는 순서대로 전부 외우는 고난도의 암기뿐 아니라 필기시험 자체의 난이도가 높아 시험 끝나고 동기생들이 대낮부터 만취할 정도로 술을 마셨다. 30% 정도는 불합격 처리되었지만 나는 무난히 합격하여 구당 선생과 기념 촬영의 영광을 누렸다. 지금도 아내가 허리 아프다고 하면 내가 침을 놓는데 예상 밖의 효과를 보기도 한다.

고교 동창 부부 세 팀이 중국의 웨이하이로 골프여행 갔을 때의 일이다. 사흘 동안 라운딩을 해야 하는데 첫날 라운딩부터 친구 아내가 배수로에 발을 헛디뎌 발이 붓고 잘 걷지도 못하는 것이다. 다른 친구들에게 민폐 끼치기 싫다며 다음 날 한국으로 가겠다고 했지만 단체비자라 따로 갈 수 없어 난감한 상황이었다. 일단 저녁식사 하러 시내로 나가며 가이드에게 혹시 중국침을 살 수 있으면 사달라고 부탁하고 식당에서 식사하는데 침을 사가지고 온 것이다. 아시혈(현재 가장 아픈 곳) 위주로 침을 놓고 식사를 마쳤는데 다음날 아침이 되자 걸을 수 있을 정도로 나았다는 것이다. 그래도 한 번 더 침을 놓아주었더니 사흘 동안 무난히 골프를 마쳤다. 그 일로 친구들 사이에서 '신침'(神針)으로 불리우게 되었다. 지금은 게을러져서 뜸을 하지 않는데 구당 선생은 항상 뜸을 꾸준히 하면 무병장수 한다고 늘 강조하셨다. 구당 선생 본인도 그렇게 하여 105세까지 건강하게 사신 것이다.

아버지의 유품 중에 일본서적인 『침구치료의 실제』라는 임상치료 서적을 발견하고 가끔 참고로 하여 아내에게 침을 놓기도 한다.

평생의 노력을 다하셨지만 침구 합법화를 이루지 못하시고 돌아가신 구당 선생의 명복을 빕니다.

4장

과거에 기대어 미래를 열어간다

15대조 문간공

14대조 충신 판서공

13대조 욕담공

12대조 원당공

11대조 사복시정공

10대조 석계공

9대조 만와공

8대조 칠암공

7대조 통덕랑

6대조 명字 호字

5대조 죽포공

종고조부 월호거사, 고조부 통덕랑, 증조부 성균진사

조부 5남 2녀 형제 분

당숙 유영 감독

선산 김씨 연원(淵源)

문간공 판서공 욕담공

정신과 행동의 근본 세 가지: 청렴결백, 충절보국, 순천입명

선산 김씨 후손이라면 최소한 집안의 내력을 어느 정도는 알아야 한다고 본다. 나도 젊을 때 아버지께서 귀에 못이 박이도록 '우리는 양반'이라고 하셔서 오히려 반감을 가진 적도 있었다. 나도 나이 들어서야 알게 되었지만 그조차 아버지께서 알고 계신 역사의 극히 일부분일 뿐이다. 하지만 내가 안 만큼은 내 자식, 손주에게 알리고 싶다. 길게 늘어놓기보다는 중요한 부분만 간단히 언급하고자 한다.

우리 선조는 신라 마지막 왕 경순왕의 여덟째 왕자인 錘(추)로부터 시작된다. 錘 할아버지는 고려 태조 왕건(王建)의 외손자로 우리 문중은 고려 말까지 송도(개성)에서 대대로 공경(公卿)벼슬을 했다.

1392년 고려가 망하고 조선이 개국하자 중시조 화의군 起(기)께서 불사이군(不事二君)의 충절을 지키고자 광주목사(廣州牧使)의 지위를 버리고 선산에 처음으로 입향(入鄕)하시게 된 것이다.

15대조 문간공 구암(文簡公 久庵,)
휘(諱): 취(就) 字, 문(文) 字
1509년~1570년

화의군의 5대손 광좌(匡佐)께서 6형제를 두셨는데 다섯째 아드님이 바로 문간공(文簡公) 취문(就文) 선조이시며 우리 들성을 조선에 빛나게 하신 청백리(淸白吏)이시다. 학문으로 이름을 드높여 후일 문간공이란 시호를 받으셨다. 우리 일가에 여러 문중이 있지만 15대조 문간공 후손이라는 것에 더욱 자부심을 느끼는 것이다.

인품과 학문에서 만인의 존경을 받으시어 우리 선산 김씨라 하면 바로 이 할아버지의 명성에 후광을 입지 않은 사람이 없을 정도이다. 문간공 할아버지가 청송 부사로 계실 때 퇴계 이황(退溪 李滉)선생께서 아들에게 “청송에 가면 현인(賢人) 한 분이 계시니 그냥 지나치지 말고 필히 찾아뵙고 가르침을 받으라”는 당부를 할 만큼 학식과 경륜이 조선 전체에 떨치지 않은 곳이 없었다.

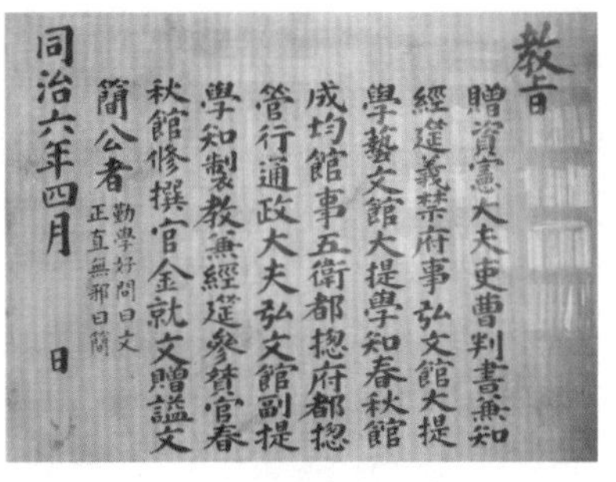
教旨
贈資憲大夫吏曹判書兼知
經筵義禁府事弘文館大提
學藝文館大提學知春秋館
成均館事五衛都摠府都摠
管行通政大夫弘文館副提
學知製教兼經筵參贊官春
秋館修撰官金就文贈謚文
簡公者 勤學好問曰文 正直無邪曰簡
同治六年四月 日

우리 집에 보관하고 있는
문간공 시호를 받은 당시의 교지(敎旨)

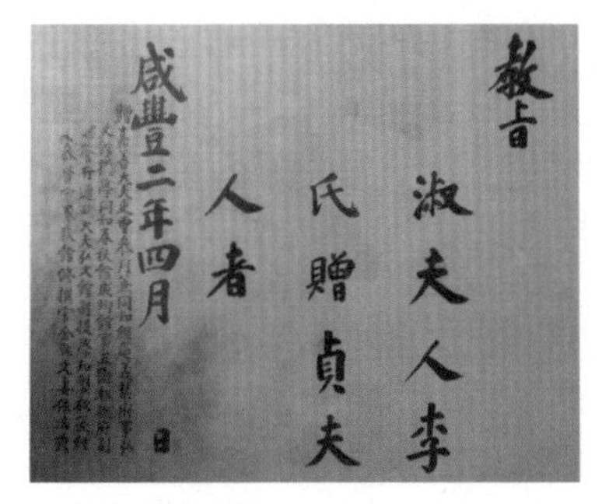
教旨
淑夫人李
氏贈貞夫
人者
咸豐二年四月 日

할머니 정부인(貞夫人) 이(李)씨의 교지
(문간공이 홍문관 부제학에서 대제학으로
증직시 교지)

중종 4년(1509년)에 태어나셔서 29세 때인 중종 31년(1536년) 문과(文科)에 급제하시고 홍문관 교리, 강원도 관찰사, 호조 참의, 사간원 대사간 등을 역임하시고 선조 3년(1570년)에 향년 62세로 세상을 떠나셨다. 증직(贈職)으로 홍문관 대제학, 문간공 시호를 받으셨다.

***청렴결백(清廉潔白), 즉 정직하고 순수하며 부정부패와 목숨 걸고 싸운다는 조선 사대부의 전형을 보여주심.**

14대조 충신 판서공(忠臣 判書公)
휘(諱): 종(宗) 字, 무(武) 字
1538년~1592년

휘(諱) 종무(宗武)께서는 명종 3년 (1548년) 문간공의 장자로 태어나셔서

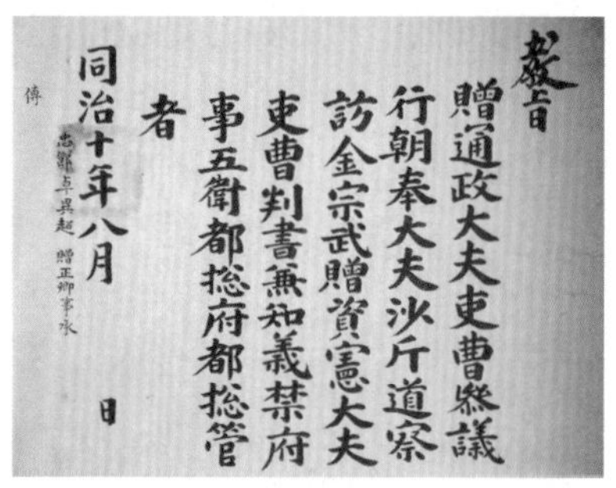

敎旨
贈通政大夫吏曹參議
行朝奉大夫沙斤道察
訪金宗武贈資憲大夫
吏曹判書兼知義禁府
事五衛都摠府都摠管
者
同治十年八月 日

우리 집에 보관하고 있는 14대조
할아버지가 이조판서에 증직된 교지

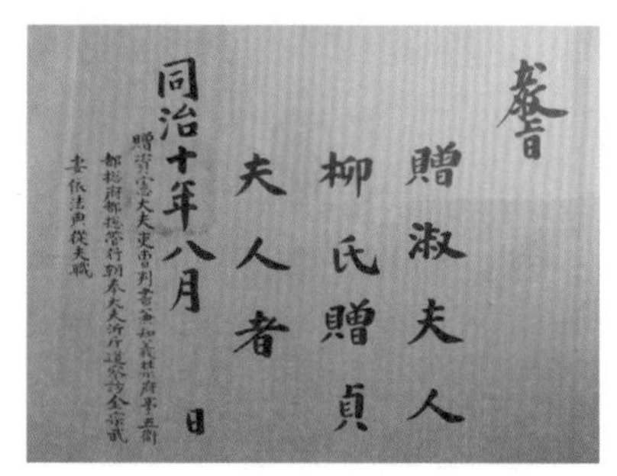

敎旨
贈淑夫人
柳氏贈貞
夫人者
同治十年八月 日

정부인(貞夫人) 풍산 류씨 교지

하회(河回) 풍산 류씨 영의정(領議政)을 지낸 서애(西厓) 류성룡(柳成龍) 대감의 여동생과 결혼하시니 『징비록(懲毖錄)』을 쓰신 서애대감이 바로 손위 처남이셨다.

1592년 4월 임진왜란이 일어나자 사근도(沙近道) 찰방(察訪)으로 계셨던 할아버지께서는 고향 본가에 연락하여 가솔들은 금오산 도선굴로 피난하라 이르고는 역무를 대강 정돈하고 50여명의 역졸을 인솔하여 밤새워 멀리 400리도 넘는 상주 땅에 당도하였다. 이미 고을 원은 달아나고 없고 판관 권길(權吉)이 혼자서 어찌할 바를 몰라 하던 차에 할아버지를 맞아 천군만마를 얻은 듯 사방으로 독려하여 장정을 모으니 대략 800여 명에 이르렀다. 하지만 왜군의 수효로나 무기의 질에서나 중과부적이었고 순변사(巡邊使) 이일(李鎰)은 변변히 싸우지도 않고 도망쳐버렸다. 公은 의관을 정제하고 갖고 있던 손부채(手扇)를 노복(奴僕) 한용에게 건네주면서 "이걸 갖고 돌아가서 나는 오늘 이 곳에서 나라를 위해 죽었노라고 알려라." 하고 적진으로 돌진하여 장렬히 순절(殉節)하였다. 소서행장(小西行長)의 17,000명의 왜군 대 800여 명의 조선군이 상주 북천(北川)에서 그야말로 한 발자국도 물러서지 않고 전투를 벌여 전원 전사하였고 할아버지의 시신도 수습하지 못하여 나중에 의관장(衣冠葬)으로 안동 능골에 안장되셨다. 후에 이조판서에 추증되셨다.

***충절보국(忠節輔國), 즉 나라의 은혜를 입으면 절의(節義)를 위해 죽음으로 보답한다는 사대부의 모범을 보이심.**

13대조 욕담공(浴潭公)
휘(諱): 공(玒) 字
1581년~1641년

임진란 당시 열두 살의 어린이었지만 아버지의 당부대로 금오산의 도선굴로 전 가족을 피신시켰다. 금오산 도선굴 안에는 몰려든 피난민으로 날은 더운데 몸 돌릴 틈도 없이 비좁았고, 습하고 냉한데다 물 한 모금 구하기도 어려운데 상주에서 들려온 비보에 망연자실한 할머니(정부인 이씨)는 그해 8월에 운명하셨다.

곧 이어 슬기롭다고 알려진 형 충(翀)이 16세의 어린 나이로 또한 세상을 뜨고 집안의 기둥이던 작은 아버지 종유(宗儒)–학생공–마저 병을 얻어 돌아가시니 어머니 류씨는 몸져눕고 말았다. 이 경황에 달리 알릴 곳도 없고 하여 급히 어머니가 하회(河回) 친정에 연락함에 맏 오라버니 겸암 류운용(謙庵 柳雲龍)대감이 장정을 보내 들것에 실어 적진을 뚫고 삼모자녀(三母子女)를 모셔오게 하였는데 안동 일직(一直)에 다다랐을 무렵 어머니 류씨는 그만 운명하셨다.

전란 중이었고 집안의 어른도 없으니 선산으로 모시지 못하고 외삼촌인 겸암선생이 염습(殮襲)하여 안동 서후면 천등산의 친청 아버지인 감사공 휘 중영(監司公 諱 仲郢)의 산소 옆에 아버지의 의관(衣冠)과 같이 합장했다.

외가에서 외조모(정경부인 김씨)의 살뜰한 보살핌과 겸암과 서애 두 외삼촌의 가르침으로 뜻을 가다듬으며 근신(謹愼)하고 행실을 닦는 법을 알게 되었다. 세속의 영리에는 관심이 없었고 과거를 보러 가는 길이 아버지께서 전사하신 상주를 지나가야만 하므로 "아버지의 시신조차 거두지 못한 불효자로서 아버지가 돌아가신 곳을 밟고 어찌 과거를 보아 벼슬길에 나아가겠는가?"라고 하시었다. 조정에서도 벼슬에 여러 번 천거했건만 "한양 가는 길은 상주 땅을 밟아야 하거늘 아버지의 시신도 수습하지 못한 죄인이 어찌 벼슬하겠노라고 한양에를 가오리까?" 하고 사양하셨다고 한다. 평생 책을 벗 삼아 안빈(安貧)의 일생을 보내셨다고 한다. 스승 여헌(旅軒) 장현광(張顯光)선생의 가르침을 실천하시어 세속을 잊고 도(道)를 즐기며 벼슬길을 바라지 않으셨다.

***순천입명(順天立命), 즉 사람의 삶이란 겸허하게 하늘의 명(命)에 따라 정하고 순응함으로 인간의 할 일을 다 한다고 가르치심.**

하회(河回) 양진당(養眞堂). 충효당(忠孝堂)과 들성의 인연

하회마을은 풍산 류씨 집성마을로 대종가(大宗家)인 양진당과 그 아래의 충효당이 하회를 대표하는 집안이다. 양진당은 겸암 류운룡 대감, 충효당은 그 동생인 서애(西厓) 류성룡(柳成龍) 대감의 고택으로 지금까지 최고의 명문가로 칭송받고 있다.

우리 들성과의 혼인은 임란에 순절하신 14대조 판서공과 서애대감의 여동생 류씨 할머니의 혼인을 들 수 있는데 영남 유력 가문 간의 전형적인 혼인이라고 할 수 있다. 이후의 두 가문 간의 혼인은 일일이 찾아보지 않아 알 수 없으나 나의 재종고모(아버지의 6촌 여동생)께서 양진당 겸암대감의 종손과 결혼을 하게 되어 이른바 하회 풍산 류씨 가문의 대종부(大宗婦)가 되셨다. 앞에서 언급한 욕담공을 가르치고 돌보아 주신 겸암대감은 학식이 높으신 분으로 동생인 서애대감도 형님의 가르침을 많이 받은 걸로 알고 있다.

내가 양진당을 방문한 것은 서너 번 정도인데, 한번은 누님 두 분과 아내, 사촌누님 등과 함께 고모께 인사드리고 하회마을 구경도 할 겸 찾아갔다. 양진당 솟을대문에 들어서자 단아한 사랑채 입암고택(立巖古宅)의 현판이 눈에 들어왔다. 입암은 겸암선생의 아버지 류중영 대감의 아호(雅號)이다. 원래 99칸이었으나 임란에 불타버려 지금은 축소된 형태를 유지하고 있다. 고모께서는 양진당 안채에서 모처럼 친정식구들과 앉아 시집올 때의 얘기도 해주시고 한 살 위의 아버지에 대해서는 "시집오기 전에 영록이 오빠는 늘 다정하게 대해줘

하회 양진당 방문시 대종부 고모와 우리 식구들

지금도 오빠를 생각하고 있다." 하고 회상하셨다.

아내와 둘이서 양진당 안채의 고즈넉한 한 칸 방에서 하룻밤을 자고 일어났을 때의 그 행복한 느낌이 지금도 잊혀지지 않는다. 다음 날은 고모가 우리 식구 모두를 이끌고 동네 밥집으로 가서 점심까지 사주셨다.

1999년 엘리자베스 여왕이 하회마을을 방문했을 때도 양진당을 찾아 고모와 직접 대화를 나누었다고 하시기에 "고모, 여왕하고 무슨 얘기 했어요?" 하니 "영국에서 한국도 먼 곳인데 한국에서도 먼 하회까지 오시느라 고생하셨다고 말했지. 이렇게 아름다운 곳이 있다는 걸 처음 알았다고 초대해줘 고맙다고 하데."라고 하셨다.

#양진당 방문 에피소드

양진당을 방문한 계절이 8월 삼복이어서 안채 대청마루에서 런닝셔츠만 걸치고 수박을 잘라놓고 오랜만에 고모와 옛날 얘기도 하며 보내고 있는데, 웬 여성이 들어와서는 안채를 한 바퀴 돌아보고 당당하게 나가는 것이다. 이어서 중년의 아저씨가 들어와서는 우물가에 펌프질을 하며 물을 받더니 세수까지 하는 것이었다. 고모는 아무런 내색도 말도 하지 않았다. 이런 일에 익숙해져 있는 것 같았다.

휴일이면 양진당과 충효당 앞에 안동시 문화관광과 공무원들이 교대로 나와 해설도 하고 안채로의 출입을 막아주는 역할도 한다. 그날도 한 공무원이 안채로 들어와서는 고모에게 양해를 구하며 사과했다. "어르신, 죄송합니다. 관광객들에게 안채는 살림집이니 들어가지 말라 해도 막무가내입니다. 하회마을을 용인민속촌과 같은 개념으로 생각하는 것 같은데 아무리 설명해도 듣지 않습니다. 아까 그 여성은 나가면서 저에게 사람들이 대청마루에 앉아 수박 먹어도 되는 거냐고 항의까지 했어요. 그래서 하도 어처구니가 없어 제가 한마디 했어요. 자기 집에서 웃통을 벗든 수박을 먹든 당신들이 무슨 상관이냐고요."

하회마을과 양동마을처럼 주민이 거주하는 곳과, 전국의 한옥을 사서 모아 영리행위를 하는 민속촌과는 엄연히 다른데도 구분하지 못하는 사람들이 많다는 것을 그때 알았다.

대학생 시절에 고향 들성에 갈 때면 아버지께서 "하회할매에게 꼭 인사드리고 오너라." 하고 당부하셨는데 이 하회할매가 양진당 대종부의 숙모로 충효당에서 우리 집으로 시집오신 것이다.

셋째 자형은 상주의 우천종가(愚川宗家)에서 우리 집으로 장가오셨다. 우천은 서애 선생의 아드님인 류진(柳袗)선생이 분가하여 일으킨 풍산 류씨 세거지로 이렇게 하여 풍산 류씨가 우리 집과 또 인연을 맺은 것이다. 이렇게 양반의 혼인은 얽히고 설켜 있지만 가장 많이 혼인한 집안은 퇴계선생 집안으로 들성에서는 숙질 간이 퇴계선생 집안에서는 동서가 된 사례도 있다.

처가에 가서 장인에게 큰절을 올리고 나면 장인께서는 들성의 지인들 근황을 물으시는데 들성에 산 적이 없는 나로서는 "잘 모르겠습니다."라는 말밖에 더 할 말이 없었다. 존경하는 장인과 좀더 많은 대화를 나눌 수 있었더라면 하는 아쉬움이 있었지만 양반사위(?)를 바라보며 흐뭇한 표정의 장인의 모습이 지금도 잊히지 않는다.

12대조 원당공(元堂公)

휘(諱): 언(漹) 字

1606년~1646년

13대조 욕담공께서 사형제를 두셨는데 둘째 원당공이 우리 집안의 뿌리라 할 수 있으며 현재 선산김씨 원당공파 종중으로 선산 김씨 전체에서 가장 활발하고 권위를 가진 문중이 되었다.

원래 큰 문중인 문간공파 종중이 있지만 아버지께서 주도적으로 새로운 문중인 원당공파 종중을 세우시고 엉뚱한 사람 이름으로 흩어져 있던 토지 등을 소송으로 모두 되찾으셔서 지금의 부자 문중으로 만드신 것이다.

들성 원당재에서는 매년 3월 서울·대구·부산·제주 등 전국 각지의 종인(宗人)들이 모여 원당공파 총회를 열어 대학생에게 장학금을 지급하고 있다.

2023년부터 2년간 아버지께서 만드시고 발전시켜 온 원당공파 종중회장직을 맡아 아버지께 누를 끼치지 않도록 이끌 생각이다.

11대조 사복시정공(司僕寺正公)

휘(諱): 상(相)字, 주(冑)字

1629년~1711년

원당공께서 친자식이 없어 큰형님인 천(瀳)의 제2자를 양자 입양함. 종9품 장사랑(將仕郞)으로 후에 정3품 통훈대부(通訓大夫) 사복시정공으로 추증되었다.

10대조 석계공(石溪公)

휘(諱): 형(亨)字 섭(燮)字

1654년~1721년

문장가(文章家), 시인(詩人). 1차 시(試)는 합격하고도 인위적인 방해로 실락(失落)하였고 2차시에 임하기 직전에 백형(伯兄) 진사공(進士公) 태섭(泰燮)의 사건에 연루되어 대리고역(代理苦役) 2개월에 처하는 불운을 겪으셨다. 문장가로 이름을 날렸으나 과거 운이 없어 평생을 초야 문사(草野 文士)로 지내시다 생을 다하셨다.

#석계공의 백씨 태섭 후손에 관한 에피소드

20여 년 전 김홍철이라는 젊은 제주도 청년이 종친회를 찾아와 가첩(家牒), 즉 가승(家乘)이라고도 하는 직계자손만으로 정리된 족보를 보이며 '태섭'이라는 분이 자신의 9대조인지 확인해 달라고 했다. 제주도로 내려가 묘소 등을 확인한 결과 틀림없는 사실이었다. 그리하여 문중에 전해 내려오는 이야기 하나가 사실로 밝혀졌는데 300년 전 진사공이 상주(尙州)의 윤씨(尹氏) 양반처녀와 정분(情分)이 나서 임신하기에 이르렀다고 한다. 기혼자인 진사공이 양반규수와 혼인할 수는 없고 윤씨 입장에서 첩으로 들어가면 천민으로 살 수밖에 없는 현실에서 양가에서 합의하여 3대를 지탱할 재물을 마련해 제주도로 보냈다. 그 재물로 지금의 민속마을 성읍면에 정착하여 그 자손이 오늘까지 이어져온 것이다.

2021 제3월 제주 여행길에 윤씨 할머니 산소 참배

윤씨 할머니는 아들을 낳아 '선만(善萬)'이라 이름 지었는데 나의 추측으로 선산 김씨의 자손이라는 뜻이 있지 않을까 생각한다. 윤씨 할머니는 돌아가시면서 비석에 '경상도 후인 윤씨 지묘'라고 명시하며 자신의 뿌리는 경상도라고 밝히고 아들에게 비석은 세우지 말고 묘 앞에 엎어두라고 했다. 종친회 어른이 그 비석을 바로 세우자 그 글씨가 나타 난 것이다. 할머니는 제주의 바람과 거친 환경에 글씨가 마모되어 읽을 수 없게 되는 것을 우려해 비석을 엎어놓으라고 유언을 남기신 것이다.

할머니 별세 전 비석(慶尙道後人尹氏之墓)

진사공은 본처에게 아들 둘을 두었으나 어찌된 영문인지 증손대에서 자손이 끊어져 홍철이가 장손으로 매년 묘사에 참석하고 있다. 2021년 아내와 제주 여행길에 산소에 들러 술 한 잔 올리며 참배하였다.

9대조 만와공(晩窩公)
휘(諱): 유(裕)字 수(壽)字
1695년~1761년

석계공의 3남으로 32세에 진사 급제하셨다. 후일 자제 3인이 모두 급제하여 4부자(父子) 진사(進士)로 유명했다. 문간공 이후 선조들의 문집 행장을 집대성하시고 금오산 백운재를 건립하시는 등, 선조의 미덕을 널리 알리고 후진 양성에 생을 바치셨다. 원당재 바로 옆에 만산정(晩山亭) 재실이 있다.

8대조 칠암공(七巖公)

휘(諱): 몽(夢)字 화(華)字

1723년~1792년

칠암이라는 호(號)를 쓰신 분은 나의 8대조이신 夢(몽)자 華(화)자 어른으로서 조선조 영조(英祖) 정조(正祖) 때 한성부 좌윤(漢城府 左尹), 즉 지금의 서울시 제1부시장을 지내신 분이다.

- 1723년 경종 계묘년 (景宗 癸卯年) 8월 19일 生.
- 1754년 영조 갑술년 사마시 (英祖 甲戌年 司馬試) 대과급제(大科及第), 검열(檢閱), 대교(待敎), 정언(正言), 지평(持平), 장령(掌令), 전랑(銓郞) 등 대과 급제한 인재들이 거치는 엘리트 코스를 모두 거치셨다.
- 1780년 순천부사(順天府使), 헌납(獻納), 사간원 집의(司諫院 執義)
- 1785년 정조(正祖) 동부승지(同副承旨), 돈녕부 도정(敦寧府 都政)
- 1786년 양양부사 (襄陽府使)
- 1789년 가선대부(嘉善大夫), 부총관(副總管) 한성부 좌윤 우윤(漢城府 左尹 右尹)
- 1792년 11월 16일 운명(殞命). 향년(享年) 70세.
- 1793년 2월 개령현(開寧縣) 동쪽 금천 부곤(金川 負坤) 언덕에 장사 지냈다. 정조대왕(正祖大王)께서 부의금(賻儀金)을 하사(下賜).
- 2014년 11월 18일~19일 (윤 9월 26일~27일) 8대손 진우(晋佑) 원호리 산 27 번지 칠암재 뒤 선산(先山)에 흥양 이씨 할머니와 합분으로 이장(移葬)하다.

7대조 통덕랑(通德郎)

휘(諱): 경(慶)字 구(久)字

1	2	3
4		

1 산소이장 파묘시 묘지석
2 칠암공의 신분증인 대과 급제 호패 사진 앞 뒤
3 문관 흉배ㅡ대과 급제한 분은 문간공과 칠암공 죽포공 세분으로 어느 분의 흉배인지는 불상
4 칠암공 산소 묘사 후 사촌들과

1762년~1793년

칠암공의 장자로 칠암공이 돌아가시고 일 년 후 젊은 나이에 세상을 떠나 자손이 없어 명(命)자 호자(昊) 할아버지를 양자로 입적하였다. 홀로된 완산 최씨(해평 할매)는 돌아가신 시아버지 칠암공의 비석을 제작하는 등 칠암공의 업적을 두루 알리는 데 힘쓰셨다. 칠암공 비석의 비문을 동생인 사헌부 지평(司憲府 持平) 최승우(崔昇羽)에게 의뢰하여 명문을 남기셨다.

2020년 9월 진우, 원당공 후손 묘지에 해평 할매와 합분으로 재이장 하였다.

6대조 명(命)字 호(昊)字

칠암공의 백형 몽(夢)자 의(儀)자의 손자로 통덕랑의 아들로 입적.

2020년 9월 진우, 원당공 후손 묘지에 선성(宣城) 김씨 할머니와 합분하고 재취(再娶)이신 광주(廣州)이씨 할머니는 옆에 단묘(單墓)로 모셨다.

5대조 예안 현감(禮安 縣監) 죽포공(竹圃公)
휘(諱): 수(秀)字 승(升)字

순조(純祖) 17년인 1817년에 태어나 철종(哲宗) 원년 1850년 증광시(增廣試)에 합격, 정묘(丁卯)에 목릉 참봉(穆陵 參奉)에 제수되었다가 예안 현감(禮安 縣監)으로 이직하셨다. 당시는 이른바 안동 김씨 세도정치가 절정을 이루어 영남 사림 출신은 관직에서 거의 배제된암흑기라고 할 수 있다.

이런 엄중한 시기에 훈구파 대신들을 움직여 나의 15대조 취(就)자 문(文)자 할배에게는 문간공의 시호를, 14대조 충신 종(宗)자 무(武)자 할배에게는 이조판서의 증직을 받아낼 수 있었다는 것은 할아버지의 학식과 경륜이 뛰어나다는 것을 증명하는 것이다.

죽포공의 시문(詩文)과 일기가 모두 소실되어 안타까운 마음을 금할 수 없으나 풍채가 준수하고 언론이 장엄하여 가히 대장부의 기상을 지닌 분이라고 대대로 전해지고 있다.

2020년 9월 진우(晋佑), 원호리 산 27번지 칠암재 뒤 선산(先山) 칠암공 묘소 앞에 숙인(淑人) 안동 권씨 할매와 합분으로 재이장하였다.

종고조부 의금부도사(義禁府都事) 월호거사(月湖居士), 지(志)字 원(遠)字
고조부 통덕랑(通德郎), 준(駿)字 원(遠)字
증조부 성균진사(成均進士), 희(羲)字 동(東)字

양반이라도 3대에 걸쳐 진사(進士)가 없으면 양반으로 알아주지 않았다고 한다. 무슨 뜻이냐면 학문을 하지 않은 집안은 양반이 아니라는 것이다. 영의정, 이조판서 등 대를 이어 세도와 벼슬을 자랑해도 학자가 아니면 양반 축에도 못 들고 혼인도 하지 않았다. 아무리 안동 김씨의 세도정치 시대에 큰 벼슬을 해도 영남사림에서는 인정을 안 해주었다고 한다. 중앙정치에서 소외된 영남사림(嶺南士林)의 마지막 자존심이라고나 할까?

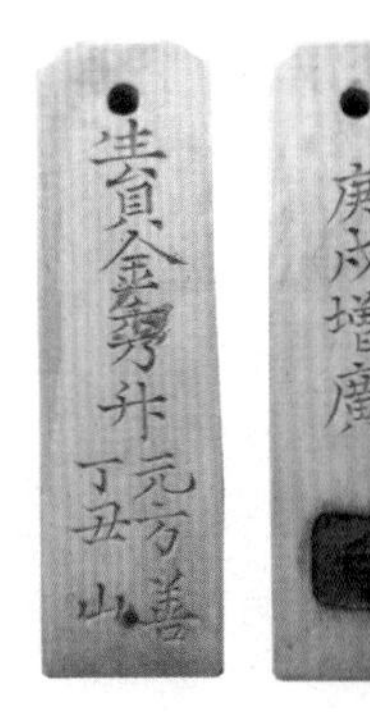

죽포공 신분증인
대과 급제 호패 앞 뒤

증조부께서 광서(光緒) 20년이던 1894년에 진사시험에 드셨으니 아마 과거제 폐지 전 마지막 과거가 아니었나 생각한다. 후손으로서 증조부께서 진사를 하셨다는 사실이 자랑스럽다.

진사 증조부께서는 월호거사(月湖居士)로 알려진 지(志)자 원(遠)자 할아버지의 셋째 아들로 태어나셨는데 우리 고조부 준(駿)자 원(遠)자 할아버지께서 자손이 없어 우리 집으로 양자(養子) 오셨다.

우리 집의 현판 월호정사(月湖精舍)는 월호 할아버지가 원래 사셨던 종택(宗宅)에 있던 것으로—현재의 칠암재—어찌된 연유인지 대구 고물시장에 방치된 것을 나의 종이모부가 찾아 우리 집으로 오게 되었다.

조선말기 명필이고 법부대신을 역임하신 석촌(石村) 윤용구(尹用求) 대감이 나라가 망하자 모든 관직을 버리고 주유천하(周遊天下)하실 때 들성에 오셔서 월호할아버지의 당호(堂號)로 써주신 것으로 짐작하고 있다. 글씨에서 아름다움과 품위가 드러난다.

집의 현판을 쓸 때 끝의 글자를 잘 보면 집의 쓰임을 알 수 있다. 당(堂)은 사는 집, 재(齋)는 재실, 정(亭)은 정자, 정사(精舍)는 학문하는 곳을 지칭할 때 쓰는 것이다.

2020년 9월 고조부모·증조부모 산소는 원당공파 종중 산소로 재이장했다.

1 증조부 호패
2 월호정사 현판
3 증조부 진사 합격 교지

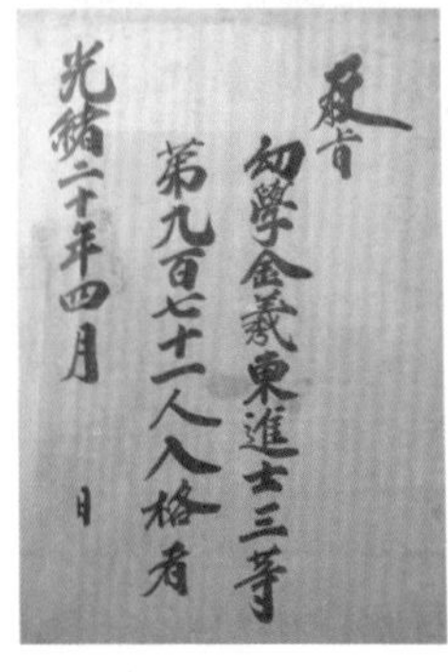

敎旨
幼學金羲東進士三等
第九百七十二人入格者
光緖二十年四月 日

조부 5남 2녀 형제분
현묵(賢默), 성묵(成默), 승묵(昇默), 홍묵(洪默), 연묵(鍊默)
존고모(尊姑母) 청도할매, 서울할매

증조부께서 5남 2녀를 두셨고 큰할배가 삼형제를 두셨는데 장자(長子)가 독립유공자 영화감독 유영(幽影) 영득(榮得)이시고, 둘째 할배가 바로 우리 할아버지이시다. 이분이 30세에 세상을 떠나셔서 할머니가 청상과부로 아버지 4형제를 성공시킨 일화는 앞에 적어둔 바와 같다. 셋째 할배는 일본 메이지(明治)대학을 졸업하시고 조선신문 기자로 활약하셨고 이후는 월간 여명(黎明) 주간을 역임하시는 등 국민계몽운동에 몰두하셨다. 겸암선생 후손인 풍산 류씨와 혼인하셨으나 이혼하고 후처에서 상주아지매와 신암동아지매 두 딸을 낳고 넷째 할배의 2남 영숙(榮淑) 아저씨가 양자로 입적했으나 후손을 보지 못해 조카 왕조(汪祚)를 양자로 입적했다. 하지만 불미스러운 일로 파양(破養–양자관계를 무효로 함)과 마찬가지로 끝나버렸다.

지난 해에 가족묘지 이장할 때 왕조는 새로 조성된 가족묘지로 이장하지 않고 조부 홍(洪)자 묵(默)자 산소 아래 부친 영국(榮國)과 형 원조(源祚)의 묘와 함께 따로 모셨다.

2020년 9월, 넷째 조부모 산소를 제외한 할배 산소 모두를 원당공파 종중 산소로 모두 이장하였다.

할아버지 형제 자매분과 유영감독

개조(改造) 잡지를 들고 계시는 셋째 할아버지(昇黙)와 조선말본을 들고 계시는 분과 옆의 분은 누구인지 불상(不詳)

끝에 할배는 딸만 다섯을 두셔서 나의 셋째 삼촌 영욱(榮昱)이 양자로 입적하였다. 다섯 고모는 인정이 넘치고 조카들을 사랑해서 고모들을 따르지 않는 조카가 한 명도 없었다. 인정 많으신 막내 할배와 할매의 덕을 이어 받아 우리 집안에서 가장 화목한 가족의 전형을 보여주었다.

존고모－일반적으로 대고모 또는 왕고모라 부르지만 양반은 높이고 존경한다는 뜻의 존(尊)자를 고모 앞에 붙인다－청도할매는 손자들을 앉혀놓고 웃기는 말씀을 많이 하셔서 유명했는데 영화배우 박중훈의 친할머니다. 서울할매도 일찍이 남편과 떨어져 외로운 노후를 보내셨는데 돌아가실 때까지 아버지께서 뒷바라지를 하셨다.

당숙(堂叔) 유영(幽影) 김영득(영화감독, 독립유공자)

아버지의 사촌형님이시고 나에게는 오촌당숙이 되시는 분으로 한국영화 초창기의 대표적인 감독이셨다. 현(賢)자 묵(黙)자 큰할아버지의 장자이시며 부인은 소설가 최정희(崔貞姬) 씨인데 당숙이 돌아가시고 최정희 씨는 문학가 파인 김동환(巴人 金東煥)과 재혼, 사이에 소설가 지원, 채

해삼위 학생연예단 환영기념 1922년 6월 16일 대구 달성공원
(앉은 분 오른쪽 첫째 분이 셋째 할아버지)

원 두 딸을 두었으나 파인은 6·25 때 납북되어 생사를 알 수 없다.

1908년 생으로 대구고보(현 경북고) 재학 중에 독서회 사건으로 퇴학당하여 서울 보성고보를 졸업하고 영화계에 투신, 일본으로 영화유학을 다녀와 활발한 활동을 벌이셨다. 같은 시대 나운규, 윤백남, 안종화, 윤봉춘, 이규환 등과 같이 무성영화 시대의 어려운 여건 속에서 한국영화의 기초를 닦으셨다.

1928년 〈유랑(流浪)〉을 시작으로 1929년 〈혼가(昏街)〉, 1931년 〈화륜(火輪)〉, 1939년 〈애련송(愛戀頌)〉, 1940년 마지막 작품인 〈수선화(水仙花)〉 등을 연출하셨다.

당숙은 셋째 할아버지의 영향을 가장 많이 받은 것으로 보이며 열여덟 살에 종조부께서 창간한 잡지 '여명(黎明)'에 소설 「꽃다운 청춘」을 발표하여 조선 문단에 이름을 알렸다. 1927년 KAPF(카프) 즉 '조선 프롤레타리아 예술가 동맹'에 가입하여 사회주의 문학운동을 주도하다가 탈퇴하고 순문학단체인 구인회(九人會) 설립을 주도하는 등 예술사에 큰 족적을 남기셨다. (구인회: 김유영, 이종명, 김기림, 이효석, 유치진, 조용만, 이태준, 정지용, 이무영)

당숙이 연출한 영화는 거의 프롤레타리아 사회주의 정신에 투철한 영화여서 흥행은 실패하였으나 조선 최초로 '조선일보 영화제'(현 청룡영화제)를 발의·개최하여 한국영화 초창기의 기초를 세우는 데 큰 공헌을 하였다. 1934년, 카프에 복귀하였으나 이른바 제2차 카프사건인 '신건설사 사건'으로 일본경찰에 피검되어 전주형무소에서 복역하였다. 1939년, 최후의 작품인 〈수선화〉의 촬영을 끝내지 못하고 1940년 1월 4일 운명하셨다.

영화감독으로서의 당숙에 관한 자료는 여기에 모두 수록할 수는 없어 요약하여 적어놓는다.

들성의 원호초등학교 옆에 김유영 공원이 조성되어 있다.

당숙이 독립유공자로 수훈(受勳)된 데에는 아버지의 정성과 집념이 깃든 사연이 있다. 나는 아버지가 당숙에 관한 자료를 모아서 독립유공자 신청을 준비하고 계시다는 것만 알고 있었지 자세한 진행 과정은 잘 몰랐다. 아버지도 본인이 해야 한다고 백방으로 다니셨지만 팔순의 노인이 할 수 있는 작업은 아니었다.

1993년의 언젠가 아버지께서 "내가 아무리 찾아봐도 유영감독의 형무소 기록을 찾을 수가 없다. 네가 맡아서 한번 알아봐라." 하시면서 신청에 필요한 서류를 처음 나에게 건네주셨다. 오륙 년간 수집하신 자료를 가지고 KBS 바로 옆에 있는 국가보훈처에 가서 상담을 하니 담당자는 해방 이후의 자료는 아무리 많아도 인정이 되지 않는다며 적 치하의 자료, 말하자면 해방 전의 복역자료를 가져오라는 것이다. 매일신문, 영남일보 등 일간지에 당숙에 관한 수많은 기사가 있었지만 모두 해방 이후의 자료라 안 된다는 것을 그때 처음 알았다. 바로 다음날 KBS 도서실로 가서 이틀 동안 1934년 동아일보 마이크로 필름을 샅샅이 검색하니 검거 당시의 기사가 수없이 뜨는 것이었다. 흥분한 마음으로 모두 카피하여 바로 유공신청을 했고 그해 광복절에 건국훈장 애족장이 수여되었다.

김영삼 정부는 일제시대에 사회주의 운동을 하였어도 유공자 신청을 할 수 있도록 규정을 바꾸었고, 공교롭게도 그해 한국

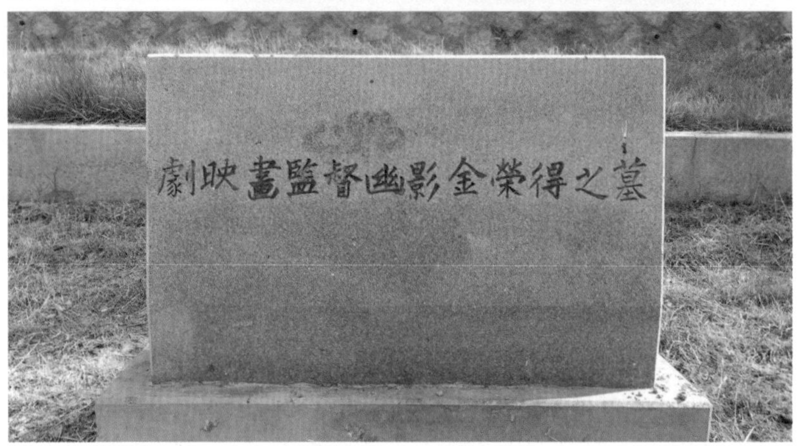

▲기념비공원 서연 사중 희정 준구
▼묘소 사진

영화 초창기의 김유영, 나운규, 윤봉춘 감독 세 분이 모두 독립유공자가 되었다. 영화계의 경사라고 하여 그해 연말 영화인의 밤에 유공자의 조카인 박중훈이 앰버서더 호텔에서 열린 축하연의 사회를 맡아 진행하였다. 유영 감독의 장자인 익조 형님도 일찍 돌아가시고 딸 태정이는 엄마와 함께 미국으로 이민 갔으나 내가 연락하여 한국으로 와 보훈처에 등록하여 독립유공자 후손 연금을 받게 해주었으니 아버지와 나의 역할은 다한 셈이다.

어느 해 아버지와 정릉의 아파트로 최정희 씨를 만나러 간 적이 있었다. 최정희 씨는 50여 년이 지났어도 아버지를 기억하며 눈물을 글썽이셨다. 아버지는 당신의 호적이 아직 우리 집으로 되어 있는데 어떻게 정리하실 거냐고 물으셨고 최정희 씨는 그냥 이대로 들성 김씨 문중으로 남겠다고 하신 것을 기억한다. 말하자면 당숙이 돌아가시고 파인과 재혼을 했어도 혼인신고는 없었고 두 딸은 작은 당숙(수조 형님 아버지)의 자녀로 등재했던 것이다.

2020년 9월 원당공파 종중 산소로 재이장했다.

18세기 조선시대의 실학자 이중환이 저술한 지리서『택리지(擇里志)』에는 조선팔도의 역사적인 배경 등을 기술한 부분이 있는데 여기에 '조선 인재 반재(半在) 영남, 영남 인재 반재 선산'이라고 쓰여 있다. 말하자면 '조선 인재의 절반은 영남에 있고 영남 인재의 절반은 선산에 있다'는 뜻이다. 그만큼 선산은 예로부터 인재가 많았고 그중에서도 우리 선산 김씨는 가장 손꼽히는 명문가로서 대접받으며 살아왔다. 선산 김씨 중에서도 우리 집안의 개략적인 가계를 적어 보았다.

훈장증

고 김영득

대통령 김영삼

훈장증 (건국훈장 애족장)

훈장

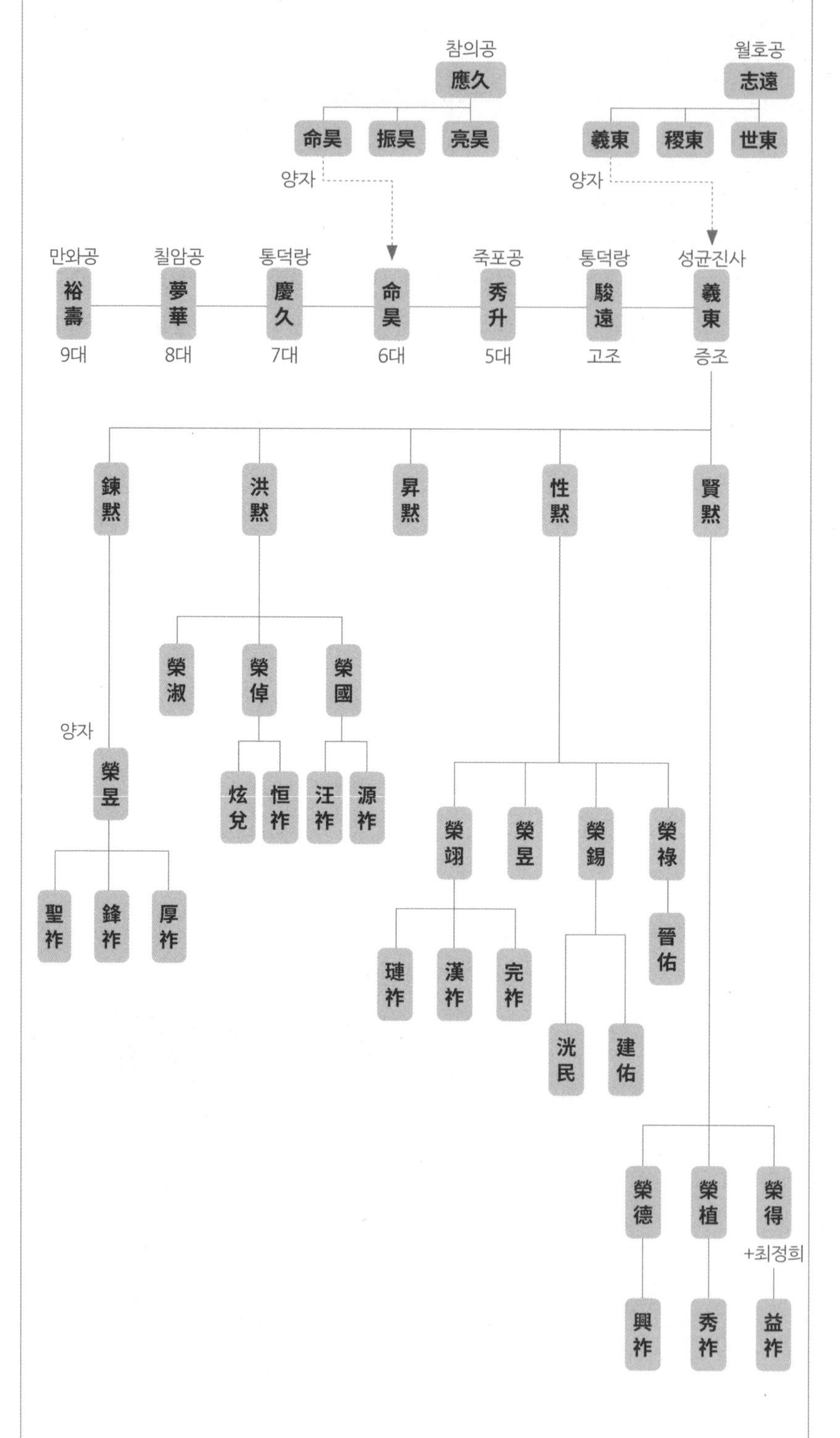
참의공
應久
命昊
振昊
亮昊
양자
월호공
志遠
義東
稷東
世東
양자
만와공
裕壽
9대
칠암공
夢華
8대
통덕랑
慶久
7대
命昊
6대
죽포공
秀升
5대
통덕랑
駿遠
고조
성균진사
義東
증조
鍊默
洪默
昇默
性默
賢默
榮淑
榮倬
榮國
양자
榮昱
炫兌
恒祚
汪祚
源祚
榮翊
榮昱
榮錫
榮祿
聖祚
鋒祚
厚祚
璡祚
漢祚
完祚
晉佑
洸民
建佑
榮德
榮植
榮得
+최정희
興祚
秀祚
益祚

글을 맺으며

2020년 1월부터 시작된 코비드19 확산의 소용돌이 속에 전 세계의 사람들의 일상이 무너졌다. 이 사태가 종식된다고 해도 한번 무너진 경제가 다시 살아날 수 있을지도 모르고 앞으로의 세계가 어떻게 변해갈지 짐작도 할 수 없다. 이러한 시기에 네 살부터 지금까지의 내 삶에 축적된 기억을 되살려 자랑스러운 것도 부끄러운 것도 모두 꺼내어 기록해보았다. 프로듀서라는 직업으로 말하자면 30여 년 동안 가장 비중 있는 프로그램만을 담당해왔다는 점에 자부심을 느낀다. 변방 프로그램이 아닌 인기 프로를 맡아왔다는 사실은 과장해서 말하자면 최고가 되어봤다는 것과 다를 바 없다고 감히 자부한다. 내 인생 자부심의 근원이다.

함께 일했던 작가 김영심 씨는 나를 '낭만 진우'라는 이름으로 불렀고 여러 후배들도 로맨티스트로 나를 기억해줘 고마울 따름이다. 한편으론 타인의 힘듦이나 고난에 무관심하지나 않았는지 지금에서야 반성을 해보지만 이른바 '그때 알았으면 좋았을 것을' 이라는 말을 인생의 종착점을 바라보며 다시 한 번 생각해본다.

지금의 잣대로는 이해할 수 없고 용납 안 되는 일이 과거엔 일상사가 되기도 했다. 그러나 현재의 기준으로 과거를 재단(裁斷)하는 일은 위험한 일이고 어느 시대건 그 시대정신을 뛰어넘는 사고를 한다는 것은 어려운 일이다.

후회는 읽지 않은 책처럼 쌓여간다고 하나 후회한들 돌이킬 수도 없으니 일흔을 넘긴 지금부터라도 후회할 일을 만들지 않고 인생을 잘 마무리하고 싶다. 내 자손들이 할아버지 할머니, 나, 아내 그리고 나의 형제들이 어떻게 살아왔는가를 단편적이지만 보고 자신들의 삶에 도움이 되기를 바랄 뿐이다. 남은 인생이 얼마나 될지 알 수 없으나 지금 쓰지 않으면 안 된다는 카운트 다운적인 요소도 물론 있었다.

2008년 아내의 자궁암 3기 수술과 지긋지긋한 항암치료, 2009년 나의 폐암 1기 수술로 위기가 왔지만 두 사람 모두 재발하지 않고 지금까지 살아 있는 것만으로도 인생에 감사드린다. 비록 아내의 목과 허리 디스크가 삶의 질을 떨어뜨리고 있지만 그것도 극복할 거라고 믿고 있다.

인생은 끊임없이 반성하며 한 번 실패한 것은 두 번 다시 반복하지 않고 시행착오를 줄이는 과정이라고 본다.

앞머리에도 썼지만 가족은 사랑으로 감싸야 한다. 어린 날부터 성장할 때까지 분노와 험담으로 지새우는 대소가(大小家)들을 보며 난 절대로 저런 삶을 살지 않겠다고 다짐했다. 영화 〈작은 아씨들〉의 한마디 대사가 인생의 길을 밝혀주는 길잡이가 되어줬으면 하는 바람이다. '분노가 나의 좋은 면을 잠식하지 않도록….'

오십 평생을 힘들게 사시면서 한 번도 화내는 모습을 보인 적 없는 어머니 순천 박씨가 그립다.

2023년 5월